偽神の審判

警視庁公安分析班

麻見和史

KODANSHA NOVELS

講談社ノベルス

カバー写真＝©Easyturn/Tokyo Skiline/gettyimages
カバーデザイン＝大岡喜直(next door design)
ブックデザイン＝熊谷博人・釜津典之
表紙デザイン＝welle design

目次

第一章　協力者……9
第二章　過去……69
第三章　筋読み……137
第四章　終焉《しゅうえん》……201

おもな登場人物

〈警視庁公安部〉

鷹野《たかの》秀昭《ひであき》……公安第五課　警部補
氷室《ひむろ》沙也香《さやか》……同　警部補
佐久間《さくま》一弘《かずひろ》……同　班長
能見《のうみ》義則《よしのり》……同　警部補
国枝《くにえだ》周造《しゅうぞう》……同　巡査長
溝口《みぞぐち》晴人《はると》……同　巡査

〈警視庁刑事部〉

早瀬《はやせ》泰之《やすゆき》……捜査第一課殺人犯捜査第十一係　係長

真藤《しんどう》健吾《けんご》……日本民誠党　幹事長
森川《もりかわ》聡《さとし》……真藤の私設秘書
郡司《ぐんじ》俊郎《としろう》……元日本国民解放軍メンバー
小田桐《おだぎり》卓也《たくや》……学習塾　講師
北条《ほうじょう》毅彦《たけひこ》……世界新生教　信者

笠原繁信《かさはらしげのぶ》……明慶大学医学部　教授

塚本寿志《つかもとひさし》……東祥大学文学部　准教授

津村《つむら》……東祥大学大学院生

赤崎《あかさき》　亮治《りょうじ》……電機メーカー　社員

宮内仁美《みやうちひとみ》……赤崎の交際相手

山種喜一《やまたねきいち》……元虎紋会メンバー

堤《つつみ》　輝久《てるひさ》……個人投資家

里村悠紀夫《さとむらゆきお》……元警備員

矢作《やはぎ》……里村の知人

笹井《ささい》……里村のいとこ

立原《たちはら》　貢《みつぐ》……塚本の高校時代の同級生

第一章　協力者

1

窓枠がかたかたと揺れている。

夕方から南寄りの風が吹き始め、だいぶ強まってきていた。壁の時計を見ると、まもなく午後十時になるところだ。

カーテンの隙間《すきま》から外を覗《のぞ》いてみた。ここはマンションの三階で、バス通りを見下ろすことができる。信号待ちの車列が街灯に照らされていた。自家用車が多いようだが、中には宅配のトラックや、企業のロゴが入った社有車も見えた。

まったく、こんな時刻までご苦労なことだ、と思った。彼らは働きすぎではないのか。

夜には夜の役割というものがある。それを理解していない人間が多すぎるのだ。

椅子《いす》に腰掛け、「葬儀屋」は机の上に写真を並べていった。

一枚目。日本民誠党の幹事長・真藤健吾《しんどうけんご》だ。

葬儀屋はこの男の殺害を計画し、部下を雇った。単純だが獰猛《どうもう》で使い勝手のいい奴《やつ》だった。そいつに殺害を任せ、自分は死体損壊に専念することができた。心臓を抉《えぐ》り出し、羽根とともに天秤《てんびん》に載せてやったのだ。ヒエログリフの彫《ほ》られたプラスチック板も置いてきた。時間のかかる細工だったが、大きな達成感を得ることができた。

ただ予想外だったのは、ベルトのバックルに隠していたブツを真藤が呑《の》み込んだことだ。その悪あがきのせいでよけいな手間がかかってしまった。どうにか取り出したブツは今、葬儀屋が大切に保管している。

二枚目の写真。これは日本国民解放軍の残党・郡《ぐん》司俊郎《じとしろう》だった。

この男が作った爆発物で、真藤殺害のときに騒ぎを起こした。郡司は手先が器用で、爆発物製造の技術は非常に高かった。それでいろいろな組織と取引していたようなのだが、犯罪者としては小物だった。あれだけの腕を持っているのなら、今まで警察が想像していなかったような大事件も起こせるはずだ。それなのに郡司は職人として装置を作り、商売に精を出すばかりだった。要するに、志の低い人間だったのだ。

三枚目。真藤の私設秘書である森川聡《もりかわさとし》。実際には背乗《はいの》りをした偽者だったそうだが、葬儀屋はその件には関与していない。

偽森川は郡司から爆発物を購入した人物のひとりだった。彼は世界新生教という新興宗教団体に所属していて、情報収集のため真藤の秘書になったらしい。森川からの情報をもとに、教団は真藤の殺害を企てた。その仕事を葬儀屋に依頼してきたというわけだ。

真藤殺しは葬儀屋が成功させたが、その後、警察の手が回って世界新生教の幹部たちは逮捕された。教団は爆発物をもうひとつ購入していたはずなのだが、それが爆発したというニュースは聞いていない。おそらく使用する前に押収されたのだろう。

からんからん、と乾いた音がした。

葬儀屋は顔を上げ、耳をそばだてる。外の道を空き缶が転がっていったようだ。あとは風の音、車の音が聞こえてくるばかりだった。

ドライジンを一口飲んでから、葬儀屋は再び机に目を戻した。

四枚目の写真に写っているのは小田桐卓也《おだぎりたくや》だった。

学習塾に勤めていた小田桐は、葬儀屋の求めに応じてよく働いてくれた。あれだけの行動力を持った人間は、なかなかいないだろう。彼は優れた犯罪者になれる力を持っていた。ただ、ひとつだけ足りなかったのは、何のために殺しをするかという信念だ。それがなかったために、小田桐は他人の命令に従うことしかできなかった。それでは駄目なのだ。爆弾屋の郡司と同じで、誰かの駒《こま》として使われるばかりだ。

とはいえ小田桐の素直さは、葬儀屋にとって都合がよかった。金がほしかったせいもあるだろうが、彼は命令に忠実だったのだ。小田桐は映画を通じて森川と親しくなり、情報を逐一《ちくいち》報告してくれた。その情報は葬儀屋にとって、ひとつの保険だった。仕事を依頼してきた世界新生教が、最終的に自分を裏切らないとは限らない。だから教団の内情を知りたいと考え、小田桐を使ったのだった。

五枚目は笠原繁信《かさはらしげのぶ》の写真だ。

彼は明慶《めいけい》大学医学部の教授で、次の総長候補と目されていた。学生の政治活動への締め付けが厳しく、大学に出入りしていた左翼団体・民族共闘戦線から敵視されていた。葬儀屋は第二の計画をスタートさせ、小田桐に命じて笠原を殺害させた。後始末は葬儀屋たる自分の担当だ。小田桐が立ち去ったあと、廃屋に侵入して作業を行った。

損壊の様子が頭に浮かんできた。

今まさに死んだばかりの人間。自分はその遺体を自由に切り裂くことができるのだ。切断された腱《けん》と筋肉の感触。傷口からこぼれ出る臓物。なんとも言えない生臭さ。血《ち》だまりの中、葬儀屋は歓喜の声を上げずにはいられなかった。普通の人間には到達できない、精神の高みからの眺《なが》め。邪神が与えてくれた最高の喜びだ。

思い出すうち、ぞくぞくしてきた。呼吸が荒くなってくる。体を震わせながら、葬儀屋はおぞましい回想を楽しんだ。

ドライジンを飲み干すと、葬儀屋はツールバッグの中身を確認した。

蛍光灯の明かりの下、使い込まれた凶器が美しく輝いている。三種類のナイフ、二種類のカッター、ハサミ、ピンセット、ハンマー、ノコギリ、そのほかいくつかの特殊な道具たち。人の体を損壊するためのものが、ここには揃《そろ》っている。葬儀屋は目を輝かせて、それらの道具を見つめる。

そのとき、隣の部屋から、かすかな呻《うめ》き声が聞こえてきた。

眉《まゆ》をひそめて葬儀屋は椅子から立ち上がる。隣室に移動し、クローゼットに近づいてドアを開けた。

暗がりの中、その人物はだらしない恰好《かっこう》で横たわっていた。手足をきつく縛られ、身動きできずにいる。口にガムテープを貼《は》られているから、言葉を発することもできない。

「耳障《みみざわ》りだ」葬儀屋は言った。「声を出すな」

だがその人物は身をよじらせて、さらに声を上げようとした。葬儀屋は静かに見下ろしたあと、いきなり相手の顔を踏みつけた。それから、爪先《つまさき》で脇腹《わきばら》を思い切り蹴《け》った。

「黙れと言ってるんだ。今すぐ死にたいのか?」

葬儀屋が尋《たず》ねると、その人物は苦しげな表情で首を横に振った。懇願《こんがん》するような目をして、葬儀屋を見上げる。

「いいか、自分を人間だと思うなよ。おまえはここで、ただ静かにしていればいい。観葉植物か、熱帯魚みたいにな」

その人物は何度もうなずく。相手の必死な表情を見て、葬儀屋はにやりと笑った。それでいい、と深くうなずき、窓のほうに目を向ける。

夜には夜の役割というものがある。

正義だとか裁きだとか、そんな薄っぺらなものは必要ない。自分の欲望のままに、ためらうことなく行動していけばいい。日の光はどこにも届かない。届くはずもない。

暗闇《くらやみ》がすべてを支配し、黒い影が這《は》い回る夜。今こそ復讐《ふくしゅう》の時なのだ。

2

四月二十四日、月曜。午前八時二十分。

公安部公安五課・佐久間《さくま》班の分室に、いつものメンバーが集まっていた。だが、無駄な会話をする者はひとりもいない。書類をめくるかすかな紙の音、パソコンのキーボードを叩《たた》く音、プリンターが紙を吐《は》き出す音などが耳に入ってくる。

鷹野秀昭《たかのひであき》は、自分のパソコンの画面をじっと見つめていた。

表示されているのは、一連の事件の経過をまとめた資料だ。

赤坂《あかさか》の廃ビルで政治家・真藤健吾が殺害された事件。そして中野《なかの》の廃屋で大学教授・笠原繁信が殺害された事件。これらふたつには正体不明の殺し屋、通称葬儀屋が関《かか》わっているようだ。奴は小田桐卓也を雇って殺害を実行させたが、死体損壊は自分で行ったらしい。

猟奇的な事件現場が脳裏に浮かんでくる。鷹野は眉をひそめ、低い声で唸《うな》った。

第一の事件現場で多くの内臓が取り出された件については、小田桐の供述から理由がわかった。しかし葬儀屋のもうひとつの行動——心臓と羽根を天秤に載せ、わざわざ釣り合わせた理由は判明していない。また、ヒエログリフの彫られたプラスチック板を残したことにも謎《なぞ》がある。

東祥《とうしょう》大学の塚本寿志《つかもとひさし》准教授によれば、意味は次のとおりだという。

《この石板は私の心臓の一部だ　私には悪魔の血が流れている》
《この石板は私の心臓の一部だ　私は悪魔だ》

これらが何を意味するのか、今の時点では判断がつかない。

鷹野の机には、文具店で買ってきた天秤が置かれていた。また、現場にあったものを真似《まね》て作った心臓と羽根、プラスチック板もある。羽根におもりを付けてあるため、天秤は釣り合っている状態だ。

腕組みをして鷹野はじっと考え込んだ。単にターゲットを殺害するだけでなく、現場に奇妙な細工をしていく葬儀屋。行動原理が読み解けないせいで、ひどく気味の悪い存在だと感じられる。

八時三十分から、会議室でミーティングが行われた。

リーダーの佐久間一弘《かずひろ》は、書類に目を通しながら言った。

「現在の状況を整理する。世界新生教の幹部たちは、公安部のサポートチームが取調べを続けている。今後さらに逮捕者が増える可能性が高い。教団のスパイとして真藤の秘書になっていた森川聡――偽者の森川だが、こいつは肝心のことを何も話そうとしない。そうだな？」

佐久間はサブリーダーのほうを向いた。

いかつい顔をした能見義則《のうみよしのり》警部補が、渋《しぶ》い表情で小さく頭を下げる。

「申し訳ありません。私が取調べをしたんですが、想像以上に口が堅い男です。締め上げてやろうかとも思ったんですが、やりすぎてはまずいということで……」

「いつまで関わってもいられない。上と相談した結果、さらにサポートチームを拡充してもらうことになった。裏付け捜査や証拠品の調査なども、彼らに依頼する。偽森川の取調べもそちらに引き継ぐ。能見には、ほかにやってもらうことがあるからな」

わかりました、と能見はうなずいた。

「小田桐卓也の取調べもサポートチームに任せた。このあと俺たちがやるべきことは、笠原繁信殺しの捜査だ。明慶大学と関係の深い左翼団体・民族共闘戦線をさらに調べる。溝口《みぞぐち》、奴らに関して、その後わかったことはあるか」

指名されて、溝口晴人《はると》巡査はノートパソコンの画面から顔を上げた。眼鏡《めがね》の茶色いフレームを押し上げながら、彼は報告した。

「民族共闘戦線のアジトは台東区《たいとう》にあります。近くに拠点を設けて、毎日監視を続けているところです。今は国枝《くにえだ》さんが見張りについています」

鷹野は国枝周造《しゅうぞう》の顔を思い浮かべた。物腰が柔らかく、小学校の校長先生のような雰囲気を持った巡査長だ。しかし、ただ単に人のいい中年男性というわけではない。長年積み重ねた捜査経験が、あの余裕に繋《つな》がっているのだろう。

「戦線のアジトは、廃業した玩具《がんぐ》販売会社を買い取ったものです」溝口は続けた。「建物は民家四軒分ぐらい。駐車場も広いですね。アジトには常時四名ほどが滞在していますが、人の出入りが頻繁で、多いときには二十名ほどが集まります。現時点でそれが彼らの最大戦力だと思われます」

「わかった。今後の方針を伝える」佐久間はみなを見回した。「溝口は国枝さんと一緒にアジトの監視を続けろ。能見は民族共闘戦線を脱退した人間を当たれ。何人かすでに調べてあるから、あとでリストを渡す。……氷室《ひむろ》は明慶大学の学生および卒業生のうち、戦線と関係のありそうな者から情報を集めること。いいな？」

「了解しました」

鷹野の隣で、氷室沙也香《さやか》が言った。整った容貌《ようぼう》に上品な化粧。少し吊《つ》り上がり気味の目には知的な光がある。パンツスーツを着ていて、外を歩けば有能なビジネスウーマンそのものだ。

あの、と鷹野は佐久間に話しかけた。

「私はいつものように、氷室主任と同行でしょうか」

「おまえには新しい仕事がある。ひとりで実行しろ」

「ひとりで？」

佐久間は資料ファイルを探っていたが、やがて一枚の写真を取り出した。こちらに向けて、机の上を滑《すべ》らせる。

「この男を覚えているか」

　鷹野は写真に注目した。オープンカラーシャツを着た、三十歳前後と思われる男性が写っている。額が広く、眉が太かった。何かを気にしているのか、鋭い視線で周囲をうかがっている様子だ。

「……どこかで会ったんじゃないかと思いますが、はっきりしません」

「刑事部ではその程度でよかったんだろうが、公安部では失格だ。この男の顔を頭に叩き込んでおけ」

「何者です？」

「赤崎《あかさき》亮治《りょうじ》、三十歳。十一年前、事件で父親を亡くしている」

　それを聞いて、ようやく鷹野は思い出した。

「私が十一係に行く前に、この男性と関わりました。赤崎の父親が強盗に押し入られて、殺害されたんです。犯人逮捕までかなり時間がかかりました。当時大学生だった赤崎は、父親を亡くして苦労したようです。捜査に手間取った警察にも、不信感を抱いていました」

　犯人が捕まるまで、赤崎は頻繁に警察へ電話をかけてきた。何度か報告に行った鷹野に、不満をぶつけてきたこともあった。まだ経験不足だったせいもあって、鷹野のほうもうまく対応できたとは言い切れない。今思い出しても苦い記憶だ。

　佐久間は資料のページをめくった。

「母親に持病があったので、赤崎は大学をやめて電機メーカーに就職した。今は工場勤務だ。労働組合の強い企業だったため、左翼団体が水面下で動いていたらしい。若かった赤崎は簡単に丸め込まれ、民族共闘戦線のメンバーになった」

「本当ですか？」

　ごく短期間でそこまで調べ上げるのだから、やはり佐久間の力は相当なものだ。

「鷹野、おまえの新しい仕事は『協力者獲得』だ」

「協力者獲得……」

「赤崎亮治をエスに仕立て上げろ」

驚いている鷹野を前に、佐久間は硬い表情で続けた。

「現在、民族共闘戦線の中に利用できるエスはいない。ゼロから獲得工作をやるには時間がかかる。だが赤崎と接点のあるおまえなら、近づくことも可能だろう。できるだけ短期間で奴を落とせ」

鷹野は沙也香の様子をうかがった。彼女は黙ったまま赤崎の写真を見つめている。

佐久間のほうに視線を戻して、鷹野は言った。

「協力者獲得は初めてです。もし私が失敗したら、まずいことになりますよね」

「自信がないとでも言うつもりか」

「赤崎は警察に不信感を抱いています。マイナスの感情を持っているところからスタートして、彼を懐柔していくのは難しいのではないかと……」

鷹野が目の前に現れたら、赤崎は不快感を示すに違いない。彼を協力者にするのはかなりハードルが高い、と感じる。

「できるかどうかを訊《き》いているわけじゃない」佐久間は厳しい目で鷹野を見た。「やるんだよ。必ず成功させろ」

強引に命じられてしまった。沙也香は目を伏せて黙り込んでいる。鷹野に下された命令だから、口を出すわけにはいかないのだろう。

「……わかりました」

鷹野はそう答えて、佐久間に頭を下げた。具体的にどうすればいいかというプランは何もない。とにかく赤崎亮治の身辺を探ってみなければ、と思った。

ＪＲ蒲田《かまた》駅から徒歩十分。倉庫や工場が並ぶ一画に、ハマムラ電機の本社ビルがある。

同じ敷地《しきち》内に電機部品を製造する工場が併設されていて、パート、アルバイトを含めて数百名の従業員が働いているとのことだ。

腕時計を見ると、午後六時十五分になるところだった。まもなく日没だ。辺りには薄闇が迫ってきている。

五分後、鷹野は工場の正門に注目した。記憶の中の顔写真と照合してみる。広い額に太い眉。周囲を注意深く観察する目。

間違いない。赤崎亮治だ。

赤崎はチェックのシャツに青いブルゾンを着ていた。背中に小さめのリュックサックが見える。写真でも感じたが、今もあちこちに目を走らせ、注意を払っているようだ。

鷹野は待機していた場所を離れて、道の向こう側に渡った。

前方から赤崎が近づいてくる。鷹野を見て、彼はわずかに眉をひそめた。自分の知人かどうか、見極めようとしているのだろう。

「赤崎亮治さんですよね？　ご無沙汰《ぶさた》しています。警視庁の鷹野です」

鷹野がそう話しかけると、赤崎は立ち止まった。怪訝《けげん》そうな顔でこちらの様子をうかがっている。

「覚えていませんか。以前、事件の捜査でお会いしました」

「……覚えてますよ」

そっけない調子で赤崎は言った。

こんな声だっただろうか、と鷹野は思った。前に会ったのは十一年前だから、彼の声をはっきり覚えてはいなかったのだ。だが、それでいいのかという気持ちがあった。警察にとっては多くの事件の中のひとつでしかない。しかし赤崎にとっては、父親を亡くすという重大な出来事だったのだ。

記憶が薄れてしまっていることを実感し、申し訳ない気分になった。

「お父さんの件は本当に残念なことでした」

「何ですか、急に……」

疑うような目で、赤崎は鷹野を見ている。そういう態度をとられても仕方がない場面だが、今はこちらのペースで話を進めなくてはならない。

あえて明るい調子で鷹野は言った。

「その後どうなさっているか、ずっと気になっていたんです。今日はたまたま近くまで来たものだから、会えるかなと思って」

「ちょっと信じられませんね。何か目的があって来たんじゃないんですか」

「赤崎さんに会うのが目的ですよ」鷹野は腕時計を見た。「どうです。せっかく会えたんだし、そのへんでビールでも」

それを聞いて、赤崎は露骨に不快そうな表情を見せた。

「どうして警察の人と飲まなくちゃいけないんですか」

「なんというのかな。私も三十七になって、昔の出来事をいろいろ思い出すようになったんですよ。うまくいったことよりも、うまくいかなかったことのほうが頭に浮かんできます。それで赤崎さんのことが気になりましてね」

「うさんくさい話だな」赤崎は顔をしかめた。「悪いけど、早く帰って休みたいんで……」

「まあ、待ってください」鷹野は携帯電話を取り出した。「さっき調べたら、この近くに評判のいいドイツ料理の店があるんです。ひとりで行くのもなんだし……」

赤崎の表情が変わった。少しためらう様子が感じられる。

よし、うまくいった、と鷹野は思った。昼間のうちに、赤崎に関する基礎調査はできていた。彼がドイツビールを好んでいるのはリサーチ済みだ。

「アイスバインが旨《うま》いらしいんですよ」鷹野は笑顔を見せた。「会計は私に任せてください。警察には、こういうときのための予算があるんです」

「そんなの初めて聞きましたけど」

「赤崎さんがつきあってくれると、私も経費が使いやすくなるんですよね。そういうことで、ちょっと寄っていきましょう」

鷹野は先に立って歩きだす。少し迷ったようだが、仕方ないな、という顔で赤崎はついてきた。

事前に店の場所は確認してあった。個室があることもわかっている。鷹野は店員に部屋の希望を伝え、奥へ案内してもらった。

黒を基調とした、落ち着いた雰囲気の部屋だった。明るすぎず、暗すぎもしない適度な照明が心地いい。ＢＧＭのおかげで会話が外へ聞こえにくいのも好都合だ。

まずはビールをふたつ選んだ。料理のメニューを見せて何にするかと尋ねたが、警戒しているのか赤崎は黙ったままだ。

「せっかくだから、いろいろ頼みましょう」

鷹野は店員を呼んで、いくつかの料理を注文した。アイスバインを頼むのも忘れなかった。

待つこと数分、ビールが運ばれてきた。


「一日、お疲れさまでした」

鷹野がジョッキを前に出すと、赤崎もそれにならった。形ばかりの乾杯が行われた。

不機嫌そうに見えた赤崎だったが、喉《のど》が渇いていたのだろう、一気に三分の一ほど飲んでしまった。

鷹野は口元を緩《ゆる》める。

「仕事のあとのビールは旨いですよね。私も同僚たちとよく飲んでいましたよ」

「警察の人が、そんなに酒を飲んでいたらまずいでしょう」

「働くときは働きます。そして飲むときはしっかり飲む。メリハリが大事なんですよ」

刑事部にいたころ、門脇《かどわき》という先輩がそう話していた。彼は今もビールを飲みながら、捜査の打ち合わせをしているのではないだろうか。

じきに料理が運ばれてきた。言わなくても、取り皿を余分に用意してくれる配慮がありがたい。

きれいに盛り付けられた料理を、赤崎は次々と口に運んでいる。彼ひとりでは、これだけの料理を食べる機会はあまりないはずだ。多少鷹野を警戒していても、出されたものを食べないのは損だと割り切ったのだろう。

鷹野は差し障りのない世間話を続けていたが、頃合いを見てこう尋ねた。

「その後、お母さんはお元気ですか」

赤崎は何か考え込む様子だ。カリーブルストを一口食べてから彼は答えた。

「ずっと調子が悪くて困っています。行けるときは俺も病院に付き添ってるんだけど、仕事もあるし」

「どこがお悪いんですか?」

「肝臓です。厄介な病気らしくて」

「……それは大変ですね」

「親父《おやじ》が生きていれば、もっと楽だったでしょうね。俺ひとりの稼ぎじゃ、今の状態が精一杯です」

赤崎は渋い表情を浮かべてから、ビールを飲んだ。鷹野は彼に飲み物のメニューを見せて、店員に二杯目を注文した。

「最近、気が滅入《めい》ることが多いんですよ」あらたまった調子で鷹野は言った。「昔の事件を思い出して、後悔しています。なぜ早く解決できなかったんだろう、今ならもっとうまくやれるのに、と」

「そうですかね」赤崎は疑うような顔をする。

「あの事件から十一年経《た》ちます。そうすれば、私たち警察はもっと迅速に動くべきでした。一ヵ月程度で犯人を逮捕できたかもしれない。本当に心残りです」

「今さらそんなことを言われても……」

「ええ、どうにもならないことはわかっています。警察組織としては誰ひとり謝罪しないでしょう。だから個人として言わせてください。赤崎さんには申し訳ないことをしたと、反省しています」

鷹野は深く頭を下げた。数秒後に顔を上げると、赤崎は怪訝そうな目でこちらを見ていた。

「急にそんな話をして、どういうつもりです?」

ひとつ呼吸をしたあと、鷹野は真剣な表情で赤崎を見つめた。

「私は警察を辞めるかもしれません」

「……え？」

「だから今のうちに、なんとかこの組織を変えたいと思っています。そのためにも多くの方の意見を聞いて、上に報告したいんです」

「だけど……それは鷹野さん個人の、勝手な思いつきでしょう？」

「今の段階ではそうです。まずは私がずっと気にしていた事件について、お詫《わ》びをしたいと思っています」

赤崎は考えを巡らしているようだったが、そのうち声を低めて尋ねた。

「もしかして鷹野さん、どこか悪いんですか？」

「いいえ。……なぜです？」

「映画なんかでよくあるでしょう。主人公が人生の最期《さいご》に、関わりのあった人を訪ねて回るという……」

「ああ、いや、そういうのとは違うんですが」

鷹野は苦笑いを浮かべた。赤崎は、なおも疑念が払拭《ふっしょく》できないという顔をしている。

彼はゆっくりとフォークを置いた。

「はっきり言ってください。何か目的があって俺に近づいてきたんですよね？」

厳しい視線がこちらに向けられる。どうすべきかとしばらく考えてから、鷹野もフォークを置いた。

数秒間、相手の目を見てから咳払《せきばら》いをした。

「あなたのことを調べさせてもらいました。赤崎さんはある組織に所属していますよね」

赤崎は小さく舌打ちをした。椅子に背をもたせかけ、眉をひそめる。

「どこに出入りしようと、俺の勝手でしょう」

「一般的にはそうです。しかし警察に監視されている組織となると、放ってはおけません」

がた、と大きな音がした。赤崎が急に身を乗り出そうとしたのだ。

その弾みに彼のジョッキが倒れ、テーブルの上にビールが広がった。皿の脇《わき》を回り、おしぼりを濡《ぬ》らして広がっていく。気泡を含んだ液体が、わずかな傾斜をたどって左から右へと流れていく。

「勝手に監視を始めたのは、あんたたち警察だろうが！」

赤崎は顔を歪《ゆが》めて怒鳴った。怒りと憎しみの混じった表情が、鷹野の目の前にあった。

テーブルの縁に達したビールが、床に滴《したた》り落ち始めた。

「事件を起こそうとする集団を、見過ごすことはできません」鷹野は強い調子で言った。

「俺たちの組織が事件を起こすなんて、なぜ断言できる？」

「彼らに大それたことはできない。……そう思われていた組織がとんでもない事件を起こした例が、過去に何件もあります。民族共闘戦線は危険な組織として、警察からマークされているんです」

「それは偏見だ。俺たちは世の中を変えたいんだよ。汚職を繰り返す政治家や、国民を見下す官僚たちを、この手で一掃しなければならない。あんただって気づいているだろう？　今の日本は、もう先進国とは言えないほど劣化してるじゃないか」

赤崎は荒い息をついている。高ぶった気持ちを抑えきれないようだ。

鷹野はおしぼりを広げて、テーブルの上のビールを拭《ふ》いた。だがこぼれた量が多くて、なかなか拭ききれない。無言のまま、鷹野は手を動かし続ける。

それを見ていた赤崎は、苛立《いらだ》った声を出した。

「何なんだよ。そんなこと店員にやらせればいいだろう」

「人間、誰でも自分の行動には責任を持つべきだと思いますがね」

「俺への当てつけか？」

「違います。あなたを怒らせたことの責任は、私にあります」

鷹野はもう一度、おしぼりでテーブルを拭こうとした。

「やめてくれ!」強い声で言ったあと、赤崎は小さくため息をついた。「……もう、やめてもらえませんか。見ていて、俺のほうがつらくなる」

彼は椅子の上で身じろぎをした。戸惑いを感じていることがよくわかる。

赤崎の態度が軟化したのを見て、鷹野は汚れたおしぼりをテーブルに置いた。それから、新しいおしぼりを使って両手を丁寧に拭《ぬぐ》った。

「俺だって、あの組織が絶対に正しいとは思っていない」赤崎は倒れたジョッキに目をやった。「だけど、今の世の中には腹の立つことが多すぎるんですよ。選挙で民意を反映させるって? そりゃいったい、いつのことですか。十年後なのか二十年後なのか。そんなのを待っているより、俺は自分にできることをしたいんだ」

「あなたを批判しようとは思いません。私の望みは組織の情報を得ること。それだけです」

腕組みをしたあと、赤崎は低い声で尋ねてきた。

「参考までに聞かせてもらえますか。いったい何の情報がほしいんです?」

「可能な限りの情報です」鷹野は答えた。「民族共闘戦線が企《たくら》んでいることを、逐一教えてほしい」

「……何を言ってるんですか。馬鹿馬鹿《ばかばか》しい」

「もちろん、充分な報酬を用意します。私の協力者になってもらいたい」

「スパイになれって言うんでしょう? そんなこと、俺が引き受けると思うんですか?」

鷹野はボールペンを取り出し、紙ナプキンの上にある数字を書いた。事前に沙也香から聞かされていた金額だ。

「一ヵ月につき、これだけ支払います。特別な情報が得られたときはボーナスも」

赤崎の目つきが変わった。一般的な会社員の給料に比べたら、かなり高い金額だ。彼でなくても、その数字には引きつけられるだろう。

「まずは今日、これだけ渡しておきます」

鷹野はテーブルの上に封筒を置いた。赤崎はためらっているようだ。

「いや、しかし……」

「ほかにもメリットがあります。もし組織を摘発するとなった場合は、警察官として私があなたを守ります。あなたが逮捕されるようなことは、絶対にありません」

言いながら、鷹野は心の隅にちくりとした痛みを感じていた。それは、沙也香が協力者・北条《ほうじょう》毅彦《たけひこ》に約束したことと同じだったからだ。

赤崎は紙ナプキンと封筒を交互に見て、真剣に考え込んでいる。

「警察は民族共闘戦線をつぶそうとしています」鷹野は背筋を伸ばして言った。「いずれ必ず、大規模な捜索が入るはずです」

腕組みをしたまま赤崎は目をつぶる。しばらくそうしていたが、やがて彼は首を横に振った。

「悪いけど、鷹野さんの役には立てません。今の話はなかったことにしてください」

リュックを手にして赤崎は椅子から立ち上がる。こちらには目を向けず、彼は足早に個室から出ていった。靴音が徐々に遠ざかっていく。

鷹野は赤崎の座っていた席を見つめた。そこには紙ナプキンと封筒、そして転がったビールのジョッキが残されていた。

3

翌日、四月二十五日の昼間は、赤崎の知人たちを訪ねて情報を集めた。

それが終わると鷹野はまたハマムラ電機に移動し、退勤する赤崎を待つことにした。

赤崎が出てきたのは、昨日よりも早い午後六時過ぎのことだった。彼は鷹野を見るとすぐに目を逸《そ》らし、駅に向かって歩きだした。不快に思われているのは承知しているが、諦《あきら》めるわけにはいかない。

「今日は中華料理なんていかがです？　赤崎さん、好きでしょう」

並んで歩きながら鷹野は誘い続ける。だが赤崎はまるで無関心といった表情だった。

「ついてこないでください。迷惑です」

「そう言わずに、少しだけ寄っていきませんか。まだ話したいことがあるし」

急に赤崎は足を止めて、苛立ったような声を出した。

「あなたは恥ずかしくないんですか？　こんな……下手な客引きみたいな真似をして」

「客引きですって？　これは手厳しいな」

鷹野は苦笑いしてみせる。赤崎は軽くため息をついてから言った。

「十一年前、警察に不信感があって、俺はきつく当たってしまいました。でもあのとき会った刑事さんの中で、鷹野さんは一番期待できる人だったんです。ほかの人みたいに横柄ではなかったし、俺や母に寄り添ってくれる感じだった」

「そう言ってもらえると嬉《うれ》しいですね」

「でも十一年前のあなたは、そんなふうにヘラヘラ笑ったりしませんでしたよ」

吐《は》き捨《す》てるように言うと、赤崎は足早に去っていく。もう話すことはない、という強い意志が背中から感じられる。

ひとり立ち尽くして、鷹野は唇《くちびる》を嚙《か》んだ。

赤崎にそんなことを言われるとは心外だった。自分はヘラヘラ笑っていただろうか。協力者を獲得するため、愛想《あいそ》よくしていただけだ。相手に気分よく酒を飲んでもらおうと、笑顔を作っていただけなのに――。

だが自分にそんな言い訳をしても、虚《むな》しい思いが広がるばかりだった。赤崎の言葉を否定することはできそうにない。

成果がないまま、四月二十八日を迎えた。

鷹野が分室で方針を練っていると、沙也香が話しかけてきた。

「どうなの。赤崎はまだ落とせないの？」

「すみません。一度はビールを飲めたんですが、その後は誘っても乗ってこなくて」

「乗ってこないって、あなた、ずいぶん手ぬるいことをしているのね」

「スパイ活動を頼むわけだから、そう簡単にはいかないと思うんですが……」

沙也香は口を閉ざして何か考え込んでいる。ややあって、彼女は資料ファイルから一枚の紙を抜き出した。

「時間がない。これを使って赤崎を落としなさい」

眉をひそめて、鷹野はその紙に目を落とした。赤崎に関する情報が記されている。

「彼の弱みよ。去年、酒を飲んだ帰りに口論になって、赤崎は同僚に怪我《けが》をさせた。警察沙汰《ざた》にはなっていないけれど、今からでも立件はできる。しかも民族共闘戦線に所属していることがばれたら、彼は間違いなく会社をクビになるはず」

「こんな情報、いつの間に……」

鷹野が驚いていると、沙也香は苛立った表情を見せた。

「あなたがもたついているからよ。そのネタで脅して、早く彼を協力者にしなさい」

「しかし、脅してエスにしたのでは、信頼関係なんて築けませんよね」

「今回は時間がないと言ってるの。割り切るのよ」

彼女らしい発想だ、と鷹野は思った。エスと運営者の関係は対等ではない。エスはあくまで我々の道具なのだから、というわけだ。

「少し考えさせてください」

「そんな余裕はないでしょう。今夜、けりをつけなさい」

沙也香はいつもの冷たい目で、鷹野をじっと見ている。仕事に情を持ち込むな、と言いたいのだろう。

鷹野は目礼をしてから、赤崎の資料を鞄《かばん》にしまい込んだ。


ハマムラ電機蒲田工場の正門が見える場所で、鷹野は今日も待機していた。

ここで赤崎を待つのは五日目だ。彼が出てくる時刻はだいたい見当がついている。そして鷹野を見たとき、彼がどんな顔をするかも予想がついていた。

午後六時十分。赤崎が正門から姿を現した。鷹野は会釈をしながら近づいていく。

案の定、赤崎は眉をひそめて鷹野を睨《にら》んだ。顔に強い嫌悪感が表れている。

「お疲れさまです」

鷹野が声をかけると、赤崎は足を速めて立ち去ろうとした。話を聞きさえしなければ、すぐに諦めると踏んでいるのだろう。歓楽街の客引きと同じような扱いだ。

速度を合わせて歩きながら、鷹野は言った。

「あなたは去年、同僚に怪我をさせましたよね」

その言葉を聞いて、赤崎は突然足を止めた。彼は暗い目をして、様子をうかがうようにこちらを向く。鷹野がどんな話をするのか、気になっているに違いない。

「同僚というのは民族共闘戦線の仲間ですね。その一件を警察が立件すると言ったら、あなたはどうします？」

「今さらそんな……」

「仲間同士で飲んでいて、内輪もめになったわけですか。いったい何が原因です？　世の中を変える方法について意見が対立したんですか。それともテロのやり方について？」

赤崎は周囲に目を走らせた。それから、ひとけのないビルとビルの間に鷹野を連れていった。

「あれは軽い喧嘩《けんか》ですよ。もう済んだ話です」

「そうだとしても、傷害行為には違いありません。我々が立件すれば、あなたが民族共闘戦線のメンバーだと職場にばれるでしょうね」

「ちょっと待ってください」赤崎は鷹野に一歩近づいた。「俺を脅すんですか」

彼の目には憤りの色がある。だがその陰に、いくらかの怯《おび》えが混じっているのを鷹野は感じ取った。

「先輩の捜査員は、その件であなたを脅せと言いました」

「やっぱりそうか……」

「しかし、私にはひとつ違和感がありました」鷹野は少し口調を和らげた。「この前、話していて気がついたんですが、あなたは組織から——民族共闘戦線から抜けたいと思っているんじゃありませんか?」

ドイツ料理の店で飲んでいるとき、赤崎は「あの組織が絶対に正しいとは思っていない」と言った。それを聞いて鷹野は、赤崎の心に迷いがあるのを読み取ったのだ。

指先で目頭を揉《も》んだあと、赤崎は話しだした。

「そうですよ。俺はもともと、会社の先輩に誘われて戦線に入ったんです。最初は刺激があって面白かった。この世界を変えてやる、という使命感みたいなものを持っていました。でも、だんだん怖くなってきたんです。幹部たちが、何かとんでもない計画を立てているような気がして……」

「同僚を負傷させたのも、それが原因ですか」

「そいつとは、もともと考え方の違いがあったんです。奴はまさに過激派だった。何もかも力で押さえつけるというタイプでした」

そう話す赤崎の目は、小さく揺れ動いている。

鷹野は穏《おだ》やかな表情で話しかけた。

「私に協力してくれれば、組織から抜けられるようにしてあげますよ」

「でも制裁があるんじゃや……」

「警察が全力であなたを守ります。それから、お母さんにはもっと効果的な治療を施してあげたほうがいい。私が費用を援助するから、大学病院で治療を受けてもらってください」

「大学病院……ですか？」

鷹野は病院の名前を口にした。首都圏でもトップクラスの医療技術を持つとされるところだ。この話を聞いて、赤崎が不満を述べるはずはなかった。

「それに加えて充分な報酬を約束します。うまく情報を手に入れてくれたらボーナスも出します。いかがですか。協力してもらえますよね？」

相手の目を覗き込むようにして鷹野は尋ねる。赤崎は舌の先で唇を湿らせた。しばらく考える様子だったが、ついにこう答えた。

「わかりました。俺は鷹野さんのスパイになります」

これまで赤崎は、ずっと警戒するような目つきをしていた。だが今、彼の表情には期待の気持ちが溢《あふ》れている。彼は鷹野への服従を誓ったのだ。

「ありがとう。……では赤崎さん、早速、仕事の話に移りましょうか」

先ほどまでとは少し口調を変えて、鷹野は言った。こちらは運営者、彼は協力者だ。関係が成立した以上、赤崎にも立場の違いを意識してもらわなくてはならない。

「明慶大学の笠原繁信という教授が殺害されました。その事件に民族共闘戦線が関わっているかどうか、調べてほしいんです」

「笠原繁信……。わかりました」

「また、民族共闘戦線の内部で、テロなどの計画がないか探ってほしい。私の電話番号とメールアドレスを伝えておきます。定期連絡として朝晩、メールを送ること。何か重要な事実がわかった場合は随時報告を。それから……」

鷹野はそこで言葉を切った。赤崎はまばたきをして、不思議そうな表情を浮かべている。

「絶対に正体がばれないよう注意してください。あなた自身を守るためにね」

「ええ、気をつけます」

「では、これは手付金です」

そう言って鷹野はポケットから封筒を取り出した。先日は拒絶したが、エスになった今、赤崎はわずかなためらいもなく受け取った。

鷹野から少し離れて、赤崎は封筒の中身を数え始める。予想以上の額だと気づいて、彼は驚いたようだ。笑顔を見せたりはしないが、気分が高揚《こうよう》しているのが見てとれる。この手付金だけでなく、今後は毎月の報酬も手に入るのだ。赤崎は節制を続けてきたはずだから、生活が一変する大きなチャンスだと感じていることだろう。

「どうです赤崎さん。ちょっと飲みに行きませんか。今日も私が奢《おご》りますよ」

「いいんですか？　もう、こんなに金をもらったのに……」

「気にしないでください。会計はこちらが持つようにと、上から言われています」

「へえ、警察って意外と太っ腹なんですね」

赤崎は口元を緩めて、駅のほうへと歩きだした。

彼のあとに従いながら、鷹野は苦い思いを感じていた。金を握らせたり、弱みをつかんで脅したり、そんなことをして公安部員はエスを使っている。刑事部時代には考えもしなかった方法だ。

赤崎はこれから喜んでスパイ活動をしてくれるだろう。だが彼と鷹野を繋いでいるのは金だけだ。それでいいのだろうか、という疑念がある。自分はこの先、迷うことなく赤崎を運営できるのだろうか。

かすかな不安を感じながら、鷹野は夜の町を歩いた。

約束したとおり、赤崎亮治からは朝晩にメールが入った。

ふたりの間でいくつかの符牒《ふちょう》を決めてあった。

民族共闘戦線は「マルセン」、赤崎亮治のことは「Ｔ１《ティーワン》」、笠原繁信は日傘の意味の「パラソル」などとなっている。電話で話すときはもちろんだが、メールでも細心の注意を払う必要があった。

《四月二十九日、朝の連絡。昨夜から今朝まで、特に情報はなし》

《四月二十九日、夜の連絡。今日からゴールデンウィークなので、Ｔ１は十三時にマルセン着。メンバー情報の整理やウェブサイトの更新。夕方、幹部会議があった模様。内容は不明だが、何か起こす等の雰囲気はなし。本部には仮眠室があり、四名が警備員代わりに宿泊している。Ｔ１も今日から本部に宿泊したいと申し入れ、許可された。引き続き情報収集に励《はげ》むつもり》

《四月三十日、朝の連絡。昨夜から泊まり込み。ともに宿泊している四名の目があり、作業は進まず。今朝、物置部屋に侵入したが、武器弾薬などは見つからなかった。一方、幹部の間で何か意見が対立しているとの噂《うわさ》あり。詳細は不明》

《四月三十日、夜の連絡。本日は会報の編集作業など。二十一時半、事務所に侵入してロッカーを調べようとしたが、鍵《かぎ》が見つからない。幹部の机にしまってありそうだが、発見できず》

《五月一日、朝の連絡。夜間、事務所の中を探したが、ロッカーの鍵は見つからない。幹部の発言などから、あのロッカーに何か隠されているのは間違いない。引き続き鍵を捜索する》

今朝までにこれらのメールが届いていた。

エスになった翌日、赤崎は幹部に頼んで本部に宿泊するようになったらしい。彼がこのスパイ行為にかなり気合いを入れているのがわかる。金の力は偉大だと言うべきだろう。

とはいえ、あまり派手に動くと疑われそうだ。気になった鷹野は、電話をくれるよう赤崎にメールを打った。

彼から連絡があったのは三十分後のことだった。

「お疲れさまです。何か特別な指令ですか？」

「そうじゃないんだが……。あなたの報告を見て、少し心配になったんです。あまり急ぐと怪しまれるんじゃないかと思って」

「俺に任せてください。あんなに金をもらったんだから、しっかり情報を集めないと」

「気持ちは嬉しいが、くれぐれも注意してください。あなたは大事な情報源なんです。幹部たちにばれたら元も子もない」

「もう少しでロッカーの鍵が見つかりそうなんですよ。中に機密資料があるんじゃないかと思います。必ず見つけますから」

張り切っている様子が伝わってくる。よくない兆候だな、と鷹野は思った。

「本部に泊まり込んでいるそうだが、たまには家に帰ったほうがいいのでは？」

「ゴールデンウィークで工場も休みだから、集中して調べたいんですよ。いいでしょう？」

「わかった、それは任せます。……私のほうで、何かできることはありますか」

鷹野が尋ねると、赤崎は少し考えているようだったが、やがてこう言った。

「俺のアパートを見てきてもらえませんか」

「アパートを？」

「部屋に戻ってないんで、新聞が溜《た》まっていると思うんです。留守だとわかると物騒《ぶっそう》だから、ドアポストに挟まっている新聞を、部屋の中に押し込んでくれませんか」

「そんなことなら、お安いご用ですが……」

「じゃあ、お願いします。俺のほうは、引き続き情報を集めますから」

早口でそう言うと、赤崎は電話を切ってしまった。

液晶画面を見つめて、鷹野は軽く息をつく。しばらく様子を見て、あまりにも功を焦りすぎるようなら、少しブレーキをかけるべきかもしれない。

なかなかうまくいかないものだ、と感じた。今回、鷹野が運営者になるのも初めてだし、赤崎が協力者になるのも初めてだ。いわば初心者同士で組んでいるわけだから、最初は手探りの作業になってしまうのだろう。

「どうなの、あなたのエスは」

隣の席から沙也香が話しかけてきた。鷹野は書類を鞄に収めながら答える。

「頑張ってくれていますよ。若干、力が入りすぎているようですがね」

「メンタル面もフォローしてあげて。潜入中のエスは孤独を感じやすいから、いろいろ相談に乗ってあげないと」

「わかっています。しかし氷室主任も言っていたじゃないですか。今回は時間がない、と」

沙也香は眉をひそめて、小さく身じろぎをした。反論してくる気配はない。鷹野の言うとおりだと感じて、そのまま黙り込んだようだ。

「じゃあ、ちょっと出かけてきます」

彼女にそう告げて、鷹野は分室を出た。

赤崎のアパートは品川《しながわ》区大井《おおい》にある。電車を乗り継ぎ、駅から十五分ほど歩いて鷹野は目的地に到着した。

住宅街の中の古い木造アパートだ。事前に教わったとおり二階に上がり、共用廊下を一番奥まで進んでいった。

表札に《赤崎》とある部屋の前に立つ。赤崎の心配は当たっていた。ドアポストに数日分の新聞が差し込まれ、こぼれ出そうになっている。防犯上の観点から、よくない状態だった。これでは、留守だから狙《ねら》ってくれと言っているようなものだ。

鷹野はポストの口を広げて、新聞を中に押し込んだ。そのあと念のためドアハンドルに触ってみたところ、しっかり施錠されていた。彼の留守中、特に問題はないようだ。

さて、とつぶやいて鷹野は踵《きびす》を返す。

そこで人影に気がついた。共用廊下の向こう、出入り口付近からこちらを見ている女性がいる。アパートの住人かもしれない。

廊下を歩いていって、すれ違いざま、鷹野はその人物に会釈をした。

「あの……」と女性が言った。

三十歳前後だろうか。緩いウェーブをかけたショートボブに、くっきりした眉。その下に大きめの、愛嬌《あいきょう》の感じられる双眸《そうぼう》がある。茶色の巻きスカートにクリーム色のカーディガンを羽織り、大きめのショルダーバッグを掛けていた。全体的におっとりした雰囲気の女性だ。

鷹野は足を止めた。どこかで会っただろうかと記憶をたどったが、覚えはない。こちらが不思議そうな顔をしていると、女性はためらう様子で尋ねてきた。

「すみません、赤崎さんとはどういうご関係で……」

彼女は赤崎を知っているようだ。友人か、あるいは会社の同僚だろうか。

「赤崎さんの知り合いです」鷹野は言った。「新聞を部屋の中に入れてくれ、と頼まれたもので……」

「あの人は今、どこにいるんでしょうか」

彼女は不安げな表情を浮かべている。もしかしたら、と鷹野は思った。彼女は赤崎の不在を知って、身を案じているのではないか。だとすると単なる友人ではないかもしれない。

言葉を選びながら、鷹野は彼女に尋ねた。

「私は仕事の関係で赤崎さんと知り合ったんです

が、今は一緒に飲みに行く間柄でして……。失礼ですが、あなたは？」

「あ、はい。私も赤崎さんの友達で……」

「かなり心配なさっているようですね」

「……え？」

「最近、赤崎さんが部屋に戻っていないのを、あなたは気にしていたんでしょう。それで訪ねてきた。するとと私が現れて、部屋の前で何か始めた。変だと思って様子を見ていたんじゃありませんか」

驚いた顔で、彼女は鷹野を見つめている。やがて姿勢を正して、深く頭を下げた。

「宮内仁美《みやうちひとみ》と申します。赤崎さんと、おつきあいさせていただいています」

「やはりそうですか。私は鷹野といいます」

「連絡がつかないので、昨日もアパートに来てみたんですが、赤崎さんは留守でした。なぜ帰ってこないのか、鷹野さんはご存じなんですか？」

「仕事の関係で泊まり込みをしているようですよ」

「連休中なのに？」

「特別なプロジェクトで、かなり急いでいるんだそうです」

「どうして私には教えてくれないんでしょう。しばらく連絡はできない、とメールがあって、それきりなんです」

彼女に教えられないのは当然のことだった。今、赤崎は民族共闘戦線の本部に泊まり込んで、情報収集を続けているのだ。

「仕事が立て込んでいて連絡できないんじゃないでしょうか」

「でも、メールの返事ぐらいできますよね。私たち、将来の約束までしているのに……」

「宮内さんのことを、ないがしろにしているわけじゃないと思います。疲れてしまって、メールも後回しになっているのでは？」

「そうでしょうか」

携帯電話を取り出して、宮内は液晶画面を見つめる。待ち受け画面には、赤崎と彼女のツーショット写真が表示されていた。赤崎は少し緊張したような顔をしている。その横で、宮内ははにかむように微笑を浮かべていた。傍目《はため》にも似合いのカップルだと感じられる。

宮内を見ているうち、鷹野の中に迷いが生じた。公安部員である自分は、赤崎や宮内にどう接するべきなのか。

沙也香はエスである北条に対して、生活の援助をしていた。北条が警察に自首してからは妻子にも充分な金を渡した。

たぶん鷹野も、エスの私生活にまで踏み込むべきなのだろう。だとすれば、赤崎の交際相手である宮内とも親しくしたほうがいいのかもしれない。だがそう思う一方で、ためらいもあった。

彼女のことを知れば、万一赤崎に何かあったときにつらくなる。赤崎は警察のスパイなのだと、説明しなければならないからだ。

どうすべきかと考えていると、宮内が遠慮がちに尋ねてきた。

「鷹野さん。あの人、最近どうなんでしょうか。何か私に隠しているような気がするんですが……」

「ここ数日、連絡がとれないからですか?」

「もっと前から気になっていたんです。普段は優しい人なんですけど、ときどき怖い目をするんですよ。こちらを向いていても、私じゃなくて、どこか遠いところを見ているみたいで」

以前から気になっていたのなら、鷹野の協力者になったせいではないだろう。民族共闘戦線に所属している関係で、赤崎は周囲に注意を払っていた。その様子に、宮内は違和感を抱いていたのだ。

「赤崎さんは真面目《まじめ》な人ですからね」鷹野は言った。「仕事でストレスがあったのかもしれません。今度連絡がとれたら訊いてみますよ。……いや、本当は宮内さんとゆっくり話すのが一番なんでしょうが」

「今の調子だと、それも難しそうですよね」

「いずれは仕事も一段落するはずです。安心してください」

「ありがとうございます」

　まだ不安は残っているようだが、それでも宮内はこくりとうなずいた。

　大井町《おおいまち》駅まで歩きながら彼女と雑談をした。宮内は現在二十九歳で自宅は練馬《ねりま》区、実家は埼玉県にあるという。趣味は美術館巡りで、好きな動物は柴犬《しばいぬ》だそうだ。そんなことを彼女はとりとめもなく喋《しゃべ》ったが、ふとした弾みに黙り込んでしまうことがあった。鷹野と話していながらも、やはり赤崎のことが気になるのだろう。

　駅のコンコースで、彼女は鷹野の顔を見上げた。

「じゃあ、私はここで……」

　そのまま去っていこうとするのを、鷹野は慌てて呼び止めた。会社員と偽ったダミーの名刺を取り出し、彼女に手渡す。

「宮内さん。赤崎さんについて気になることがあったら、私に電話をもらえますか。そこに携帯の番号も書いてありますから」

「あ……はい」

「私がこんなことを言うのも何ですが、今は赤崎さんにとって大事なときです。この仕事がうまくいけば、会社で高く評価されますよ。だから、できるだけ集中できるようにしてあげたいんです」

「連絡は控《ひか》えたほうがいい、ということですね。わかりました」

　やや強引だったかもしれないが、宮内も理解してくれたようだ。

「あの人のこと、どうかよろしくお願いします」

　宮内は深く頭を下げた。それからバッグを探ってＩＣカードを取り出し、改札の中へ入っていく。少し進んだところでこちらを振り返り、彼女は再び会釈をした。

　鷹野もまた、彼女に向かって会釈を返した。

4

二日後の五月三日、いつものようにメールを待っていたのだが、なかなか連絡がなかった。

携帯の画面を何度も見ながら、鷹野は思いを巡らした。多少ずれることがあっても、毎朝午前七時までには赤崎からメールが届いていた。それなのに今日は報告がない。何かあったのだろうかと、ひとり気を揉んだ。

メールの着信音が聞こえたのは、午前十時過ぎのことだった。鷹野は素早く画面を確認する。赤崎からだった。

《五月三日、朝の連絡。遅れてすみません。昨夜ロッカーの解錠に成功、機密資料を発見しました。今日は用事があると言って、アパートに戻ってきました。現在、資料を分析中。先ほど、重大な事実を発見しました。以下その内容です。

フラワーが三月二十五日、マルセンの要請に応じて連絡してきた。メールで打ち合わせを行い、パラソルをターゲットにすることが決まって、マルセン幹部はジョブを発注。その結果、パラソルは処理された模様》

メールを読んで、鷹野は大きくうなずいた。

ここで「フラワー」と書かれているのは葬儀屋のことだ。葬儀会場にある供花をイメージして付けた符牒だった。民族共闘戦線は笠原を排除したかった。それで葬儀屋を雇って、殺人の仕事を依頼していたのだ。

第一の事件で真藤が殺害されたのは四月五日、第二の事件で笠原が殺害されたのは四月十九日だった。三月二十五日に笠原の殺害が持ち掛けられたのなら、葬儀屋は第一の事件を起こす前、すでに第二の事件を請け負っていたことになる。

――奴はあらかじめ、ふたつの事件を予定していたんだ。

そして葬儀屋は小田桐を雇って殺人を実行させた。すべて周到な計画の上で行われたと言っていい。

現在、赤崎は自宅アパートにいるようだ。鷹野はすぐに架電した。

「お疲れさまです」赤崎の声が聞こえた。

「今、話せますか？」

「ええ。自分の部屋だから大丈夫です」

それを聞いて安心した。ひとつ息をついてから、鷹野は赤崎に尋ねた。

「ロッカーを開けたそうですが、トラブルはなかったんですよね？」

「問題ありません。鍵もロッカーの資料も、きちんと戻しておきました」

「フラワーの件は幹部自身のメモでしたか？」

「そうです。フラワーとは五回メールでやりとりをしたようですね。報酬額について調整が必要だったらしくて」

メモされていた内容を、赤崎は詳しく説明してくれた。

「わかりました。これで戦線が犯行に関わっていたことが明らかになった。あなたには感謝します」

「約束の件、お願いしますよ」

「ボーナスですね。あとで用意します」そう言ったあと、鷹野は付け加えた。「そうだ、アパートで宮内さんに会いましたよ。あなたと連絡がつかないので心配していました」

「えっ、本当ですか？　忙しいからしばらく連絡はできない、とメールしておいたんですよ。戦線のメンバーに知られるとまずいから、電話も控えてもらっているんだけど」

「たまにはメールぐらい送ってあげたらどうです？」

「仕事が一段落したら送りますよ。それじゃ……」

電話は切れた。

周囲に目をやると佐久間をはじめ、班員たちが仕事の手を止めて、こちらを見ていた。

「報告が来ました」鷹野は言った。「葬儀屋が民族共闘戦線から依頼を受けて、笠原を殺害したことが判明しました」

がた、と音がした。能見が椅子から立ち上がり、鷹野を凝視している。いや、よく見るとそうではなかった。能見は唇の端を上げて笑っていたのだ。

「証拠をつかんだのか。やるじゃねえか」

「……ありがとうございます」

「おまえじゃない。エスが頑張ったんだろう?」

「ああ、たしかにそうですね」

鷹野は軽く頭を下げてみせた。口は悪いが、能見がこの報告を喜んでいることは間違いない。沙也香や国枝、溝口も顔を見合わせ、うなずいている。

佐久間班長が椅子から立って話しだした。

「これで全体像が見えた。赤坂、中野の事件で被害者を殺害したのは小田桐卓也、死体損壊を行ったのは葬儀屋だろう。しかし葬儀屋に殺人を依頼した組織はふたつあった。世界新生教と民族共闘戦線だ。だから、ふたりの被害者に接点が見つからなかったわけだ。……葬儀屋には、クロコダイルのイラストをマークに使うという特徴がある。これが『死者の書』に登場するアメミトを真似たものだと考えれば、事件現場に天秤を置いていったこともうなずける。奴は古代エジプト文明にこだわる人間なんだろう」

以前、鷹野が話したことを佐久間も認めてくれたようだ。だが一点、鷹野の中に疑問があった。

「アメミトは、罪を犯した者の心臓を食らう幻獣です。もし葬儀屋が自分をアメミトになぞらえているとしたら、被害者の罪を告発するんじゃないでしょうか。つまり天秤を心臓のほうに傾け、『第二の死』の裁きを受ける形にすると思うんです。しかし現場では、天秤は釣り合っていた。これでは真藤や笠原には罪がないことになってしまいます。おかしいと思いませんか」

鷹野は同僚たちを見回した。だが、みな口を閉ざしたままで反応は薄い。ブツの意味にこだわるのは、鷹野ひとりだけなのだろうか。

「もうひとつあります」鷹野は続けた。「九年前までは、葬儀屋が天秤を置いていったという情報はありませんでした。なぜ今になってそんなものを残すことにしたんでしょうか。そもそも、なぜ九年ものブランクがあったのか」

能見は渋い表情で鷹野を見ている。沙也香は、どうしたものかと思案する表情だ。

沈黙を破って、佐久間が言った。

「そういう考え方は必要ない。民族共闘戦線が絡んでいるとわかったんだ。今後、中野事件は完全に公安マターとなる。我々が専従で捜査するということだ。この先、刑事部には中野事件から手を引いてもらう」

「待ってください」鷹野は驚いて首を横に振った。「これは殺人事件です。刑事部のノウハウを活《い》かした捜査を行うべきです。地取りも鑑取りもナシ割りも、彼らのほうがうまいのは事実でしょう。公安部だけでは、速やかな解決に至らないおそれがあります」

佐久間は不快感を滲《にじ》ませて鷹野を見据えた。その冷たい視線の中に、異論は受け付けないという強い意志が感じられる。もう、何を言っても通じそうになかった。

「葬儀屋が事件に関わっていることは間違いない」鷹野から視線を外して、佐久間は言った。「葬儀屋は十何年も前から公安部の敵だ。必ず我々だけで捕らえる。いいな」

はい、と溝口や沙也香が答えた。佐久間は再び椅子に腰掛け、資料ファイルに目を落とす。部下への指示はもう終わった、ということらしい。

鷹野は渋い表情を浮かべて、小さくため息をついた。

佐久間班はあらたな方針に従って捜査を開始した。

赤坂事件と中野事件を成功させたあと、葬儀屋が三つ目の事件を起こす可能性があった。殺人を頼みたい組織にとって、葬儀屋はこの上なく便利な存在だからだ。

佐久間の指示でメンバーは動きだした。

公安部としては、社会に危険を及ぼすような組織の壊滅こそが最優先課題となる。世界新生教を摘発した今、捜査対象となるのは民族共闘戦線だった。

葬儀屋と民族共闘戦線は再び連絡を取り合うのではないか、と佐久間は考えたようだ。とにかく戦線を監視し、葬儀屋を捕らえること。それが無理だとしても、少なくとも民族共闘戦線だけは壊滅させろ、というのが佐久間の命令だった。

国枝と溝口はこれまでどおり、監視拠点からアジトを見張ることになった。能見は戦線を脱退した者の調査を続ける。

沙也香と鷹野に与えられた任務は、明慶大学の学生や職員を調べることだった。左翼団体に関わっている者を洗い出し、場合によっては弱みを握る。ほかの大学でも左翼セクトが入り込んでいるキャンパスがあれば、積極的に聞き込みを行う。

鷹野は沙也香とともにターゲットの尾行や張り込み、情報収集を行った。対象となる人物はかなり多い。熱心に捜査を続けるうち、時間が過ぎていった。

そんな中、異変が起こった。

五月五日の朝から、赤崎の報告が途絶えてしまったのだ。こちらから短い連絡メールを入れてみても反応がない。こんなことは初めてだ。

返事がないまま五月六日になってしまった。さすがにこれはおかしいと思い、鷹野は沙也香に相談した。

「何かあったのかもしれないわ。アジトを監視している国枝さんたちには、連絡してみた？」

「さっき電話したんですが、外から見た感じでは特に異状はないようです」

「そう……」

難しい顔をして沙也香は考え込む。その表情を見て、鷹野は少し意外な思いを抱いた。他人のエスに対して、彼女がここまで心配してくれるとは思っていなかったのだ。

「もう少しメールを入れてみましょうか」鷹野は尋ねた。

「携帯を奪われている可能性もある。そうだとしたら、こちらの情報はあまり与えないほうがいいわ」

たしかに、沙也香の言うとおりだ。赤崎のメールが戦線のメンバーに見られていた場合、迂闊《うかつ》に連絡をとれば鷹野のことを知られてしまうだろう。

――とにかく今は、赤崎からの連絡を待つしかないか……。

そう考えているところへ、携帯電話が鳴りだした。相手の名前は表示されていない。少し警戒しながら通話ボタンを押すと、女性の声が聞こえてきた。

「もしもし、鷹野さんですか？」

「そうです。どちら様でしょうか」

「宮内仁美です。赤崎さんのアパートでお会いした……」

「ああ、この前はどうも」

赤崎の交際相手の女性だ。ショートボブに愛嬌のある目。先日会った姿が頭に浮かんできた。あのとき鷹野は彼女にダミーの名刺を渡した。鷹野は赤崎の会社の取引先であり、一緒に飲みに行く知人ということになっている。

「何かありましたか？」

「お忙しいところ申し訳ありません」彼女の声にはためらう気配があった。「あのあともずっと、赤崎さんから連絡がないんです。昨日アパートに行ったら、また新聞がこぼれそうになっていたので、中に押し込んできたんですけど……」

「ああ、それはありがとうございます」

そろそろ赤崎の家に行かなければ、と鷹野も考えていたところだった。

「赤崎さんは本当に大丈夫なんでしょうか」

「この前も話しましたが、大きな仕事を担当していますからね。家に戻れないんでしょう」

「だとしても変じゃないですか。今までこんなことは一度もなかったんです。電話しないでほしいと言われていますが、一度かけてみようかと……」

まずいな、と鷹野は思った。不用意に電話をかけたら、彼女の身に危険が迫るかもしれない。

「宮内さん、電話をかけるのは待ってください」少し考えたあと、鷹野はこう続けた。「今からちょっと会えませんか」

「あ……はい。時間はとれますけど」

どこがいいかと尋ねると、彼女は新宿《しんじゅく》駅新南口にある須賀原《すがわら》百貨店のそばを指定した。鷹野もよく知っている場所だ。あそこなら人通りが少ないから、話をするにはうってつけだろう。

「わかりました。では、飾り時計のそばで」

時刻を約束して電話を切る。

沙也香の許可を得て、鷹野は新宿駅に向かった。

JR新宿駅から代々木《よよぎ》駅に向かう線路沿いに、須賀原百貨店の大きなビルがある。

線路を見下ろす形で、ペデストリアンデッキが長く続いていた。あちこちにベンチが設置されているが、そこで休憩する人はほとんどいない。電車の走行音と風の音しか聞こえてこない、落ち着いた場所だった。

デッキの中ほど、飾り時計のそばに女性の背中が見えた。宮内仁美だ。今日は薄緑色のスカートに春物のショートコートという恰好だった。近づいていって鷹野は、おや、と思った。彼女はスケッチブックに鉛筆を走らせている。

宮内は飾り時計の台座にあるレリーフを模写《もしゃ》していた。大勢の子供たちがダンスを楽しむ姿が、美しく描かれていた。

「お待たせしました」

うしろから鷹野は声をかける。驚いた様子で宮内は振り返った。デッサンに夢中になっていて、人が近づいてくるのに気づかなかったのだろう。

「ああ、鷹野さん……」

「絵を描いていたんですね」

鷹野がそう訊くと、宮内ははにかむような表情を見せた。

「子供のころから絵が好きで、いつもスケッチブックを持ち歩いているんです」彼女は大きめのショルダーバッグを指差した。「時間があるときは、こうして絵を描いています」

「素敵な絵ですね。私だったら写真を撮るところですが……」

「写真もいい趣味だと思いますよ」

そう言ったあと、宮内はスケッチブックを閉じた。ひとつ深呼吸をしてから、彼女は辺りを見回す。

「この場所、好きなんです。赤崎さんとお茶を飲みに行く途中、よく歩きました」

「ああ……」

どう応じていいのかわからず、鷹野は曖昧《あいまい》な返事をした。

宮内はしばらく何か考えていたが、急に真剣な顔になって言った。

「鷹野さんはご存じなんですよね？　赤崎さんはいったい何をしているんでしょうか」

「ですから仕事ですよ。会社の命令で、特別なプロジェクトを任されていて……」

「嘘《うそ》でしょう？　赤崎さんも鷹野さんも何か隠していますよね。私だけ蚊帳《かや》の外に置いて、人に言えないようなことをしているんじゃないですか？」

先日は穏やかだった彼女の目が、鷹野を鋭く捉《とら》えている。威圧感があるわけではない。しかし、彼女の潤《うる》んだ目が鷹野を戸惑わせた。

「もしかして、あの人は何か危険なことをしているんじゃありませんか？」

ヒントもなく彼女がその事実を言い当てたことに、鷹野は驚きを感じた。以前相棒だった如月塔子《きさらぎとうこ》も、勘のよく働く女性だった。それとはタイプが違うものの、宮内もまた、ひらめきの力に恵まれた人物のようだ。

「そうなんでしょう？　赤崎さんは何かまずいことをしているんですよね。鷹野さんも、それに関わっているんですよね？」

論理的に問いただされたのなら、隙を突いて否定することもできるだろう。だが今、鷹野の目の前にいる女性は、自分の直感だけを信じて追及してくる。鷹野はこういう人物に対して、少し苦手意識を持っている。

「正直に話してください」宮内はまばたきもせず、鷹野の目を覗き込んできた。「赤崎さんと私のために、本当のことを教えてください」

仕方ない、と鷹野は思った。小さくため息をついてから口を開いた。

「私は警察官です。詳しいことはお話しできませんが、ある目的のために民族共闘戦線という左翼団体の情報を探っています」

宮内は怪訝そうな表情を浮かべた。

「左翼団体……。ニュースに出てくるテロ組織とか、そういうものですか？」

「まだテロ組織とは断定できていません。ですが、反社会的な活動を企んでいる可能性はあります。赤崎さんはその組織のメンバーです」

一瞬、宮内の目が大きく見開かれた。鷹野の言うことがよくわからない、という様子だ。だが、じきに事情を察したのだろう。彼女は宙に視線をさまよわせた。

「赤崎さんが……テロ事件を起こそうとしているんですか？」

「いえ、逆です。赤崎さんは警察の協力者になって、情報を流してくれているんです。私は仕事の内容に見合う、充分な謝礼を渡しています」

「そのスパイみたいな仕事が終わったら、赤崎さんは帰ってくるんですか？　もう危ないことはしなくて済むんですか？」

　宮内に訊かれて、鷹野は言葉に詰まった。しかしここまで来たら、隠し事をしても仕方がない。

「昨日から報告が来なくなってしまったんです。もしかしたら、赤崎さんに何かあったのかもしれません」

「何かって……何なんです？」

　彼女は目に涙を滲ませている。意を決して、鷹野は答えた。

「正体がばれた可能性があります。拉致《らち》されて尋問を受けているのではないかと……」

　すう、と息を吸い込む音がした。宮内の唇が細かく震えている。やがて彼女は、左右に激しく首を振った。

「なんでそんなことになるんですか。鷹野さんが赤崎さんをスパイにしたんでしょう？　だったら助けてください。すぐに赤崎さんを助け出してください」

「そういうわけにもいかないんです」

「どうしてですか。あなたたちは警察の人なのに」

　そのとおりだった。鷹野たちは警察官だ。だからこそ、みずからスパイになることはできない。

「私たちが潜入するわけにはいかないんです。一般市民である協力者に、依頼しなければならないんです」

「無責任じゃないですか！」宮内は声を荒らげた。

「警察は一般の人間を利用しているんですか？」

「協力を仰いでいるんです。一般市民でなければできないことがあるんですよ」

苦しい釈明だと鷹野自身もよくわかっている。だが、そう答えるしかなかった。

荒い息をしていたが、そのうち宮内は何か思いついたという表情になった。

「わかりました。私が様子を見てきます」

「……え？」

「一般市民が行けばいいんでしょう？　女の私なら、疑われることはありませんよね。赤崎さんの着替えを持ってきたとか、何か理由をつければ……」

「そんな無茶なことはさせられません。危険すぎる」

「でも鷹野さんは助けてくれないんでしょう？　だったら私が行くしかないじゃないですか！」

「待ってください。宮内さん、落ち着いて」

「嫌です。あなたの言うことは信用できません」

宮内の頬《ほお》を涙が伝い落ちた。彼女は声を忍ばせて泣きだした。

鷹野は身じろぎをした。まさかこの場で泣かれるとは思わなかった。今、宮内の中にあるのは爆発的に膨《ふく》れ上がった感情だろう。論理的な話など通じそうにない。

「鷹野さんには、他人を思いやる気持ちがないんですか？」しゃくり上げながら宮内は言った。「大事な人が亡くなっても心を動かされないんですか？　それで、よく今まで生きてこられましたね」

厳しい言葉だった。鷹野の脳裏に浮かんだのは、以前殉職した沢木政弘《さわきまさひろ》の顔だ。先輩先輩と慕《した》ってくれたあの男が、何者かに刺されて死んだ。その事実を前にして平気でいられるほど、自分は冷たい人間ではない。沢木を殺害した犯人を捕らえたい、という思いはずっと変わっていなかった。だからこそ公安部にやってきたのではないか。

それを知りもしないで宮内は鷹野を責め続ける。鷹野の中で苛立ちがつのってきた。だがそれと同時に、彼女の強い意志に心が揺らいだのも事実だ。

深呼吸をしてから鷹野は言った。

「……わかりました。明日アジトに行ってもらえますか。でも本当に、様子を見るだけにすると約束してください」

宮内はこくりとうなずいた。彼女の顔は、涙でひどい状態になっている。

ハンカチを取り出して、鷹野は彼女に手渡した。

5

腕時計を確認する。正午を少し回ったところだ。

鷹野はセダンを路肩に止め、助手席のほうに目を向けた。そこには緊張した表情の宮内仁美がいる。

昨日新宿で会ったときとは違って、灰色のスカートに厚手のニットカーディガンという服装だった。膝《ひざ》の上にはスポーツバッグを載せている。中に入っているのは男物の下着や靴下、ワイシャツ、タオルなどだ。

「……大丈夫でしょうか」

ここにきて急に心細くなったのか、宮内は小さな声で尋ねてきた。

「やめるなら、引き返せますよ」

少し意地が悪いかと思ったが、鷹野はそう言った。宮内はぶるぶると首を横に振ったあと、表情を引き締めた。

「いえ、行きます。あの人が無事かどうか、確認してきます」

「本人は出てこないでしょうから、荷物をメンバーに預けて、赤崎さんがどこにいるのか訊いてください。アパートにも戻っていないので心配している、という演技をするんです」

すると宮内は、不服そうな表情を浮かべた。

「演技じゃありません。私、本当に心配なんです」

「ああ、すみません。そうですよね」鷹野は軽く頭を下げた。「とにかく、くれぐれも無理はしないように。……ではマイクの確認を」

カーディガンの裏に小型マイクが取り付けてあ

る。宮内はそこに向かって「もしもし、聞こえますか」とささやいた。鷹野のイヤホンにその声が届いた。感度良好、問題なしだ。

「本当はあなたにもイヤホンを使ってほしいんですが、見つかる危険があります。私は指示を出せませんから、ここから先はひとりで行動してください」

「……わかりました」

「渡しておいた盗聴器は、可能であれば仕掛けてください。もしチャンスがなければ、そのまま持って帰ってくるように」

「はい、そうします」

　鷹野はフロントガラスの向こうを指差した。行き交う車の先、三十メートルほど離れたところに四角い建物が見える。台東区にある、元玩具販売会社の社屋。今は民族共闘戦線のアジトだ。道路の反対側、アジトを見下ろすマンションの一室では、国枝・溝口コンビが監視を行っているはずだった。

「門を入って右手、東側が駐車場です。そして門の西側には、元社屋だった建物があります。玄関の中に入るとすぐに事務所が見えます。メンバーはそこにいるはずです」

　今、駐車場には五台の車が停《と》まっている。乗用車が三台、ワゴン車が一台、トラックが一台だ。先ほど国枝に問い合わせたところ、現在アジトには少なくとも六人のメンバーがいるらしい。その中のひとりは赤崎だ。ただし赤崎の姿は五月四日の昼以降、見ていないということだった。

「じゃあ、行ってきます」

　覚悟を決めたという顔で、宮内は車の外に出た。鷹野のほうをちらりと見たあと、彼女はスポーツバッグを提げて歩きだす。

　車が途切れるのを待って、宮内は道路を渡った。アジトの門を抜け、左側に向かう。

〈建物に着きました。中に入ります〉

　イヤホンから宮内の報告が聞こえた。いつもより硬い声になっているのがわかる。

落ち着いてくれ、と鷹野は祈った。ごく自然に振る舞ってくれればそれでいい。

ピンポン、とチャイムの音がした。ややあって、インターホン越しと思える男の声が聞こえてきた。

〈はい……〉少し警戒するような雰囲気がある。

〈私、宮内と申します。赤崎さんに頼まれて、着替えを持ってきたんですが〉

〈着替え？　赤崎とどういう関係ですか〉

〈知り合いです〉

〈……知り合いって、どういう知り合い？〉

〈おつきあいさせていただいています〉

〈彼女さん？　ちょっと待ってて〉

インターホンの声は途絶えた。二十秒ほど経ったころ、ようやくドアの開く音がした。

〈今、赤崎は出かけてます〉男性が言った。〈俺が荷物を預かりますよ。悪いけど、このまま帰ってもらえますか〉

〈だったら、すみません、あの人にメモを残していきたいんですが〉

宮内がそんなことを言ったので、鷹野は眉をひそめた。どういうつもりだろう、と思っていると、彼女はさらに予想外のことを口にした。

〈……ごめんなさい。ペンのインクが切れてしまったみたいで〉

〈仕方ないな。貸してあげますよ〉

〈ちょっと中に入れてもらえませんか。すぐに済みますから〉

強引すぎる、と鷹野は思った。初対面の相手に対して、この行動はかなり不自然だ。

だが男は承知したようだった。宮内がおっとりした感じだから、油断したのだろう。

ドアの閉まる音。ふたつの靴音。そして今度はドアを開ける音。事務所に入ったらしい。

〈これ、使って〉

〈ありがとうございます。助かります〉

宮内は筆記用具を借りたようだ。と、そこへ別の男たちの声が聞こえた。

〈俺たち飯食ってくるから、あとを頼むな〉

〈わかりました〉これは宮内を案内してくれた男だ。

イヤホンを気にしながら、鷹野はフロントガラスの向こうを見つめた。十秒ほどして、アジトの門からふたりの男が出てきた。彼らは道を歩きだす。おそらく、近くの飲食店に向かうのだろう。

これでアジトにいる人間は四人程度まで減ったわけだ。鷹野がそう考えていると、イヤホンから携帯電話の着信メロディーが聞こえた。男が誰かと通話を始めた気配があった。

〈ああ……その件なら問題ないよ。……いや、倉庫にあるはずだけど。……わかった、ちょっと見てくる〉

男の話し声が遠くなった。彼は廊下に出ていったようだ。

宮内のささやきが鷹野の耳に届いた。

〈あの男は倉庫に行ったみたいです。事務所には誰もいません〉

続いて、ごそごそと何か作業をしている音。やがて彼女はまたささやいた。

〈盗聴器を仕掛けました〉

それでいい、と鷹野はひとりうなずく。素人に作業させるのは不安だったが、うまく処理してくれてよかった。

静けさの中、きい、とドアの開く音がした。

〈これから建物の奥に行ってみます〉

その言葉を聞いて、鷹野は耳を疑った。盗聴器を仕掛けるところまでが彼女の仕事だ。それ以上のことは望んでいない。

——無理をするなと、あれほど言ったのに。

勝手なことをしないでくれ、と宮内に伝えたかった。だが彼女はイヤホンを持っていない。鷹野の命令は届かない。

宮内は廊下を進んでいるようだ。ときどき靴音が止まるのは、ほかの部屋を覗き込んでいるからだろう。

〈かなり広いです。あいている部屋が多いですね。……ええと、ここは鍵がかかっていて……でも小さい窓があります。……あ！〉

何かあったのだろうか。鷹野は身を固くして、イヤホンに神経を集中させる。

〈赤崎さんがいます。でもおかしい。倒れています〉

ついに赤崎を発見したのだ。彼女の息づかいが少し荒くなっていた。

〈ドアは開きません。やっぱり鍵がかかってる〉

〈顔に血が付いています。怪我をしているみたい〉

〈こっちを向いて、赤崎さん〉

やめるんだ。早く事務所へ戻ってくれ――。鷹野は息を詰め、拳《こぶし》を握り締める。

そのとき、男の強い声が聞こえた。

〈おい、おまえ誰だ〉

さきほどの男とは別の人間だろう。中にいたメンバーに見つかってしまったのだ。

〈すみません、私、赤崎さんの知り合いなんですが、着替えを持ってきて……〉

〈なんでこんなところにいる？〉

〈応対してくれた方がどこかに行ってしまったので……。それで捜していたんです〉

〈本当か？　おまえ、何か探りに来たんじゃないのか？〉

〈痛い！　放してください！〉

鷹野は舌打ちをした。だから無理をするなと言ったのだ。目的がばれたら何もかも水の泡《あわ》になってしまう。

どうするか、と考えた。とにかく奴らの気を引かなくてはならない。

車から降りると、鷹野はアジトに向かって走りだした。細かいプランは描けない。とにかく騒ぎを起こして連中を引きつけよう、と思った。

だが、鷹野はすぐに足を止めた。道端に立ち止まり、無線の声に耳を澄ます。

〈どうしたんだよ、あんた。勝手に歩いちゃ駄目だろう〉

最初に事務所へ案内してくれた男が、戻ってきたようだ。彼は仲間に説明を始めた。

〈この人は赤崎の知り合いで、着替えを届けに来たんだ。……あんた、用が済んだら早く帰りな。バッグはあとで渡しておくから。ほら、急げよ〉

〈わかりました……〉

マンションの植木の陰に隠れて、鷹野は様子をうかがった。じきにアジトから宮内が出てきた。一度建物のほうを振り返ったあと、彼女はとぼとぼと歩きだす。

鷹野が姿を現すと、宮内は驚いた様子だった。

周囲を確認してから、鷹野は彼女を連れて車に戻った。すぐにエンジンをかけ、一ブロックほど離れた場所まで移動する。それから彼女に話しかけた。

「勝手なことをしないでください。もう少しで目的がばれるところだった」

「すみません」消え入りそうな声で宮内は言った。「私、少しでも情報を集めたくて……」

「……で、赤崎さんの様子はどうでした？　場所を教えてください」

鷹野はメモ帳を差し出す。宮内は記憶をたどりながら、建物の見取り図を描き始めた。

「詳しくはわかりませんけど、玄関があって事務所があって……。廊下をまっすぐ進んで、たぶんこのへんです。鍵のかかった部屋の中に赤崎さんが倒れていました。殴られたんでしょうか、血だらけになっていて……」

宮内は顔を強張《こわば》らせている。

自販機で缶コーヒーを買って、鷹野は彼女に手渡した。その間に、盗聴器から送信される電波を受信し、アジトの様子を探った。

先ほどのふたりの男が、ぼそぼそと話しているのが聞こえてきた。

〈外の人間を中に入れるのはまずいぞ。気をつけろ〉

〈悪かったよ。これからは注意する〉

〈赤崎は誰かに情報を流していたんだからな。さっきの女だって怪しいもんだ〉

〈あんな女が？　それはないだろう〉

〈赤崎に訊けばはっきりする。もっと痛めつけて白状させるんだ〉

〈あんまりやりすぎると、死んじまうんじゃないか？〉

〈だからって、生ぬるいやり方じゃ埒《らち》が明かない〉

ふたりの会話を聞いて、鷹野は唸った。

すでに赤崎はどこかのスパイだと疑われているのだ。しかし拷問を受けても、まだ口を割っていないらしい。鷹野に迷惑をかけたくない、ということか。いや、そうではないだろう。白状すれば殺されるから、沈黙を守っているのだ。

——赤崎が生き延びるには、拷問に耐え続けるしかないんだ。

彼にとっては絶望的な状況だろう。そこまで追い込んでしまったのは、ほかでもない鷹野自身だ。

助手席に座っていた宮内が、こちらを向いた。

「赤崎さんは鷹野さんを信じているはずです。あなたは警察官なんですから」

「わかっています」

「だったらお願いです。赤崎さんを助けてください」

「……なんとか、方法を考えます」

絞り出すような調子で鷹野が言うと、宮内は身を乗り出してきた。真剣な目で鷹野をじっと見つめる。

「曖昧な答えは聞きたくありません。責任を持ってあの人を助ける、と言ってください」

容赦のない追及だった。だが、そう主張するだけの権利が宮内にはある。危険を顧みず、彼女は民族共闘戦線のアジトに潜入したのだ。一方の鷹野は、これまでのところ何の危険も冒していない。

「あなたは赤崎さんを見殺しにするんですか？」

その言葉は鷹野の心に刺さった。一般市民を利用しておいて最後は切り捨ててしまう。そんなことが許されるはずはなかった。警察は人々を守る組織でなければならないのだ。

「彼を助け出します。必ず、この手で……」

それしかない、と思った。赤崎はこれまでに相当痛めつけられている。もう時間がない。

すぐに行動を起こす必要があった。


宮内仁美を最寄りの駅へ送り届けたあと、鷹野は分室に戻った。

能見、沙也香、国枝に挨拶《あいさつ》してから、佐久間班長に状況を報告する。赤崎が拷問を受けていることを伝え、真剣な顔で言った。

「急がないと間に合わなくなります。T1の救出を許可してください」

だが、佐久間は不機嫌そうな顔をこちらに向けた。

「救出するといっても、具体的にどうするつもりだ」

「ガサ入れをすれば一発です。T1は半殺しにされているんですから」

「今の状態でガサ入れはできない」

佐久間の答えに驚いて、鷹野は眉をひそめた。

「なぜですか」

「まだ情報収集が不充分だ。民族共闘戦線をつぶすには組織構成、金の流れ、外部との関係などをすべて解明しなければならない。事を急いだら、奴らに逃げる隙を与えてしまう」

「情報が揃う前に、T1は殺されてしまいます！」

鷹野は声を強めて主張する。しかし佐久間の目は冷たいままだった。

「わからないのか？　助けに行けば警察の関与を証

明することになる。そうなったら組織をつぶせないばかりか、葬儀屋にもたどり着けなくなる」

「協力者を見捨てるんですか？」

「仕方がない。大きな目的のためには犠牲も必要だ」

この人は、と鷹野は思った。この佐久間という上司は、今までどんなふうにエスを運営してきたのだろうか。こちらに取り込むときだけはうまい条件を出し、都合が悪くなると無慈悲に放り出してしまう。そんなことを何度も繰り返してきたのか。裏切られ、佐久間を憎んでいるエスは数知れないのではないか。

「それが公安のやり方だ、というわけですか」鷹野は相手を睨んだ。「私は納得できません。佐久間班長、あなたは何人のエスを見殺しにしてきたんですか」

「おい鷹野！」能見が声を荒らげた。「班長に失礼だろう。謝罪しろ」

「謝りません。自分が間違っているとは思いませんから」

「おまえ、この前少しばかり筋読みが当たったからって、そういう態度で……」

まあまあ、と国枝が間に入って能見を宥《なだ》めた。

「鷹野さんも、あまり感情的になってはまずいですよ。T1については、このあともう一度考えてみましょう。氷室主任も相談に乗ってくれますよね？」

急に話しかけられ、沙也香は驚いたようだ。しかし、すぐにうなずいた。

「そうですね。……鷹野くん、状況を分析して最善の手を尽くすようにしましょう」

彼女の言葉を聞いて、少し気持ちが落ち着いた。

佐久間と能見に反発して、鷹野はかなり苛立ってしまった。この部署には失望した、という思いが強かった。だが国枝は自分を援護してくれている。沙也香も前向きな態度をとってくれる。自分にも味方がいるとわかって心強くなった。

佐久間に向かって、鷹野は深く頭を下げた。

「失礼な言い方をしたことはお詫びします。申し訳ありませんでした。……ただ、班長のやり方には納得できません」

「鷹野、おまえ、まだそんなことを……」

能見がこちらを睨んでいる。だが、気がつかないふりをした。

「とにかく、何か手を考えます」

そう言って鷹野は自分の席に戻った。

それから三十分ほど、沙也香と国枝は真剣な顔で相談に乗ってくれた。鷹野たちは三人でいろいろと知恵を絞ってみた。だが、なかなかいい方法は思いつかない。沙也香も国枝も、手詰まりだという表情になっていた。

だからといって、このまま様子を見ようなどと言っていたら、今夜にも赤崎は殺されてしまうかもしれない。

「T1を見殺しにはできませんよ」

鷹野は眉間《みけん》に皺《しわ》を寄せて、沙也香に言った。それから、人差し指の先でこめかみを揉んだ。時間の猶予がない今、焦りばかりが膨らんでいく。

かつて相棒だった沢木は鷹野を慕い、全幅の信頼を寄せてくれていた。それなのに自分は彼を死なせてしまった。あの件は今も、鷹野の心に暗い影を落としている。

そして今度は、協力者の赤崎が死の危険にさらされているのだ。

——俺を信じてくれた人間を、また失ってしまうのか。

そういうわけにはいかない。やはり自分が動くしかないだろう、と思った。

「今夜、民族共闘戦線に潜入します」決意を固めて鷹野は言った。「T1を必ず救出してきます」

「それは駄目」沙也香が首を横に振った。「公安の仕事がまだわからないの？　警察が動いていると悟られたら、その時点で私たちの仕事は失敗なのよ。

気づかれてはいけないの」

強い調子で咎《とが》められ、鷹野は黙り込むしかなかった。

気まずい雰囲気が辺りに満ちた。沙也香は目を伏せ、指先でネックレスのチェーンに触れている。

鷹野の頭に、赤崎の顔が浮かんできた。最初のうち、赤崎はエスになることを拒《こば》んでいた。それを無理やり協力者に仕立て上げたのは鷹野だ。責任を感じずにはいられない。

休憩室に行って、鷹野はひとり思案に沈んだ。

過去、刑事部の仕事を続けている間は、最後の最後でどうにかなることが多かった。チームプレーで事件が解決する場面が何度もあった。だが公安部にやってきた今、妙案は浮かびそうにない。

「大丈夫ですか?」

うしろから声をかけられ、鷹野ははっとして振り返った。国枝が立っていた。

「ああ、すみません」鷹野は会釈をする。「さっきはいろいろ考えてもらったのに……」

「こちらこそ申し訳ないです。いいアイデアが出せなくて」

国枝は隣の席に座ると、テーブルに書類を置いた。不思議に思いながら、鷹野はその紙を手に取る。描かれているのは建物の見取り図だった。

「まさかこれは……戦線のアジトですか?」

「古い手書きのメモがあったので、溝口くんに作図してもらったんですよ。我々は現在、これを見て監視を続けています。ひょっとしたら鷹野さんの役に立つんじゃないかなあ、なんて思いまして」

「ありがたい! T1が監禁されている部屋はたぶんここです。東側の窓から侵入できそうですね。脱出するときには北の通用口を使えばいいのか。助かります」

そこまで言ってから、鷹野は国枝の顔を見つめた。

「いいんですか、こんなものを俺に見せて」

「いや、私が見せたわけじゃありません」国枝はふふっと笑った。「あなたが勝手に盗み見ただけです。そういうことにしておいてください」

なるほど、と鷹野は思った。もし問題になったとしても、巻き込まないでくれということだろう。食えない狸《たぬき》ではあるが、意外と情に厚い性格らしい。

「私だったら絶対に行きませんけどね」国枝は澄ました顔で言った。「でも鷹野さんの気持ちもわかります。たぶん、私はずるい人間なんでしょう。これまで自分ができなかったことを、鷹野さんにやらせているような気がする」

「……そうなんですか？」

「あなたは本当に変わった人ですよ。でも、そこがいいんでしょうね」

じゃあ、と言って国枝は休憩室から出ていった。

鷹野は立ち上がると、彼のうしろ姿に向かって深く礼をした。

6

午前二時が近づき、通りを走る車はほとんど見られなくなった。

運転席に座って、鷹野はずっと息をひそめている。アジトの監視を始めてから、すでに一時間が経過していた。並び建つ雑居ビルの明かりはほとんど消え、街灯がぼんやりアスファルトの路面を照らしている。

耳につけたイヤホンからは何も聞こえてこなかった。盗聴器は音を拾っていない。今、事務所には誰もいないということだ。

ポケットの中で携帯電話が振動した。鷹野は携帯を取り出し、通話ボタンを押す。

「アジトの状況をお伝えします」溝口の声が聞こえた。「寝室の明かりは消えたままです。待機メンバーはみんな就寝していますね。事務所も暗いままで変化はありません」

　溝口はアジトの向かいにあるマンションで、メンバーの監視を続けている。アジトの現在の状態を、鷹野に教えてくれたのだ。

「ありがとう。情報をもらえて助かった」

「もしかして鷹野さん、これからあそこへ……」

　彼がそう言いかけたのを、鷹野はすぐに遮《さえぎ》った。

「君はただ、俺の問い合わせに答えただけだ。そのあと俺が何をするか、まったく想像もつかなかった。そういうことにしておいてくれ」

「でも、僕は一晩中アジトを監視しているわけですから……」

「誰かがアジトに忍び込んだ、ということは報告してもらってかまわない。君は君の任務を果たしてくれ」

「そこまでやるべきじゃないと思いますよ。捕まったエスをいちいち助けに行っていたら、きりがありません」

「それ以上、喋らないほうがいい。君は何も知らないんだからな」

「鷹野さん……」低い声で唸ったあと、溝口は言った。「じゃあ、切ります」

「気をつかわせて悪かった」

　通話を終えて、鷹野は携帯電話をポケットに戻した。

　黒い手袋を嵌《は》めたあと、車を降りる。街灯を避けながら歩道を進んでいった。

　午前二時七分、鷹野は民族共闘戦線のアジトに侵入した。

　東側の駐車場には二台の乗用車と、一台のトラックが停まっている。鷹野は西側にある建物に向かった。以前、玩具販売会社の社屋だったこの建物は、四角くて無骨な印象だ。

　防犯カメラはないと聞いているから、行動が制約されることはない。壁伝いに走って、洗面所のそばにある窓に近づいた。ドライバーでガラスを割ったあと、右手を差し込んでクレセント錠を外す。そっと窓を開け、中の様子をうかがった。誰もいない。

鷹野は屋内に忍び込んだ。


暗い廊下でひとつ深呼吸をする。

国枝が見せてくれた図面を思い浮かべ、北のほうへ歩きだした。突き当たりに鉄製のドアがあった。通用口だ。

サムターンを回すと、かちりと音がしてデッドボルトが外れた。ドアの外は裏庭だ。これで脱出路は確保できた。負傷した赤崎を窓から連れ出すのは難しい、と鷹野は考えたのだった。

元どおりドアを閉め、あらためて辺りを見回す。

図面によれば廊下はふたつあるはずだ。今通ってきたのは窓に面した細い廊下。もうひとつは、建物の中央を縦断するメインの廊下だ。宮内仁美はそちらを歩いているとき、赤崎を目撃したという。

鷹野は足音を忍ばせ、西のほうへ進んだ。十メートルほどで、メインの広い廊下に出ることができた。宮内はこの廊下を玄関のほうから、つまり南のほうから歩いてきた。鷹野は逆に、北のほうから歩く形になった。

廊下にはところどころに常夜灯がある。頼りない明かりだが、ないよりはましだ。

息を殺して歩くうち、思わぬことが起こった。前方二十メートルほどの場所に明かりが見えたのだ。ライトを持った誰かが、西から東へ歩いていく。鷹野は周囲に目を走らせた。そばにあったドアに触れてみると、幸い施錠されていない。細く開けたドアから室内に滑り込んだ。

そこは物置部屋だった。古い机や椅子が置かれ、窓際には段ボール箱が積み上げられている。手近な箱を開けてペンライトで照らすと、ヘルメットや防毒マスクが入っていた。眉をひそめて、鷹野はひとり考え込む。

再びドアに近づき、わずかに隙間を作って廊下を観察した。三分ほどのち、南のほうを明かりが動いていくのが見えた。先ほどとは逆に、東から西へと戻っていく。

そのまま待っていると、遠くでドアの閉まる音がした。トイレにでも行っていたメンバーが、寝室に戻ったのだろう。

鷹野は再び廊下に出た。足早に南へ進み、宮内から教えてもらった部屋にたどり着いた。小さな窓から中を覗き込む。そこで首をかしげた。

常夜灯があるため、薄暗いながらも室内の様子がわかる。そこに赤崎の姿はなかった。

ドアノブに触れてみると、施錠されてはいなかった。宮内の情報とは違っている。いったい何が起こったのか。

鷹野は静かにドアを開けて、室内に入った。最初に感じられたのは生臭いにおいだ。ペンライトで照らすと、床がひどく汚れているのがわかった。垂れ流された尿。そして血の痕《あと》があちこちに見える。

赤崎がここに捕らえられていたことは間違いなかった。だが今、室内に彼の姿はない。

まさか、という思いが胸の中に広がった。赤崎はすでに殺害されてしまったのではないか。遺体はもう運び出されてしまったのでは――。

鷹野は眉をひそめた。せっかく助けに来たというのに、間に合わなかったのだろうか。

そのとき、床に妙なものが記されているのに気がついた。血で書かれていて、《d》という文字のように思われる。

――もしかしたら、赤崎が残したサインか？

必死に頭を働かせた。赤崎は何かの単語を記そうとして、最初の一文字しか書けなかったのかもしれない。dから始まる単語といったら何か。「day」で「日」の意味か。「danger」で「危険」だと言いたかったのか。それとも「die」で「死」が訪れると伝えたかったのか。

いや、待て、と鷹野は思った。もう一度その血文字を見つめる。話はもっと単純なのではないか。反対から見れば、これは《P》と読める。駐車場に運ばれる、と伝えたかったのではないだろうか。

鷹野はドアを開けて廊下に出た。

そのときだ。右手のほうから男の声が聞こえた。

「おい、誰だ？」

はっとして鷹野はそちらに目を向けた。数メートル先にトレーナー姿の男が立っていた。右手に缶コーヒーか何かを持っている。

鷹野は男に向かって突進した。不意を突かれて相手は動揺している。腕をとってねじり上げ、転倒させた。そのまま柔道の絞め技を極《き》めると、男は気絶したようだった。

鷹野は廊下を走りだした。

通用口から裏庭に出て、東側の駐車場へ向かう。

乗用車二台を確認したが、どちらにも人の気配はなかった。だとすれば、あの車だ。鷹野はトラックの後部へ回り込み、ドアを開けて荷室を覗き込んだ。

やはりそうだ。血まみれの男性が倒れている。

荷室に上がって、鷹野はその人物に駆け寄った。顔を確認すると、思ったとおり赤崎亮治だった。

激しい暴行を受けたのだろう、顔が腫《は》れ上がってひどい状態だ。首筋や頭にも傷があり、赤黒い血がこびり付いている。

「T1——赤崎、しっかりしろ」

小声で呼びかけてみたが、応答はない。しかし鼻や口を観察すると、自発呼吸はあった。どうやら意識を失っているようだ。

戦線のメンバーは、赤崎をどこかに運んで始末するつもりだったのだろう。こうして間に合ったのは、幸運だったとしか言いようがない。

とにかく、一刻も早く運び出さなければならなかった。鷹野は赤崎を荷室の端まで引きずっていった。先に外へ出てから、彼を背負って駐車場を歩きだす。赤崎は大柄《おおがら》ではないが、それなりの体重はあった。さらに、意識を失っているからよけいに重く感じられる。

門を抜け、歩道を急いだ。ずり落ちそうになる赤崎を揺すり上げ、足を速める。

車までの距離はあと十メートルほどだ。

「おい、待て!」

うしろから叫ぶ声が聞こえた。

鷹野は舌打ちをする。もう気づかれてしまったのか。

車まで全力で走った。後部座席に赤崎を座らせ、シートベルトを締める。それから急いで運転席に乗り込んだ。

そこへ追っ手が現れた。ひとりは外からドアを開けようとする。もうひとりはフロントガラスを激しく叩いている。

エンジンをかけ、鷹野は車を急発進させた。

ドアの脇にいた男が路面に転がった。だがもうひとりはボンネットに乗り、必死になって何か喚《わめ》いている。鷹野は思い切りブレーキをかけた。反動で男はボンネットから転がり落ちる。バックしたあとハンドルを切り、その男をよけて車をスタートさせた。

後方でふたりの男たちが叫んでいる。

鷹野は次の角を左折したあと、その先を右折し、ジグザグに車を進めた。二キロほど走ってから大通りへ出て、ようやく息をついた。

車を走らせながら、鷹野はルームミラーを確認した。

そこには赤崎の姿があった。ぐったりしたままで、意識を取り戻す気配はない。車体の振動が伝わって、わずかに体が揺れている。頭から顔、喉の辺りまで血でひどく汚れていた。まるで交通事故にでも遭ったかのような状態だ。

——ちくしょう! 何もかも俺のせいだ。

こんな事態になる前に、どうにかできなかったのだろうか。

赤崎は毎日アジトで危険な調査を続けていた。鷹野は逐一その報告を受けていた。命令を変更できるのは鷹野だけだったのだ。それなのに無理なことをさせてしまった。

うまく情報を手に入れたらボーナスを出す、と言ったのは鷹野だ。それにつられて、赤崎はがむしゃらに作業を続けたのだろう。この仕事には危険があることを、鷹野はもっと強調すべきだったのではないか。内ゲバや粛清が起こり得ると、伝えておくべきだったのではないか。

鷹野はそれを怠った。いや、あえて説明を避けていた。そんなリスクを知らせたら協力を拒まれる、と思ったからだ。任務の遂行を重視した結果だった。

結局のところ、自分もずるい人間でしかなかったのだろう。佐久間班長を批判しながらも、やっていることは同じだったのだ。


舌打ちをしたあと、鷹野はアクセルを踏み込んだ。

しばらく運転を続け、墨田《すみだ》区内の救急病院に車を乗り入れた。今日、この病院では整形外科医が勤務していることを調べてあった。

夜間受付へ向かい、声を強めて依頼する。

「事件に巻き込まれた男性がいます。車で連れてきました。受け入れをお願いします」

職員は驚いた様子で鷹野を見つめた。

「あの……事件なら警察のほうにも連絡しないと……」

鷹野は素早く警察手帳を呈示《ていじ》した。

「私は警察官です。患者の身元は警察が保証します。治療費もすべて我々が支払います」

「先生に訊いてみますので、ちょっとお待ちください」

内線電話で、職員は医師に連絡をとってくれた。しばらくやりとりを続けてから、彼はこちらを向く。緊張した表情がそこにあった。

「診てくれるそうです。車はどちらに？」

「救急入り口の近くに停めてあります」

「看護師がストレッチャーを用意しますので、患者さんを無理に動かさないでください」

「ありがとうございます！」

礼を述べて鷹野は車に駆け戻った。後部座席のドアを開け、セダンの中を覗き込む。

シートに身をもたせかけたまま、赤崎は固く目を閉じていた。今も意識は戻っていないようだ。

だがそのとき、彼の唇がかすかに動いたように思えた。

「どうした？」

口元に耳を近づけたが何も聞こえない。譫言《うわごと》だったのか、それとも筋肉が痙攣《けいれん》しただけだったのか。

血にまみれた彼の顔を、鷹野はじっと見つめる。

「すまない、赤崎……」

今になって詫びても遅すぎるだろう。

だがそれでも、鷹野は自分の行動を悔《く》やまずにはいられなかった。

第二章　過去

1

五月八日、午前七時三十分。連休明けの月曜とあって、電車はひどく混雑していた。

満員の車内で、無理をして新聞を読んでいる男性がいた。いつもの鷹野なら、マナーの悪さを少し気にする場面かもしれない。だが今朝は、何かを不快に思う感覚さえ麻痺《まひ》しているようだった。

集中力がすっかり損《そこ》なわれている。周囲への注意が働かない。体よりも頭が疲れてしまっているのだ。

窓外に目を向ける。流れていく景色を見ているうち、未明の出来事が脳裏に甦《よみがえ》ってきた。

民族共闘戦線のアジトから赤崎を奪還したあと、鷹野は墨田区内の病院に急行した。赤崎はいくつかの検査と応急処置を受け、そのまま入院することになった。

手続きを終えて車に戻ったとき、自分のスーツが汚れていることに気がついた。紺色の生地《きじ》だからわかりにくかったが、両袖《りょうそで》や腹部、背中などに赤黒い血の痕がある。

拷問を受けた、赤崎の血液だ。

これを着たまま勤務に出かけるわけにはいかなかった。鷹野は車を分室の駐車場に停めたあと、タクシーで自宅に戻った。血で汚れたスーツを脱ぎ、シャワーを浴びてコーヒーを飲んでいると、もう出かける時間になってしまった。

通勤のため電車に乗ったが、視界に入ってくるものが何もかもはっきりしない。まるで頭に靄《もや》がかかったようだった。吊り革につかまって鷹野は目頭を揉んだ。

　鷹野は今、大きなトラブルの渦中にいた。憎むべきは民族共闘戦線だが、赤崎を運営していたのは自分だ。責任を感じないわけにはいかなかった。

　午前八時過ぎ、分室に入っていくと、すでに佐久間班長が出勤してきていた。彼だけではない。能見と沙也香の姿もある。三人は鷹野を見て、一様に眉をひそめた。

「おはようございます」

　鷹野がそう言うと、能見が舌打ちをした。

「何がおはようだ。おまえ、やってくれたじゃねえか」

　今日の未明、鷹野は沙也香に架電して状況を報告している。その情報が佐久間や能見に伝わったのだろう。だから彼らは、早朝から分室に集まっていたのだ。

「氷室から話は聞いた」佐久間は重々しい口調で言った。「おまえは自分が何をしたか、わかっているのか」

　鷹野は表情を引き締めた。佐久間たちは自分を責めようとしている。それを悟った途端、急速に頭が回り始めた。

　背筋を伸ばして鷹野は答えた。

「私は、拷問されていた協力者を救出しました。私が行かなければT1は殺害されていたはずです」

「殺人事件を未然に防ぐことができた、というわけか。それで満足か？」

「満足はしていません。助けたとはいえ、T1は重傷を負っていました。もっと早く救出できていれば、あれほど傷つけられなかったはずです」

「おい鷹野」能見が口を挟んできた。「そういうことを訊いてるんじゃないんだよ。おまえが勝手なことをしやがるから……」

　待て、と佐久間が制した。能見は不満そうな顔をしたが、そのまま黙り込む。

　あらためて佐久間は、鷹野に視線を向けた。

「おまえはT1だけでなく、交際相手まで使ったそうだな。挙げ句の果てに、みずから民族共闘戦線のアジトで騒ぎを起こした。そのせいで奴らは最大級の警戒態勢をとり始めた。未明から十数人のメンバーがアジトに集合し、周囲に目を光らせている」

「……本当ですか？」

「それから、おまえがT1の女に仕掛けさせた盗聴器も、見つかって取り外された」

鷹野ははっとした。一般の素人に設置させたから、すぐに見つかってしまったのだろうか。いや、そうとは言い切れない。あの騒ぎがあったから、民族共闘戦線のメンバーは事務所を隅々まで調べたのではないか。

「すべておまえのせいだ」佐久間は言った。「奴らは当分、派手な動きを控えるだろう。今までの監視活動は水の泡だ。おまえは、どうやってこの責任をとるつもりだ」

「ですが……」鷹野は言葉に詰まった。「T1を助けるためには、あれ以外に方法がなかったんです」

「鷹野くん、それは違う」

そう言ったのは沙也香だった。彼女はゆっくりと首を左右に振った。

「どうしてわからないの？　何度も説明したでしょう。私たちの目的は、社会を脅かす組織を壊滅させることよ」

「わかっていますが、だからといって自分のエスを放っておくわけには……」

「いい加減にしろ！」突然、能見が怒鳴《どな》った。「勝手な正義感で、現場を引っかき回すなと言ってるんだよ。迷惑だ」

その言葉には納得がいかなかった。鷹野は能見をちらりと見たあと、沙也香のほうに目を向けた。

「氷室さんも、T1を救出しようと知恵を絞ってくれたじゃないですか」

「ええ、そうよ。だけど方法は見つからなかった。だったら諦めるしかないでしょう」

「諦めるって……それでいいんですか」

「民族共闘戦線が警戒を強めたら、葬儀屋を捕らえる手がかりも失ってしまうのよ。少し頭を冷やしたらどう？」

「冷やしたって俺の考えは変わりません」

沙也香は不快そうな表情で鷹野を睨んだ。能見は腕組みをして、眉間に皺を寄せている。しばらくの沈黙のあと、佐久間が低い声で言った。

「おまえは公安部には向いていない。しばらく民族共闘戦線の捜査から離れろ」

「離れて、どうすればいいんですか」

「俺たちの邪魔をするな。人目につかないところで刑事ごっこでもやっていろ」

きつい言葉だった。相手が佐久間でなければ鷹野はさらに反論していたかもしれない。だが、この状況ではさすがに口を閉ざすしかなかった。

ひとつ頭を下げて鷹野は踵を返す。自分の席に着くことなく、鞄を持って分室を出た。


当てもなく歩き続けるうち、前方に日比谷《ひびや》公園が見えてきた。

鷹野は公園に入り、通路を進んでいく。噴水の近くにあるベンチに腰掛け、小さくため息をついた。

落ち着いて考えてみれば、たしかに自分の行動には非があった。新米ではないのだから、正義や理想が必ず通用するものではないとわかっている。今回のケースでは民族共闘戦線や葬儀屋の摘発が最重要課題であり、その目的を果たせなければ意味がないのだろう。

だが、それでも自分は赤崎を救いたかったのだ。赤崎との約束は鷹野にとって、何よりも大事なものだった。公安部員はエスを簡単に切り捨ててしまうというが、そんなことが許されるとは思いたくなかった。

とはいえ、組織に所属する以上、自分勝手な行動が許されないこともわかっている。

——俺はいったい、どうすればよかったんだ。

考えが堂々巡りしていた。普段なら、捜査を進めて犯人を捕らえることだけに集中できていた。それなのに今は、仕事に疑問を感じてしまっている。

鷹野はうつむいた。足下に目をやって、右の靴紐《くつひも》がほどけそうになっていることに気がついた。ベンチから立ち、しゃがんで靴紐を結び直す。そのとき、意外なものが視界に入ってきた。鳩《はと》だ。

桜田門《さくらだもん》に近いため、日比谷公園にはこれまで何度も来たことがある。しかしいつも急いで歩き去ってしまうから、鳩がいるなどとは考えたこともなかった。

ベンチに座り直して鷹野は鳩を見つめた。くいくいと頭を振るような独特のスタイルで、鳩はそのへんを歩き回っている。何かあるのだろうか、ときどき嘴《くちばし》で路面をつついている。

噴水広場にはあちらにふたり、こちらに三人というふうに男女が座っていたが、鳩に注目しているのは鷹野だけだった。視界に入っていても、意識しなければ記憶に残らないものがある。公園の鳩などはその最たるものだろう。

しかし、と鷹野は思った。この鳩はたしかにそこにいるのだ。意識されようが無視されようが、間違いなく目の前にいる。

もしかしたら葬儀屋も、そういう存在なのかもしれない。人混みに紛《まぎ》れてしまうと、まったく目立たない人物。挙動不審であれば職務質問に引っかかるだろうが、奴はプロの殺し屋だ。気配を消し、善良な市民を演じて日々を過ごしているのではないか。

もっと神経を研ぎ澄まさなければならない。警察官としての勘を信じて、周囲の動きに気を配らなくてはいけない。そしてもうひとつ、と鷹野は感じた。やはり今までのようなやり方では駄目だ。

公安部の捜査はたいていスパイ的な諜報《ちょうほう》活動であり、リアルタイムで進む傾向が強い。そのため、急な方針転換が行われやすいのだ。臨機応変に行動するといえば聞こえがいいが、実際は事件に振り回されているのではないか。

これでいいのだろうかという疑念が、あらためて胸の内に浮かんできた。

自分は刑事部の出身だ。その経験を活かして、公安部であらたな捜査方法を確立しようと考えていたのではなかったか。日々の仕事に忙殺されて、鷹野はそれをすっかり忘れていた。

公安部で孤立してしまったのは望ましいことではない。だがそのせいで自由に行動できるようになったのは事実だ。張り込みも尾行もない今こそ、自分らしい捜査に時間をかけてみよう、と思った。

一連の事件を見直していく必要がある。今起こっていることに気をとられすぎてはいけない。落ち着いて、最初から事件を考え直すべきなのだ。

鷹野はベンチから立ち上がった。それに驚いたのか、鳩が突然羽ばたいて、噴水のほうへ逃げていった。

最初の被害者である真藤健吾について、鷹野は調べ始めた。

これまで真藤に関する情報は、佐久間たちが集めてくれていた。また、刑事部捜査一課十一係・早瀬《はやせ》泰之《やすゆき》係長たちも聞き込みを進めていたはずだ。しかし彼らが追っていたのは、政治家としての真藤のことが中心だったに違いない。

あの事件では政治家・真藤健吾が殺害されたと誰もが思っている。だが本当にそうだろうか。もしかしたら事件の発端は、「政治家になる前の真藤健吾」にあるのではないか。

刑事部で捜査をしていたころ、鷹野はそういう事件によく遭遇した。過去の出来事が遺恨となり、関係者の運命をくるわせていくことがある。十年、二十年前まで遡《さかのぼ》るケースも少なくない。

真藤健吾は六十四歳だった。過去に人の恨みを買うようなことはなかったのか。あるいは、何か誤解を招くようなトラブルはなかったのか。

鷹野はメモ帳を開いた。赤坂事件の現場で、沙也香が説明した真藤の経歴を思い出す。彼女はこう話していた。

「真藤健吾は神奈川県横須賀《よこすか》市生まれ。現在の自宅は世田谷《せたがや》区松原《まつばら》です。城南《じょうなん》大学政治経済学部に入学し、弁論部で部長を務めています。積極的、野心的な性格で、友人たちからも一目《いちもく》置かれていました。卒業後は製薬会社に就職しましたが、のちに日本民誠党議員が運営する政治塾に参加。三十七歳のときに立候補して衆議院議員となりました。以後頭角を現して、党内での立場を確固たるものとしました。六十四歳となった現在では、真藤派を率いています。人気・実力を兼ね備えた政治家として、次期総裁候補と目されていました」

鷹野はメモ帳を閉じて駅に向かった。

真藤は政治家になる前、製薬会社に勤めていた。その当時の同僚や知り合いから話を聞くことにしたのだ。

順番に訪問し、真藤の過去に気になることはなかったかと質問していった。しかしほとんどの人は、何も知らない、記憶にないと答えた。本当に知らないのだろうか。それとも有名な政治家のことなので、あまり悪く言いたくないのか。とにかく、なかなか情報は出てこなかった。

立ち食い蕎麦《そば》屋で昼食をとったあと、鷹野は浜松町《はままつちょう》へ移動した。

真藤が勤めていた製薬会社を、直接訪ねることにしたのだ。ただ、真藤が退職したのは二十五年以上前だから、有益な話が聞けるかどうかはわからない。

応対してくれたのは総務部の部長だった。歳《とし》は五十代後半だろう。髪が薄く、恰幅《かっぷく》のいい男性だ。

警察手帳を呈示したあと、鷹野は質問を始めた。

「真藤健吾さんが亡くなったことはご存じですよね」

「ニュースで見て驚きました」部長はうなずきなが

ら答えた。「まさか、あんな有名な人が事件に巻き込まれるなんて……。本当に物騒ですね」

「以前あの方はこちらの会社に勤めていた、と聞いたんですが……」

「私が入社したとき、真藤さんはすでにトップクラスのプロパーでしたよ。ああ、今ではMRと呼ばれる職種ですね。私もその部署にいましたから、先輩の真藤さんからいろいろ話を聞かせてもらいました」

「どんな方でしたか」

「とても頭の切れる人でしたね。何をするにも事前の準備を怠らなかったし、やるときはやるという度胸も持っていた。政治家になったと知ったときには、なるほど、という感じでした」

「真藤さんは政治経済学部の出身でしたが、そういう方でも製薬会社で活躍できるものなんですか？」

「そこがすごかったんですよ。専門分野以外も、相当勉強していたんでしょうね。毎日情報収集して、他社の薬のことも詳しく調べていました。真藤さんはエース級の社員だったと思います」

それだけの能力を持っていたのなら、勤め続ければかなり出世していたのではないか。しかし真藤は退職してしまった。もともと政治家志望だったのかもしれない。

「退職したのはどういう経緯だったんですか。何かトラブルがあったということは？」

「トラブルですか？　いえ、そういう話は別に……」

部長の口が少し重くなったようだ。何かあるな、と鷹野は感じた。

咳払いをしてから、あらたまった口調で尋ねてみる。

「国会議員が殺害された事件ですから、日本中に衝撃が走っています。なんとしても犯人を捕らえなくてはなりません。まだ詳細はお話しできないんですが、犯人は別の事件も起こしています。放っておけば、さらに犯行を重ねる危険があります」

「本当ですか?」眉をひそめ、部長は声のトーンを落とした。「どうしてそんなことに」

「それを明らかにするためにも、ご存じのことを聞かせていただきたいんです。この会社に勤めているとき、真藤さんの周辺で何か問題がなかったでしょうか」

部長は少しためらう様子を見せた。

「亡くなった方ですし、政治家になった方でもありますから、あまりよけいなことは話したくないんですが……」

「事件を解決するためには情報が必要です。犯人を捕らえなければ、真藤さんの無念を晴らすこともできません」

鷹野にそう言われて、心が動いたのだろう。部長は記憶をたどる表情になった。

「入社後、何年かして私は総務部へ異動になりました。そこで妙な情報を……ああ、いや、妙な噂を知ったんです」

総務部に異動すれば、社員の極秘情報を目にする機会もあるだろう。だが、それを自分の口から漏らすわけにはいかない、という気持ちが伝わってくる。

「その『噂』を教えてもらえますか。ネタ元があなただということは明かしませんので」

そうですか、とつぶやいてから部長は話しだした。

「私が聞いたのは、大学時代、真藤さんが何かその……政治的な活動に参加していたようだ、ということでした」

鷹野はわずかに首をかしげる。

「のちに政治家になった人ですから、学生時代にそういう活動をしていても、おかしくはないと思いますが」

「それが、左翼系の団体だったらしいんです。履歴書に書かれていなくても、そういう噂はどこからか流れてきますのでね。……まあ、その団体は反社会的な活動をしていたわけではなかったそうですけど」

もし反社会的活動などをしていたら、大手企業に就職することはできなかっただろう。それにしても、左翼系団体に関わっていたというのは意外だ。

「その団体の名前は？」

「私の口からは言えませんが……」

部長は卓上のメモ用紙を引き寄せ、ボールペンでこう書いた。

《虎紋会》

おそらく「こもんかい」と読むのだろう。

「名前だけ見ると、右翼団体のような雰囲気もありますが」

「さあ、どうでしょう。私にはなんとも」

そうつぶやくと、部長はメモ用紙を畳んでスーツのポケットにしまった。

「しかし妙ですね」鷹野は首をかしげる。「かつて左翼団体に関わっていた真藤さんが、どうして与党の議員になったんでしょう」

「若いうちは、いろんなことにかぶれますからね。その左翼団体で痛い目を見て、宗旨替えしたんじゃないですか？」

たしかに、そういう人もいるだろう。思想や信条、政治的な主張などは、生涯同じとは限らない。若いころに嫌なことがあれば、正反対の立場に変わってしまうケースもありそうだ。

さらに質問を重ねたあと、鷹野は礼を述べて立ち上がった。

一旦《いったん》、分室に戻ることにした。

虎紋会という組織について、公安部のデータを確認しておきたかったのだ。

昼間だが、ドアは施錠されていた。この時刻、みな捜査に出かけているのだろう。鷹野はＩＤカードを使って中に入った。

自分の席に行ってパソコンを起動させる。サーバーにアクセスし、虎紋会のことを調べてみた。古い資料も電子化され、パソコンで検索できるのはありがたい。

虎紋会は今から五十年ほど前に設立され、そのあと十年ほどで活動を中止していた。メンバーには学生も多く、その意味では明慶大学に関わっていた民族共闘戦線と似ているように思える。ただ、虎紋会はかなり特殊な思想を持つ組織だったらしい。終末思想や厭世観《えんせい》などを盛り込み、一部の若者たちの注目を集めていたという。大きな事件を起こしたわけではなかったが、こうしてデータベースに残っているところを見ると、公安部にはしっかりマークされていたわけだ。

資料の中に元虎紋会メンバーの名前、住所、勤務先などが記されていた。プリントアウトして鞄にしまい込む。

調査が一段落すると、元どおり施錠して分室を出た。

先ほどのリストをもとに、ひとりずつ関係者を当たっていくことにした。だが四十年ほど前に解散した組織だから、転居してしまった人、退職してしまった人が予想以上に多い。捜査には時間がかかりそうだ。

それでも、ようやく元メンバーをひとり見つけることができた。山種《やまたね》喜一《きいち》といって、現在八十一歳の男性だ。電話に出てくれたのは本人ではなく家族の女性だった。山種喜一は在宅しているので、すぐに会えるという。

千葉県浦安市《うらやす》へ移動する。東西線の駅を出て、鷹野は住宅街を歩いていった。十分ほどで、木造のこぢんまりした二階家に到着した。

チャイムを鳴らすと、じきに「はあい」と女性の声で返事があった。

「お電話を差し上げた警視庁の鷹野です」

「ああ、お待ちくださいね」

ややあって玄関のドアが開き、五十代と見える女性が現れた。オレンジ色のセーターを着て、短めの髪を栗色《くりいろ》に染めている。

「どうぞどうぞ、お上がりください」明るい調子で彼女は言った。

その女性は喜一の息子の妻で、静子《しずこ》というそうだ。廊下の右側、ふたつ目の部屋の前で彼女はノックをした。返事はなかったが、静子はそのまま引き戸を開ける。

「お義父《とう》さん、警察の人が来ましたよ」

四畳半の和室にカーペットが敷かれ、壁際にベッドが置いてあった。そこに、やせこけた男性が横たわっている。髪は真っ白で、口の周りの無精ひげもすっかり白くなっていた。頬にはあちこちに染《し》みが出来ている。

「お義父さん、起きてるんでしょう。ほら、お客さんだから」

「ああ……え？」


横になったまま、山種は口をもぐもぐと動かしている。かなり体調が悪いようだ。

ベッドのそばに行って鷹野は頭を下げた。

「山種喜一さんですね。警視庁の鷹野といいます」

「ああ……はい」

「あなたは昔、虎紋会という組織に所属していましたよね？」

「うん……」

宙を見つめたまま山種は答えた。だが、こちらの言うことが理解できているのかどうか疑わしい。

「当時のことを聞かせていただきたいんですが」

「はあ……そうですか」

「虎紋会には若者がたくさんいましたよね。組織の中がどんな様子だったのか、教えていただけませんか」

ゆっくりと尋ねてみたが、山種は答えようとしなかった。しきりにまばたきをしていたが、じきに彼は目を閉じてしまった。

これは弱ったな、と鷹野は思った。

「すみませんね。今日はいつもより調子が悪いみたいで……」

そう言ったあと、静子は前屈《まえかが》みになり、山種の耳元で大きな声を出した。

「お義父さん、寝ちゃ駄目よ。その……コモンカイ？　昔のことを話してあげて」

「ああ……うん」

山種は返事をしたが、相変わらず目を閉じたままだ。鷹野は静子と顔を見合わせた。残念ながら、過去の話を聞くのは難しそうだ。

静子は部屋の隅に行って、カラーボックスを調べ始めた。

「たしか、お義父さんが大事にしていた袋があったんですよ。……あ、ほら。コモンカイって、これじゃないですか？」

彼女はカラーボックスから紙バッグを取り出した。大量の紙が入っていて、バッグの側面には油性ペンで《虎紋会》と書かれている。

「そうです、これです！」鷹野はうなずいた。

「ずっとこの資料を捨てずにいたみたいなんですよ」静子は再びベッドのほうを向いた。「お義父さん、この資料、警察の人に見せてもいいよね。もう使わないんでしょう？」

鷹野は山種の様子をうかがった。彼はわずかにまぶたを開き、どんよりした目をこちらに向けた。

「ああ……いいよ」山種は言った。「俺は……結局、何もできんかった……」

それから彼は、また目をつぶってしまった。ベッドに横たわったまま深い息をついている。やがて小さないびきが聞こえてきた。

静子が居間へ案内してくれた。鷹野は早速、テーブルの上に虎紋会の資料を広げる。一枚ずつデジタルカメラで撮影し始めた。

山種喜一は組織の重要人物ではなかったのか、資料の中身はごく限られたものだった。それでも当時のアジトの場所や幹部の名前、活動内容などが記されているのはありがたい。

公安部の資料にもあったとおり、大きなテロを計画するような組織ではなかったようだ。どちらかというと思想的なものを重視し、勉強会や集会などを頻繁に行っていたのだろう。

古い紙をめくっていくうち、鷹野ははっとした。サーバーにあったものと同じ内容の資料が出てきたのだ。これをもとにして、公安部の報告書が作られたのだと思われる。

鷹野はさらに何枚か紙をめくった。そこで手を止め、眉をひそめる。四十二年前に虎紋会で大規模な集会が開かれたらしく、その参加者リストが残されていた。

指でなぞりながら、慎重にリストを確認していく。やがて鷹野の指が止まった。百人ほどの参加者の中に、知っている名前が見つかったのだ。

――なるほど。そういうことだったのか。

いくつかの情報が、頭の中で繋がっていく感覚があった。今まで見えていなかった関係が、徐々に明らかになってきたようだ。これで、間違いなく捜査は進展するだろう。

鷹野はカメラを手に取り、残りの資料を手早く撮影していった。

2

翌日、午前六時に鷹野は分室へ出勤した。

すぐにデータベースにアクセスする。資料を確認し、自分のメモと見比べてみた。

昨日の午後から深夜にかけて、鷹野はさまざまな情報を繋ぎ合わせ、独自の筋読みを行っていた。その内容をさらに深めたいという考えだ。

午前八時前に沙也香がやってきた。続いて溝口、能見が出勤し、最後に佐久間班長が現れた。

佐久間たちはみな、鷹野を見て何か言いたそうな顔をしていた。

鷹野は昨日、ひとりで捜査を行っていた。ほかのメンバーから見れば何をしていたのか一切わからなかったはずだから、サボっていたと思われたのかもしれない。

「国枝さんは拠点で監視中だな。ここにいる四人でミーティングをする」

佐久間に従い、能見、沙也香、溝口が資料を持って立ち上がる。彼らが会議室へ移動しようとしたとき、鷹野も椅子から立った。

「班長、私も参加させてください」

一斉に四人が振り返った。能見は不機嫌そうな声で言った。

「おい、班長の話を忘れたのか？　おまえはもう戦力外なんだよ」

「忘れてはいません。ですが、報告したいことがあります」

「足を引っ張られちゃ困るんだ。おまえはひとりで好きなことをしてろ」

「その好きなことをしていて、重要な情報を手に入れたんです。だから……」

「しつこいな」能見はわざとらしく舌打ちをした。「班長が黙っているからって、いい気になるなよ。刑事気分の抜けないおまえは、ここじゃ『お客さん』なんだよ」

「お客さんでもお荷物でもかまいません。とにかく、話を聞いてもらえませんか」

「おまえな！」

能見が怒鳴ろうとするのを、「待て」と佐久間が制した。彼は鷹野のほうを向いて、重々しい口調で尋ねてきた。

「内容に自信があるのか？」

「これからの捜査に、必ず役立つはずです」

「わかった、聞いてやろう。来い」

佐久間は踵を返して会議室に入っていく。能見は低く唸っていたが、諦めた様子だった。沙也香と溝口も、黙ったまま佐久間のあとを追った。

　会議室に入ると、鷹野はホワイトボードのそばに立った。それを見て能見がまた眉をひそめた。勝手に会議を仕切りやがって、と苦々しく思っているのだろう。

　鷹野は気にせず、みなの前で説明を始めた。

「聞き込みを行った結果、ふたりの被害者――真藤健吾と笠原繁信には、四十二年前に接点があったことがわかりました」

　佐久間は鷹野をじっと見つめている。いつものように無表情だったが、わずかに驚きの色が現れたのは間違いなかった。

「大学生のときのことです」鷹野は続けた。「真藤と笠原は虎紋会という左翼団体の集会で出会っていました。元虎紋会のメンバーからリストを入手してあります」

　鷹野はコピー用紙を掲げてみせた。昨日デジカメで撮影した画像を、プリントアウトしたものだ。

「虎紋会というと、ずいぶん前に解散した組織ですね」溝口がつぶやく。

　うなずきながら鷹野は虎紋会について説明した。さすがにみな公安部の人間だから、その組織に関する基本的な情報は持っているようだ。

「……で、その虎紋会で真藤と笠原が活動していたのか？」と佐久間。

「いえ、集会に参加しただけです。しかし真藤と笠原はその集会で、堤輝久《つつみてるひさ》、里村《さとむら》悠紀夫《ゆきお》の二名と親しくなりました」

　マーカーを手にして、鷹野はホワイトボードに名前を書いていった。

◆真藤健吾……当時22歳、本年64歳（赤坂事件で殺害）
◆笠原繁信……当時18歳、本年60歳（中野事件で殺害）
◆堤輝久……当時20歳、現在62歳？

◆里村悠紀夫……当時19歳、現在61歳？

「彼らは意気投合しました。虎紋会から思想的な影響を受けたようですが、会からは離れて、四人だけでつきあいを続けたものと思われます。ただ、この四人組が何か活動を行ったという痕跡は、今のところ見つかっていません」

「うまく隠していたんですかね。それとも友人として交際していただけなのか……」

溝口が首をかしげる。メモ帳から顔を上げて、沙也香が口を挟んだ。

「つきあいが続いていたのは事実なの？」

「大学卒業後も真藤は笠原と会っていたことが判明しています。古い友人に写真を見せて確認しました。あとふたり、名前は知らないけれど仲間がいて、四人でよく行動していたということです。おそらく堤と里村のことでしょう」

佐久間は鷹野からリストを受け取り、目を落としていた。しばらく真剣に吟味しているようだったが、やがてその紙を机に置いた。

「ある程度、信憑性《しんぴょうせい》はありそうだな」

「この四人の写真を用意してあります」

鷹野は現時点で揃っている写真を、ホワイトボードに貼っていった。

「真藤と笠原は被害者ですから、すでにみなさんも顔を見ていますよね。問題は堤と里村です。このふたりは現在の所在がわかっていません。写真も四十二年前の古いものです」

堤は耳が大きく、髪にウェーブがかかっている。少し肥満気味だったようだが、高級そうなジャケットを着ていて、お洒落《しゃれ》なタイプだったことがわかる。

一方の里村は短髪で細面《ほそおもて》、顎《あご》の右側に何かの傷《きず》痕《あと》があった。ジーンズにTシャツというラフな恰好で、左手に細いブレスレットをつけている。精悍《せいかん》な顔立ちだが、どこか酷薄そうな印象があった。

「それで鷹野、おまえの考えは？」

「詳しいことはわかりませんが、四人の間には、何か探られたくない秘密があったんじゃないでしょうか。それが今回の事件に関係しているのだと思います」

「秘密ってのは何なんだよ」

険《けわ》しい顔をして能見が尋ねてきた。鷹野は彼に向かってうなずく。

「ひとつの推測として聞いてください。事件現場に置かれていたプラスチック板には、ヒエログリフでこう書かれていました。まず『この石板は私の心臓の一部だ　私には悪魔の血が流れている』、そしてもう一枚、『この石板は私の心臓の一部だ　私は悪魔だ』。……これらを見て我々は、犯人による告白の言葉だと捉えていました。しかし、もしこれが犯人ではなく、被害者を指しているとしたらどうでしょう」

「被害者を？」能見は首をかしげる。

鷹野は、現場の遺留品を再現した天秤を運んできた。普通なら心臓の模型のほうが重いはずだ。しかし羽根におもりが付いているため、ふたつの皿は釣り合っている。

「『この石板は私の心臓の一部だ』というのなら、石板を心臓のそばに持っていってみたらどうなるか」

プラスチックの板を、心臓の模型と同じ皿に載せてみる。すると心臓の皿のほうが羽根より重くなり、天秤は傾いた。

「これで状況が変わりました」鷹野は言った。「天秤が心臓のほうに傾くのは、罪がある証拠です。真藤健吾や笠原繁信は、過去に何か犯罪を起こしていたんじゃないでしょうか。彼らふたりには『悪魔の血が流れている』のではないか。つまり彼らこそが悪魔だったのではないか。今回の連続殺人事件は葬儀屋——いや、幻獣アメミトによる『裁き』なのかもしれません」

鷹野はみなをゆっくりと見回した。沙也香も能見も、難しい顔をして考え込んでいる。

そんな中、溝口が佐久間に話しかけた。

「単純なことですけど、けっこう説得力があると思います。僕を含めて、今までこういう切り口で分析した人間はいませんでした」

溝口の顔をちらりと見てから、佐久間は鷹野のほうに視線を戻す。

「続けろ」

鷹野は素早くメモ帳のページをめくった。

「親しくつきあっていた真藤たち四人は、あるとき何かの事件を起こした。おそらく殺人事件でしょう。それが原因で、葬儀屋は真藤たちに激しい恨みを抱いた。古代エジプトの神に代わって裁きを与えたい、と考えた。だから抉り出した心臓を天秤に載せ、被害者を地獄に落とそうとしたんです。しかし彼らを殺す動機があるのを警察に知られたら、自分の正体に気づかれるかもしれない。……そこで葬儀屋は捜査を攪乱《かくらん》するため、『組織から依頼されて殺害した』という体裁をとった。あくまで殺し屋の仕事であり、個人的な恨みなどない、と思わせるためです。さらに天秤を釣り合わせ、被害者が楽園イアルに行けると見せかけた。そうすることで、真の動機を隠したんだと思います」

「小細工をして動機を隠すぐらいなら、天秤など置かなければいいんじゃないか？」

佐久間の問いに、鷹野は首を振りながら答える。

「普通ならそうでしょうが、たぶん葬儀屋の発想は違います。そもそも奴が事件を起こした背景には、古代エジプト神話があったんじゃないでしょうか。『死者の書』に描かれているシーンを再現したかったから死体損壊を行ったのだ、というのが私の考えです。損壊しなければ殺す意味がない、というぐらいの強い意志があったのではないかと」

「現場の細工について、新しい解釈が出てきたわけか」佐久間は腕組みをした。「たしかに今回の事件では、異様な死体損壊が行われている。あれが葬儀屋の目的だったとしたら……我々もそれに適した捜査をすべきだということか」

そのとおりだった。ふたつの事件は、最初から公安部向きの事案ではなかったのかもしれない。犯人の手口から考えても、公安部のやり方は通用しなかったのだと思われる。

「真藤たちが過去に何をしたのかは、まだわかりません。ですが、葬儀屋の裁きはこのあとも続く可能性があります」

わかった、と佐久間は言った。

「説得力のある話だ。おまえの刑事経験が役に立った、ということになるな」

「ありがとうございます」

鷹野は目礼をした。今の報告で、佐久間から一定の評価が得られたようだ。

「親しかった四人のうち、ふたりが殺害されている……」沙也香が口を開いた。「残りふたりも危ないわね」

「となると、至急、彼らの居場所を探さなくちゃいけません」

溝口はノートパソコンを操作し始めた。かちゃかちゃとキーを叩く音が辺りに響く。

沙也香は佐久間のほうに体を向けた。

「班長、その方向で動いてよろしいでしょうか」

「ああ、そうだな。もしふたりが狙われているのなら、我々は葬儀屋の先回りができるかもしれない。

……民族共闘戦線の監視は俺とサポートチームが引き受ける。国枝さんも交えて、おまえたちは堤と里村の居場所を探せ」

「了解しました」佐久間にそう答えたあと、沙也香は隣の席に問いかけた。「能見さんも、それでかまいませんよね？」

ふん、と能見は鼻を鳴らす。むすっとした顔で彼は答えた。

「班長の判断なら、俺がどうこう言う理由はないよ」

「いろいろ思うところはあるでしょうが、事件を解決するのが最優先です。指揮を執っていただけますね？」

「当然だ」能見は咳払いをした。「よし、堤と里村の経歴を洗うぞ。俺と溝口、氷室と鷹野の組で行動する。何かわかったら随時報告を。いいな？」

「わかりました」鷹野は表情を引き締めた。

班のメンバーたちも、ようやく鷹野の考えを認めてくれたらしい。事件解決という目的の前には、能見も意地を張れなかったのだろう。

一度は排除されてしまったが、これで本筋の捜査に復帰できる。自分の報告が認められ、チームを動かすきっかけになったことは素直に嬉しい。

段取りを打ち合わせたあと、鷹野たちは急いで捜査に出かけた。


鷹野と沙也香は、堤輝久を捜すよう命じられていた。

わかっているのは当時彼が在籍していた大学や学部、住所、アルバイト先などだ。

まず学生時代に住んでいたアパートを訪ねてみた。建物は新しいものになっていたが、オーナーは同じ人物だという。彼によると、堤は卒業と同時に転居していて、その後のことは何もわからないそうだ。古い時代のことだから、これはやむを得ないだろう。

アパートから徒歩二十分ほどのところに、堤が通っていた大学があった。学生課に行って、卒業後の進路について質問してみる。

「ええと、堤輝久さん……。ああ、この方ですね」

学生課の女性職員は、古い資料を鷹野たちに見せてくれた。添付されている顔写真は、ミーティングで鷹野がみなに見せたものとよく似ている。どちらも学生時代の写真だから、撮影年月日は数年しか違わないはずだ。

「就職先は証券会社ですね。こちらになります」

職員が指差した部分を、鷹野はメモ帳に書き取った。隣にいた沙也香が口を開く。

「堤さんが就職したのは四十年ぐらい前です。今もその会社にいるかどうかは、わかりませんよね」

「そうですねえ。現在、六十二歳の方となると……」

沙也香は携帯電話を取り出し、何か操作を始めた。ややあって顔を上げ、職員に話しかけた。

「会社のウェブサイトを見てみたんですが、役員の中に堤という人はいませんね」

「まあ、役員になる方は限られていますから。もしかしたら一般社員として、まだ在籍なさっているかもしれません」

女性職員に謝意を伝えたあと、鷹野たちは学生課を辞した。

キャンパスを出て、バス通りを歩き始める。交差点で信号待ちをしているとき、沙也香は鷹野の顔を見上げた。

「真藤と笠原の間に接点があったこと、よく探り当てたわね」

「同様の手口で殺害されていますから、必ず関係があると思っていました。……氷室さんたちもそう考えていましたよね？」

「ええ、考えてはいた。でも情報を入手するところまでは、たどり着けなかった」

「そこは公安部と刑事部の、やり方の違いでしょう」

鷹野の言葉を聞いて、沙也香は怪訝そうな表情を見せた。彼女は首をかしげて尋ねる。

「刑事部のやり方のほうが正しかった、と言いたいの？」

「そうじゃありません。仕事の性質上、公安部はターゲットを追いかけるのに忙しいですよね。しかし俺はじっくり聞き込みをする時間をもらえました。その結果が出たんです」

「ターゲットを監視するのが有効だというケースもあるわ。私たちはずっと、そうやって仕事を進めてきた」

「もちろんです。今回の事件ではたまたま刑事部の捜査方法が役に立った、というだけです」

沙也香は信号を見ながら考え込んでいたが、再び視線をこちらに向けた。

「あなたの捜査方法を、そっくり取り入れるべきかどうかはわからない。だけど、あなたが結果を出したのは事実だし、認めなくてはいけないと思っている」

「なんだか、話が遠回りしているような気がしますが……」

鷹野がそう言うと、沙也香は急に不機嫌になった。

「遠回りじゃないわ。話はこれで終わり」

沙也香は黙り込んでしまった。そんな彼女を見ながら、鷹野は言葉を続ける。

「さっきのミーティングで、氷室さんは俺の味方をしてくれましたね」

「別に味方をしたわけじゃない。あなたの報告が事実なら、その方向で捜査を進めたほうがいい、と判断したのよ」

「助かりましたよ。氷室さんは頼れる人だというのが、よくわかりました」

「……今まではどう思っていたの？」

「厳しい人だな、と。理想に振り回されないリアリストだと思っていました」

風が吹いて、沙也香の髪が少し乱れた。彼女は右手でそれを整えながら、鷹野をじっと見つめた。

「そのとおりよ。リアリストだから評価すべきものは評価する。決してあなたを助けようとしたわけじゃないから」

「なるほど、よくわかりました」

口元を緩めて鷹野はうなずく。沙也香がそう言うのなら、そうなのだろう。これ以上あれこれ言っても仕方がない。

鷹野たちは茅場町《かやばちょう》に移動した。

堤が勤めていた証券会社を訪れ、昔のことを質問してみる。応対してくれたのは業務企画部の副部長だ。彼はこう証言してくれた。

「堤さんは私の先輩です。十五年ぐらい前に、早期退職制度を利用して会社を辞めました」

「今は何をしていらっしゃるんですか？」

「個人投資家になったと聞いていますよ。インターネットで株取引なんかをしているようです」

「仕事で得た知識を活かして、というわけですか」

「まあ、そうでしょうね。でも疚《やま》しいことは何もないでしょう」

とはいうものの、一般の人間から見れば、何かのツテで有利な投資をしているのではないか、という勘ぐりも出てきそうだ。

「堤さんのお住まいはわかりますか？」

「それが、会社を辞めたあと、社員とは一切縁を切ってしまったんです。何度か転居したらしくて、あの人の居場所を知っている人間はもういないと思いますよ」

副部長に頼み込んで、堤を知っていた別の社員を何人か呼んでもらった。しかし、やはり現在の住まいはわからないそうだ。

「すでに退職なさった方で、堤さんと親しかった方はいませんか」

「そうですねえ。ちょっとお待ちください」

鷹野の要望に応《こた》えて、副部長はあちこちへ内線電話をかけてくれた。しばらくして、若い女性社員が応接室にやってきた。彼女は丁寧な動作で資料を差し出した。

「うん、ありがとう。……ええと、今わかっているのはこの人たちですね」

副部長はリストをテーブルに置いた。会釈をして鷹野はそれを受け取る。資料には、ざっと二十人ほどの退職者が並んでいた。同じように退職した立場だから、誰かひとりぐらいは、今も堤と交流があるかもしれない。

鷹野の表情をうかがいながら、副部長は尋ねてきた。

「ところで、堤さんに何かあったんですか？」

「いえ。ちょっと確認したいことがありましてね」

曖昧な答えで、鷹野はごまかしてしまった。捜査中だから、ここで詳しいことを話すわけにはいかない。

捜査協力への礼を述べて、鷹野と沙也香はソファから立ち上がった。


期待は大きかったのだが、夕方まで聞き込みを続けても成果はなかった。

何か収穫があれば足取りも軽くなるものだ。しかし今日はどうにもうまくいかない。特に沙也香は結論を急ぐ傾向があるから、地道な聞き込みには気が乗らないようだった。刑事部のやり方を評価してくれたはずだが、やはり靴の底をすり減らして歩く捜査は性に合わないのだろう。

午後六時を回ったところで、鷹野は沙也香に問いかけた。

「病院へ行きたいんですが、いいでしょうか」

詳しいことを説明しなくても、すぐに意味を察してくれたらしい。沙也香はうなずいた。

「わかった。私は先に分室に戻るから」

「ありがとうございます。ひとりにしていただいて……」

「これはあなたの仕事だもの。私が口を出すことじゃないでしょう」

沙也香は駅の改札のほうへ去っていった。

彼女に気をつかわせてしまっただろうか。いや、そうでもないな、と鷹野は思った。彼女が言ったとおり、赤崎は自分が運営しているエスだ。最後まで責任を持つのは鷹野なのだ。

タクシーで墨田区の救急病院へ移動した。

暗くなってきた空を背景に、病院の名前がライトでくっきりと浮かび上がっている。

一階で手続きをして、五階のナースステーションに向かった。患者は重傷だが、特別に面会の許可をもらうことができた。

ひとり静かな廊下を進んでいく。もう夕食を済ませたのだろう、患者衣を着た男性が部屋から出て、トレイを配膳《はいぜん》車に戻しているのが見えた。

511と書かれた病室の前で、鷹野は足を止めた。ひとつ呼吸をしてからドアをノックしてみる。返事はない。

そうだ、応答があるはずはないのだ。中にいる患者は今、意識不明の状態なのだから。

スライドドアを開けて、鷹野は部屋に入った。広めの個室だった。半分ほど閉じられたカーテンの向こうにベッドがあり、男性が横たわっている。

鷹野はベッドに近づいて、その人物を見下ろした。自分が運営していた協力者、赤崎亮治だ。

腕には点滴用の針と、呼吸や脈拍などを計測する機器がつけられている。膀胱《ぼうこう》には導尿カテーテルが繋がれている。体のあちこちに巻かれた包帯が痛々しい。

顔の腫れは少し引いてきたようだ。しかし両目は固く閉じられたままだった。

あれから一日半──。

その間、赤崎はずっと意識を取り戻せずにいる。話すことも見ることもできず、体も動かせない。苦しいという言葉さえ発することはない。

鷹野は唇を噛んだ。その痛みをひとりで味わった。

赤崎がこんな目に遭ったのは誰のせいなのか。直接手を下したのは民族共闘戦線のメンバーであり、彼らがすべての元凶であることは間違いない。だが、そのきっかけをつくったのは誰だったか。

鷹野が赤崎にスパイ行為を命じた結果、こうなってしまったのだ。それは疑う余地のないことだった。どんなに言葉を重ねても釈明はできないだろう。

これから先のことを鷹野は考えた。

ひどい重傷を負ったのだから、赤崎には後遺症が出るかもしれない。いや、それ以上に怖いのは、このまま意識を取り戻さないのではないか、ということだった。昨日医師に聞いた話では、頭にも激しい殴打の痕があり、赤崎は脳挫傷《のうざしょう》を起こしているという。

いったい誰が責任をとるのか。彼の生活を、人生を、誰がどう助けていくのか。警察はそこまで関与できるのだろうか。それとも用済みになったとして、エスを放り出してしまうつもりか。そんなことが許されるのか。

ピピ、ピ、と機械から音がした。何かのエラーサインだろうか。

戸惑いながら、鷹野は患者の様子を観察する。もしかしたら危険な状態なのではないか。ナースコールをすべきなのでは——。

だが、じきに機械の音は止まった。

赤崎は今までどおり呼吸をしている。鷹野は胸を撫《な》で下ろす。

こんな小さなことでも、人は動揺してしまうのだ。もし赤崎が回復しなかった場合、自分はどうするべきなのだろう。

これまで鷹野は数多くの遺体を見てきた。大勢の被害者遺族にも接してきた。だがそれらの経験には、どこか他人事《ひとごと》という感覚がなかっただろうか。事件を捜査し、解決するのが仕事だから、それ以上、他人の人生に踏み込む必要はない。結局のところ、被害者たちと自分とは赤の他人なのだ。そういう冷たい割り切りが、自分の中にあったのではないか。

だが今回は違う。自分の命令によって、赤崎は重傷を負ったのだ。これは他人事ではない。鷹野が自分自身の問題として対処しなければならないことだろう。

そのとき、赤崎の頬がぴくりと動いた。はっとして鷹野は顔を近づける。

「赤崎さん！　鷹野です。しっかりしてください」

しばらく観察していたが、もう赤崎の頬は動かなかった。静かに、ゆっくりと彼は息をしている。こちらの問いには何ひとつ答えてくれない。

鷹野はため息をついた。それから赤崎に目礼をして、踵を返した。

面会許可証を返して、ひとり病院を出る。

とぼとぼと街灯の下を歩いていると、前方に人影が見えた。女性だ。驚いて、鷹野は彼女を見つめた。

赤崎の交際相手、宮内仁美だ。

青白い明かりの下、彼女の顔は強張っていた。

「宮内さん……」鷹野は戸惑いを隠して咳払いをした。「私は今、赤崎さんの見舞いに行ってきたところで……」

「そうなんですか。ありがとうございます」冷たい口調で宮内は言う。

「あなたもお見舞いに？」

「ええ。帰るとき、ちょうど鷹野さんの姿が見えたので、ここで待っていました」

昨日彼女から電話があった際、鷹野は赤崎のことを伝えていた。仲間から暴行を受けて赤崎は重傷を負った。自分は彼を救出し、病院まで運んだのだ、と事実を話してあった。それで彼女はこの病院を知ったわけだ。昨日も、そして今日も見舞いに来たのだろう。

宮内がスケッチブックを持っていることに、鷹野は気がついた。話の接ぎ穂を探して、そっと尋ねてみる。

「今日もそれを？」

すると、宮内は意外なことを言った。

「あの人をスケッチしてきたんです。眠ったままの、赤崎さんの姿を」

その様子を想像して、鷹野は息苦しいような気分になった。意識の戻らない赤崎を、彼女はどんな思いでスケッチしていたのだろう。静かな病室の中で、彼女は何を考えていたのか。

「なるほど……」鷹野はぎこちなくうなずいた。「絵が好きだとおっしゃっていましたよね。その……スケッチはどこかで勉強なさったんですか？」

「私、美術の専門学校で講師をしているんです」

「ああ、そうなんですか。道理で絵がお上手なわけだ」

　つまらないことを口にしている、という自覚はあった。だがこの重い空気の中、ほかにどう言葉を継げばいいのかわからない。

　鷹野の中に、あらたな悩みが生じた。赤崎の交際相手の前で、自分はいったいどう振る舞えばいいのだろう。謝罪すべきなのか。それとも今後のことを相談すればいいのか。あるいは、民族共闘戦線はどうしようもなく凶悪な組織だと説明し、彼女の気持ちを加害者のほうに向けるべきなのか。

　姑息《こそく》な手だ、と鷹野は思った。相手から逃げようとするずるい発想に、我ながら嫌気が差す。

　それでは駄目なのだ。ここで会ってしまったからには、やはり言うべきことを言わなければならない。

「申し訳ありませんでした」鷹野は頭を下げた。「赤崎さんがこうなってしまったのは、私のせいです。危険を察知して、調査をやめさせるべきでした」

　きつい言葉を浴びせかけられるのではないか、と覚悟した。

　しかしいつになっても厳しい言葉は聞こえてこない。鷹野はゆっくりと頭を上げた。そして息を呑《の》んだ。

　宮内仁美は無表情のまま立っていた。感情のない能面のような顔で、鷹野をじっと見つめていたのだ。

いっそ厳しく責められたら、どれほど楽だろうか。そうなれば鷹野は釈明を行い、彼女は呪詛《じゅそ》の言葉を口にするだろう。つらい状況ではあるが、会話が生じれば、彼女の気持ちを少しはほぐせるかもしれない。

だが沈黙の中では、鷹野にできることは何もなかった。ただ謝り続けるしかない。

「本当に、すみませんでした」

鷹野があらためて言うと、ようやく宮内は口を開いた。

「私のことはいいんです。でも赤崎さんはどう思っているでしょうね」

その一言は鷹野の胸を抉った。そのとおりだ。宮内に詫びる前に、自分は赤崎に詫びるべきだった。だが意識のない赤崎は、鷹野の声を聞くことができない。どんなに心を込めたとしても、鷹野の謝罪は届かない。

宮内は深いため息をついたあと、鷹野から目を逸らしてしまった。もう何も期待しない、すべて諦めた、と言いたげな表情だ。

彼女は大通りのほうへ歩いていく。

そのうしろ姿を見つめたまま、鷹野は街灯の下に立ち尽くしていた。

3

翌日も朝から堤輝久のことを調べていった。

同じ部署だったとか、個人的に親しかったとか、何か堤と関わりがあった人物なら行方を知っている可能性がある。近い時期に証券会社を退職した人のリストを参照しながら、鷹野と沙也香は聞き込みを続けた。

途中で沙也香は能見・溝口組に電話をかけたようだ。しばらく通話していたが、やがて落胆した表情になった。

「能見さんたちも成果がないみたい」

彼らはもうひとりの捜索対象者、里村悠紀夫の行方を追っているところだ。

「大学まではわかったんですよね？」

「でも卒業後、里村はすぐには就職しなかったらしい。その後どうなったか、大学の学生課では把握できていないそうよ」

「だとすると、知り合いを探して話を聞くしかないわけですか」

「里村も堤も、何かニュースに出るような有名人になっていたら、調べる方法もあるんだろうけど……」

マスコミで報道されれば、比較的容易にデータを集めることができる。だがそうでない場合、個人の経歴や住所を割り出すのは難しい。しかも当人の足跡は四十年も前に途絶えているのだ。その人生をたどるには、かなりの労力が必要だろう。

だが午前十一時過ぎ、鷹野の携帯に一通のメールが届いた。内容を確認したあと、鷹野は顔を上げて沙也香に報告した。

「有力な情報が入りました。堤輝久は杉並《すぎなみ》区阿佐谷《あさがや》南《みなみ》に住んでいるようです」

鷹野はメールに書かれていた住所を、沙也香に伝える。彼女はまばたきをして尋ねてきた。

「どうやって調べたの？」

「刑事部時代の知り合いで、経済や金融関係に詳しい情報屋がいるんです。個人投資家のことを調べてもらったら、堤輝久が見つかりました」

「もともと、あなたにも協力者がいたということ？」

「公安部とは違って、ずっと金で雇っていたわけじゃありませんがね。仕事を頼んだとき、成功報酬のみ渡していました。それでも我々の間には信頼関係が出来ていたと思います」

それを聞いて、沙也香は不快そうな表情を浮かべた。鷹野は慌てて続ける。

「ああ、すみません。別に氷室さんたちへの嫌みというわけじゃないですよ」

「わかっているわ。あなたは誰かをけなすような性格じゃないものね。どちらかというと、他人にはあまり興味がないというか……」

「いえ、そんなことはないんですが」

鷹野は少し考え込んだ。自分では意識していなかったが、沙也香にはそう見えるのだろうか。そもそも、他人に興味のない人間などいないだろうに。

タクシーを使って、鷹野たちは阿佐谷南に向かった。

目的の家は、閑静な住宅街の中にあった。きれいな白壁の二階家で、庭には花壇や小さな池、築山などがある。今どき珍しい趣味人の住処《すみか》、といった雰囲気だ。

表札に《堤》とあるのを確認してから、鷹野はチャイムを鳴らした。

しばらくして、「はい」とぶっきらぼうな声が聞こえた。おそらく本人だろう。

「警視庁の者ですが、堤輝久さんにお訊きしたいことがありまして」

「……警察？　いったい何ですか」

「真藤健吾さん、笠原繁信さんについて、うかがいたいんです。ご存じですよね？」

「いや、よく覚えていませんが」

「そんなはずはありません。あなたは虎紋会の集会で、ふたりと会っているでしょう」

しばし相手は沈黙した。この反応を見ると、やはり過去に何かあったのだと思われる。鷹野は言葉を続けた。

「真藤さんと笠原さんは殺害されました。それからもうひとり、里村悠紀夫さんのことです。その人たちについて大事なお話があります」

現時点で里村の情報は何もわかっていない。しかしここでハッタリを利かせれば、相手は食いついてくる可能性がある。

案の定、インターホンから早口で返事があった。

「今、行きますから、ちょっとお待ちください」

鷹野は沙也香のほうを向き、眉を大きく上下させた。彼女は小さくうなずいた。

十五秒ほどで、玄関から初老の男性が現れた。耳が大きく、薄くなった髪に緩いウェーブがかかっている。若いころからの肥満傾向がだいぶ進んだようで、ビヤ樽《だる》のような体形になっていた。間違いない。堤輝久だ。

彼は鷹野から沙也香へと視線を動かしたあと、顎をしゃくった。

「ここじゃ話もできません。上がってもらえますか」

「ええ、お邪魔します」

鷹野たちは堤に続いて建物の中に入っていく。

外からはわからなかったが、応接室もかなり立派な造りだった。壁には華やかな色調の油彩画が掛かっている。かなり裕福な人物だと思われた。

「あいにく家内が旅行に出かけていましてね」ソファに腰掛けながら、堤は言った。「そういうわけでお茶もお出しできませんが」

「どうかおかまいなく」鷹野は首を振ってみせた。「それより、早速ですがお話を聞かせてください。堤さんは四十二年前、虎紋会の集会に参加されましたよね。そこで真藤健吾さん、笠原繁信さん、里村悠紀夫さんと出会い、親密につきあうようになった。間違いありませんね？」

「親密というか……」堤はソファの上で脚を組んだ。「まあ、若いころなんでね。一緒に酒を飲んで、いろいろ話したことはありましたけど」

「覚えている範囲でけっこうですので、教えてください。虎紋会の思想的な背景、政治信条などについてです」

鷹野がそう尋ねると、堤は目を逸らして、壁の油絵に視線を向けた。

「もう忘れてしまいましたよ」

「そんなことがあるでしょうか。何か少しぐらい覚えているのでは？」

「忘れてしまったんだから、仕方ないじゃないか」

鷹野に視線を戻して、堤は強い調子で言った。「何なんですか。これは取調べですか？」

威圧しようとするところが、また怪しく感じられる。自分に疚しいところがなければ、こんな返事はしないだろう。

「では、亡くなったふたりのことを聞かせてください。真藤さん、笠原さんとは連絡をとり合っていましたか？」

「いいえ、大学を出てからつきあいは一切なくなりましたね」

「何か噂を聞きませんでしたか。ふたりが誰かに恨まれているとか、狙われているとか」

「知りませんよ。……真藤は政治家になったんだ。狙われたとしたら、そのせいでしょう。笠原のほうはどうか知りませんが」

「笠原さんは明慶大学の教授です。次期総長候補といわれていました」

「ふうん。それは立派なことだ」

まるで他人事だという調子だった。あるいは、そう演じてみせているだけなのか。

「堤さんは個人投資家だそうですね。ご自宅を見ても、かなり裕福な暮らしをしていらっしゃることがわかります」

「だから、何だというんです？」

「以前、証券会社に勤めていましたよね。もしかして当時の情報網を使って、何か特別なことをなさっているのでは……」

「失礼だな、君は！」堤は声を荒らげた。「何の証拠があって、そんなことを言うんだ」

ああ、すみません、と鷹野は頭を下げた。

「私のような素人は、いろいろ考えてしまうものでで」

「法に触れるようなことは何もしていないよ」

そう言ったきり、堤は黙ってしまった。怒らせたら何かボロが出るのではないか、と鷹野は思っていた。だが、そううまくはいかないようだ。

「里村悠紀夫さんについてはいかがですか」

「覚えていませんよ、そんな昔のこと」

何を訊いてもこの調子だ。埒が明かない。

どうしたものかと鷹野が考えていると、隣にいた沙也香が口を開いた。

「真藤さんと笠原さんの次は、どなたでしょうね」

「……え？」

堤は怪訝そうな表情になった。沙也香は真剣な目で相手を見つめる。

「親しかった四人のうち、ふたりが殺害されました。次は、あなたか里村さんが狙われる可能性があります」

「馬鹿馬鹿しい」

堤は苦笑いを浮かべた。だがその笑いには、どこかぎこちない印象がある。急所を突かれ、笑ってごまかしているように思えた。

「我々警察は、いつかあなたが狙われるのではないかと考えています」沙也香は言った。「もしあなたが保護を求めるなら、何か方法を考えることもできます」

「冗談じゃない。なんで私が助けを求めなくちゃならないんですか。……それより里村はどうなんです？」

「まだ居場所がつかめていません。しかし里村さんも狙われる可能性があります」

「だったら、まずは里村を捜せばいい。あいつがどうするか聞いてから、私も判断します。それまでは警察の世話になんか、なりませんよ」

堤は腕組みをして、ソファの背もたれに体をあずけた。もう、こちらを見ようともしない。

諦めて、鷹野たちは引き揚げるしかなかった。

佐久間班長に報告したところ、あらたな指示があった。

「葬儀屋が次に狙うのは、堤か里村のどちらかだろう。里村の捜索は能見たちに任せるとして、おまえたちは堤の身辺を調べろ。警戒されているのなら目立たないように見張れ。もし葬儀屋が現れたら、絶対に逃がすな」

堤の家から二十メートルほど離れた場所に、古いアパートがあった。沙也香は大家に掛け合って、空いている二階の部屋を借り受けた。

午後七時、鷹野と沙也香はアパートの一室で監視を始めた。

鷹野は窓際に陣取って堤宅を見張った。外からわからないよう電灯は消してある。明かりは小さなLEDランタンだけだ。

カーテンの隙間から、約二十メートル先に堤宅の門が見えた。裏に通用口などはないから、出入りする人物がいれば確実にわかるはずだった。

沙也香はノートパソコンでネット検索をしている。調べたことはその都度、文書ファイルにまとめているらしい。

「これが公安部のやり方ですよね」

鷹野がつぶやくと、沙也香は真顔になってこちらを向いた。

「そうよ、私たちの得意なやり方。刑事部とは違うわね。……まだ不満がある？」

「とんでもない。今回はこの方法が最適だと思います。公安部と刑事部の手法を組み合わせて、いいとこ取りでいきましょう」

薄暗い中で、がさがさと音がした。沙也香がコンビニの袋から何かを取り出した。

「サンドイッチとおにぎりが二個ずつあるけど、あなたどうする？」

「両方もらいましょうか。ひとつずつ」

「いいの？　合いそうにないけど」

「公安と刑事みたいに？」

ふん、と鼻を鳴らしてから、沙也香は近くにやってきた。フローリングの床にレジ袋を置く。中にはサンドイッチとおにぎり、それにトマトジュースが入っていた。

「あ……。トマトジュースまで、すみません」

「たまたま目についただけよ」

なるほど、と言って鷹野はうなずく。それから「感謝します」と頭を下げた。

監視を続けながら夕食をとることにした。まさか、こんな場所でトマトジュースが飲めるとは思わなかった。

「真藤と笠原を殺害したのは小田桐卓也でした」鷹野は沙也香に話しかけた。「しかしその小田桐は逮捕された。もし堤を狙うとしたら、誰が来るでしょうね」

「もう一度、下請けを雇うのか……。いや、それは難しいような気がする。来るとすれば葬儀屋自身じゃないかしら」

「俺も同じ意見です」

サンドイッチを頬張りながら、鷹野はそう答えた。

公安部員でさえ、まだ誰も見たことのない葬儀屋という人物。殺し屋という枠組みには収まりそうにない人間だ。奴はどんな顔をして、どんなことを考えているのか。

わかっているのは古代エジプト神話を好み、残虐な死体損壊をいとも簡単に行うということだ。それに付け加えるなら、綿密な計画を立てる慎重さを持っていること、そして現場に異様な品を残して捜査を混乱させる、ということだろうか。

凄惨《せいさん》な事件現場の様子を、鷹野は思い浮かべた。血だまりの中、被害者の心臓を抉り出す葬儀屋。それを天秤の皿に載せ、歓喜の笑みを浮かべる猟奇犯。奴の手には脂肪や皮膚片、血管の切れ端などがまとわりつき、被害者の血で真っ赤に汚れている——。

奴を一刻も早く見つけなければならない。鷹野は自分にそう言い聞かせた。

4

動きがあったのは翌日、午前十時過ぎのことだった。

窓際で堤宅を監視していた沙也香が、鋭い声で鷹野を呼んだ。

「マル対が出てきた！」

鷹野は沙也香のそばに駆け寄り、窓の外に目を走らせる。堤が自宅の門を閉じているのが見えた。スニーカーに紺色のスラックス、上は灰色のブルゾンという恰好だ。茶色いショルダーバッグを掛けている。

「歩きやすい靴を履いていますね」

「高飛びとは思えないけど……。どこかへ遠出するつもりかしら」

「あとを追いましょう」

慌ただしく戸締まりをして、鷹野たちはアパートの部屋を出た。

鷹野も沙也香もラフなジャンパーを着て、眼鏡をかけた。スーツの上着はバッグの中にしまってある。堤にまじまじと見られたらまずいが、ある程度離れていれば気づかれにくいはずだ。

階段を下り、建物の陰から道路をチェックする。

堤は駅のほうへ向かっていた。午前中のこの時間、住宅街に通行人はほとんどいない。

鷹野は沙也香にうなずきかけたあと、道路に出てゆっくり歩きだした。マル対から三十メートルほど離れて、慎重に尾行していく。沙也香は鷹野のさらに三十メートルほどうしろをついてくる。

JR阿佐ケ谷《あさがや》駅に着くと、堤はICカードで構内に入った。

ここまで来れば、周囲に利用客がかなりいる。鷹野は足を速めて約十メートルまで距離を詰めた。堤との間にほかの客を数人挟んでから、自分も改札を抜ける。

堤のあとを追って、鷹野はホームに上がった。自販機の陰に隠れてそっと様子をうかがう。堤は下り方面の電車を待っているようだ。

やがて電車が到着した。ショルダーバッグを肩に掛け直して、堤は乗り込んでいく。

鷹野はふたつ離れたドアから、堤と同じ車両に乗った。沙也香は隣の車両だ。

彼はいったいどこへ行くつもりだろう、と鷹野は考えた。誰かに会いに行くのか。もしかしたら虎紋会の昔の仲間、里村悠紀夫に会うのではないか。そうだとしたら、この尾行は大きなチャンスだった。現在、里村の居場所はわかっていない。彼を見つけることができれば、保護するなり、事情を聞くなりして捜査が進展するはずだ。

五十分ほどのち、堤が降り立ったのは高尾《たかお》駅だった。

目立たないよう気をつけながら、鷹野も電車の外に出る。横目で確認すると、沙也香もホームへ降りるのが見えた。

再び、少し距離をとって尾行を開始する。

堤は改札を抜けると、駅のそばにある大衆食堂に入った。ここで少し早めの昼食をとるつもりらしい。

「班長に報告する」

沙也香は携帯電話を取り出した。

彼女が通話をしている間、念のため鷹野は食堂の周りを歩いてみた。裏口がひとつあったが、敷地は塀に囲まれている。正面の出入り口を見張っていれば、逃げられることはないはずだ。

鷹野が元の場所に戻ると、沙也香の通話は終わったようだった。

「重要な情報が入った」沙也香は顔を上げて言った。「能見さんたちが、里村悠紀夫の経歴を突き止めてくれた。メールで情報をもらったわ。里村は大学卒業の次の年、警察に入ろうとしたらしい」

「警察に？」鷹野は首をかしげた。「四人組は左翼団体に興味を持っていたはずですよね。それなのに、なぜ里村は警察に入ろうとしたんでしょう」

「わからない。里村は試験を受けたけれど、在学中の左翼活動が明らかになって、結局採用されなかった。そのあと警備会社で警備の仕事をしていたけれど、三十一年前、突然退職してしまった。そして九年前からは行方不明……」

警察官になれなかったから、少しでも似た仕事だと思って警備員になったのだろうか。それも妙な話だった。警察官を目指していた人間なら、警察と警備会社の違いはよく理解していたはずだ。

「これで四人の経歴が明らかになったわね。真藤健吾は製薬会社の社員から政治家に、笠原繁信は明慶大学の教授になった。堤は証券会社を辞めたあと個人投資家になっている」

「そして里村は警備員になった……。ひとりだけ異質な感じですね」

ええ、と沙也香はうなずく。

「問題は、葬儀屋と真藤たちの間に何があったかということ。それを知るため、佐久間班長が独自に動いてくれた。班長は、葬儀屋が絡んだ過去のテロや殺人事件を徹底的に洗ってくれたの。その結果、ひとつ気になることが判明したというの」

「何か接点があったんですか?」

「接点というべきかはわからないけど……。葬儀屋が起こしたいくつかの事件をきっかけにして、堤が株で大儲《おおもう》けしていたんですって。たとえば、あるプラント建設会社の幹部が殺害され、捜査の過程で社内の不正経理が発覚した事件があった。専務派と常務派の争いが始まって、株価が大きく下がってしまったそうよ。その影響で別のプラント建設会社の株が急上昇し、堤は莫大《ばくだい》な利益を得た」

「作為が感じられる、というわけですか」

「それだけじゃない。堤が儲けた金は真藤の政治資金や、笠原の研究費に回っていた可能性があるらしいの」

ちょっと待ってください、と鷹野は言った。

「もしかして三人は、金を稼ぐために葬儀屋を利用していたんですか？」

「そして、その葬儀屋は里村だった可能性が高い」

里村悠紀夫が葬儀屋だった――。まだ可能性の段階ではあるが、それは驚くべき情報だ。

鷹野は、若いころの里村の写真を思い浮かべた。髪は短く、細面で、顎の右側に傷痕がある男性だ。精悍な顔立ちながらも、酷薄そうな印象があった。

「里村が葬儀屋だったという根拠はあるんでしょうか」

「彼が警備会社を退職したのは三十一年前。葬儀屋の活動が始まったのも、その時期なの」

「……それだけでは、少し弱い気がしますが」

腕組みをして鷹野が言うと、沙也香はこう続けた。

「大学時代、里村が古代エジプト文明を勉強していたという情報があるのよ」

「古代エジプト文明を？」

鷹野は東祥大学の塚本准教授を思い出した。里村は彼と同じように、古代エジプト文明に関心を持っていたということか。

さらに鷹野は赤坂事件、中野事件の惨状を思い起こした。心臓を抉られ、血まみれになった遺体。天秤の皿に置かれた赤黒い心臓と、白い羽根。古代エジプトの『死者の書』を模《も》したように見える、奇怪な事件現場だった。

「それにしても……」鷹野は首をかしげた。「里村が葬儀屋だったとすると、なぜ九年ぶりに活動を再開したんですか。彼はもう六十一歳ですよね？」

「ええ、そのはずよ」

「そんな年齢で、あれだけの力仕事が可能でしょうか」

「力仕事ではないわね。刃物を使って、遺体から臓器を抉り出しただけだもの」

「まあ、それはそうですが……」

鷹野は低い声で唸った。たしかに、強い力は必要ないかもしれない。だが、それでもあれだけのことを行うには、六十一という年齢はネックになるような気がする。

「最新情報はここまで」沙也香は携帯をバッグに戻した。「さあ、元刑事部の鷹野くん、あなたはどう推理する？」

しばらく思案したあと、鷹野は口を開いた。

「今回、堤は里村に呼び出された可能性があります。何らかの理由で、里村は昔の仲間を恨んでいたんでしょう。だから真藤、笠原を殺害し、最後に堤を始末しようとしているのではないか……」

「私もそう思う」

「しかし、どうしてこんな場所に呼び出したんでしょうね」

「何か因縁のある場所だった、とか？」

「因縁、ですか……」

辺りを見回してから、鷹野はまた考え込んだ。緑の山々、青い空、そして渋滞のほとんどない道。駅の近くで細々と営業している大衆食堂。たしかに、何か理由がなければこんな場所が選ばれることはないだろう、という気がした。


三十分ほどで堤は店から出てきた。

鷹野たちは彼の追跡を再開した。堤は駅のほうへ戻って、路線バスに乗り込んでいく。

ここは判断の難しいところだった。面が割れているから同じバスには乗れない。鷹野は後方にいた沙也香に手振りで示して、タクシー乗り場に向かった。

客待ちをしていたタクシーにふたりで乗り込む。

「どちらまで？」

白髪頭の、人のよさそうな運転手がこちらを向いた。

「バスを追いかけてもらえますか。あれです、今出発したバス」

「あ……はい。わかりました」

一瞬怪訝そうな表情を見せたが、運転手は車をスタートさせた。

バスは市街地を抜け、緑の濃い山中へと進んでいく。

停留所に近づくたび、少し離れた場所でタクシーを路肩に停めてもらった。それを繰り返すうち、ついに堤がバスから降りるのが見えた。

「ここでけっこうです」

急いで料金を払い、鷹野たちは車の外に出た。

バスの通る道から逸れて、堤は木々の間の林道を歩きだした。鷹野と沙也香は、慎重に堤のあとを追う。樹木が多いから隠れる場所には事欠かない。

辺りは静かだった。

車のエンジン音も、人の話し声も聞こえてこない。空気を吸い込むと、土や草のにおいがはっきり感じられた。

バス停から十五分ほど歩くと、急に開けた場所に出た。

どうやらそこは古い採石場の跡らしい。宿舎や倉庫と思われる建物が残っていたが、ドアは錆《さ》び、窓ガラスはあちこち割れていた。何十年も前に打ち捨てられた廃墟《はいきょ》だろう。

足下の悪い中、堤は黙々と進んでいく。やがて彼は、コンクリート造りの倉庫の前に立った。ドアに触れたが、錆び付いていて動かないようだ。

「くそ……この野郎」

悪態《あくたい》をつく声が聞こえてきた。

堤は取っ手をつかみ、唸り声を上げながらドアを引いた。そのうち、ぎぎ、ぎ、と軋《きし》んだ音がして、ドアが手前に開いた。

汗を拭って、堤は中に入っていく。

沙也香に目配せをして、鷹野は倉庫に近づいていった。

開いたままのドアから、そっと屋内を覗き込んでみた。高い位置に窓があり、わずかに外光が射《さ》し込んでいる。薄暗い中、ゆっくり歩いていく堤の背中が見えた。

外には日射しが溢れている。だが建物の中は少し気温が低かった。あちこちに水溜《みずた》まりがあり、空気が湿気《しっけ》を含んでいる。カビや埃《ほこり》のほか、何か饐《す》えたようなにおいがする。

堤は迷わず奥へ進んでいった。どうやら知らない場所ではなさそうだ。

鷹野たちが様子をうかがっていると、突然、堤が口を開いた。

「おい、そこにいるんだろう？　いるよな？」

ぎくりとして鷹野は身を固くした。沙也香も息を殺している。

だが、堤はこちらを振り返ってはいなかった。彼は歩き続けている。いったい誰に声をかけたのだろう。

突き当たりまで進んで、堤は屈み込んだ。壁際に砂利の山がある。彼は軍手を両手に嵌め、近くに遺棄されていたスコップをつかんだ。

荒い呼吸をしながら、彼は砂利を掻《か》き分けていった。ときどき腰に手を当て、さすっているのがわかる。

やがてオレンジ色のシートが現れた。堤はその端をつかんで、ずるずると引っ張った。

シートの下から、コンクリート製の段差が現れた。人が腰掛けるのにちょうどよさそうな高さだ。

スコップを横に置いて、堤は両手に力を込めている。じきに重い蓋《ふた》が開いたようだった。

内部を確認したあと、堤はほっとした様子でつぶやいた。

「そうだよな。ちゃんといるじゃないか」

安心した、という声だった。

堤は蓋を閉め、丁寧にシートをかぶせる。それからスコップで、再び砂利をかけていった。十分ほどで元どおりにして、彼は軍手を外した。

鷹野と沙也香は、素早く建物から離れた。樹木の陰に隠れていると、ややあって堤が出てくるのが見えた。明るい陽光に、少し目を細めている。

一度建物の奥を覗き込んだあと、彼は先ほど来た道を戻り始めた。

「私はあとを追う」沙也香がささやいた。「あなたは倉庫の中を確認して」

「了解です」鷹野は短く答える。

充分な距離をとって、沙也香は尾行を始めた。

彼女の背中が見えなくなってから、鷹野は白手袋を嵌めた。ゆっくりと、先ほどの建物に入っていく。

薄暗い中、足下に注意しながら進んだ。

壁際まで行き、スコップを手に取った。砂利の山を崩し、オレンジ色のシートを引き剝《は》がす。シートの下から、ざらついたコンクリートの表面が出てきた。

側溝の蓋のように、コンクリートはいくつかに分割されている。そのひとつを、慎重に取り外した。

暗がりの中に何かがある。鷹野は目を凝《こ》らした。

数秒後、その正体を知って息を吞んだ。

そこに収められていたのは、白骨化した遺体だったのだ。

毛髪や体格から、おそらく男性だと思われる。鷹野は眉をひそめた。なぜこんな場所に遺体が隠されているのだろう。死体遺棄事件が起こっていたということか。

着衣などを細かく観察するうち、鷹野ははっとした。

——この人は、もしかして……。

写真で見たことのある人物ではないだろうか。状況から考えて、他殺の疑いが強かった。では、この人を殺害したのは誰なのか。

先ほどの堤の行動を見れば、答えは容易に想像できた。堤が殺害し、死体を遺棄したに違いない。そのほかにも共犯者がいた可能性がある。

薄暗い場所で、鷹野はひとり考えを巡らした。

5

白骨遺体が発見されたことで、捜査は急展開を迎えた。

その日のうちに遺体は運び出され、司法解剖に回された。また、急遽《きゅうきょ》DNA鑑定の手配も行われた。佐久間の指示で、メンバーたちは捜査に力を尽くしている。

沙也香はあのあと、堤を尾行して彼の自宅まで戻っていた。そのまま監視拠点のアパートに入り、堤の監視を続けているところだ。

その間に鷹野は、堤や真藤の知人たちを訪ね、例の四人組の過去を探った。

一方、国枝と溝口は第二の被害者・笠原の自宅を徹底的に捜索しているという。能見は、警察官になろうとした里村悠紀夫について調べているらしい。

翌日、五月十二日の朝、久しぶりに全員が集まってミーティングが行われた。

「各員、急ぎの捜査をしてもらっている。これまでにわかったことを報告してくれ」

佐久間からの指名を受け、まず沙也香が口を開いた。

「すでにお伝えしていますが、昨日私たちは堤を尾行し、高尾の元採石場で白骨化した遺体を発見しました。身元確認を急いでいますが、里村悠紀夫ではないかと思われます」

沙也香がこちらを向いて発言を促《うなが》す。それに応じて、鷹野はみなに資料写真を見せた。

「先日、里村悠紀夫の若いころの写真をお見せしましたが、あそこに写っていたものと同じタイプのブレスレットが白骨遺体についていました。里村はずっとブレスレットを好んでいたんでしょう。わざわざ犯人が偽装したとは考えにくいですから、遺体は里村で間違いないと思います」

佐久間は鷹野の説明に耳を傾けたあと、国枝を指名した。

国枝はメモ帳を開いて報告を行った。

「笠原繁信の自宅から古いノートが出てきました。詳しく調べたところ、真藤、堤、里村の名前が書かれているのが見つかりました。日付を見ると、十年前まで四人組は連絡を取り合っていたようです。つきあいはなくなっていた、と堤は話していたそうですが、それは嘘ですね」

やはりそうか、と鷹野は思った。堤の態度を見れば、何か隠していることは容易に想像できた。

「笠原のノートには、里村悠紀夫のことがいろいろ書かれていました。里村は何度も引っ越しをしたようですが、彼がかつて住んでいたアパートがひとつわかりました」

「本当ですか」鷹野は眉をひそめた。「何か手がかりがつかめましたか?」

「残念ながら、そのアパートはもう取り壊されていましてね」

「そうですか……。じゃあ、何も調べようがありませんね」

鷹野は肩を落とす。それを見て、国枝は眉を大きく上下させた。

「いえ、そう落胆することもないと思いますよ」咳払いをしてから彼は続けた。「里村が警察に入ろうとした背景には、ふたつ理由があったようです。ひとつは情報収集。犯罪組織や右翼、左翼への警察の対応を知りたかったんでしょう。もうひとつは、捜査方法や銃などの取り扱いの経験を積むことでした。……ところが警察に入れなかったため、里村は警備会社に就職。七年後に退職して、消息不明になりました。笠原のノートによれば、そのあと里村は殺しを請け負うようになったということです。葬儀屋の正体は里村で間違いないでしょう」

「補足すると……」溝口が眼鏡のフレームを押し上げながら言った。「里村が警備会社を辞めたのが三十一年前、葬儀屋が活動を停止したのが九年前です。奴が葬儀屋だったとすれば二十二年間、あちこちから殺しを引き受けていたことになります。年齢でいうと三十歳から五十二歳までですね」

「五十二か。充分に稼いだとすれば、その歳で引退してもおかしくはないが……」

考え込みながら佐久間がつぶやく。鷹野も同じ意見だった。どれほど偏った人格だったとしても、人殺しなどという仕事を長く続けるのは難しいのではないか。

「里村に関しては、こちらからも報告があります」能見が手を挙げた。「奴の古い知り合いから聞き出したんですが、大学卒業から数年後に会ったとき、里村が妙なことを話していたというんです」

「妙なこと？」

「『新世界秩序』という言葉を口にしていたそうです。その概念についてですが……溝口、説明してくれ」

溝口はパソコンを操作し、画面を見ながら話しだした。

「新世界秩序——ニュー・ワールド・オーダーというのは、国家という枠組みを廃して、あらたに樹立される世界政府により、地球レベルで人々を統治する仕組みです。政治や経済、社会政策を国ごとにやらず、全世界で進めていこうとする考え方ですね。夢物語のようですが、必要性を主張する人は一定数います。現在のように国家間の対立が続いては、いずれ人類は衰退するだろう、ということで……」

「理想論ですよ」能見が渋い顔をして言った。「SF小説ではそういう世界も描かれるでしょうが、実現するのは難しい。しかし里村は真面目な顔で、新世界秩序について話していたんだとか」

「里村の語る理屈はこうだったようです」溝口はまたパソコンに目を向けた。「新しい秩序を作るには、既存の秩序を一度壊さなくてはならない。カタストロフを起こして世界に破局をもたらし、みんなが共通の理念をもって新しい秩序を構築していくのだ、と……」

「そのカタストロフというのは、何なのかな」

国枝が尋ねると、溝口は真剣な表情を見せた。

「詳しくはわかりません。災害とか戦争とか、とにかく大勢の犠牲をともなうような出来事だと思います。里村に言わせれば、世界のために必要なことだそうです。一度世界が崩壊しなければ何も変わらない、変えられない、というんですね」

「衰退に向かう世界へのカンフル剤、といったところか」

佐久間の言葉を聞いて、鷹野は考え込んだ。徐々に弱っていくこの世界を蘇生《そせい》させるため、強烈な薬が必要となる。それが多数の被害者を出すカタストロフだ——。里村は本気でそんなことを考えていたのだろうか。

「虎紋会を思い出しますね」沙也香が言った。「あの組織は終末思想や厭世観などを取り込んでいたはずです」

「イベントで出会った四人は、虎紋会の思想に共感したんでしょうな」国枝は腕組みをした。「しかしその組織には馴染《なじ》めなかった。……いや、もしかしたら虎紋会の思想に満足できず、自分たちで何かしようと考えた、とかね」

「まさか、カタストロフを起こそうと?」

驚いて鷹野が尋ねると、国枝はこちらを向いて首をかしげた。

「いや……わかりませんが、奴らがそう考えたとしたらどうだろうな、と思って」

嫌な想像だった。だが若かったころの里村が新世界秩序とやらを口にし、しかも警察に入ろうとしたのなら、テロ行為などを画策していてもおかしくはないだろう。もしかしたら何かの目的のために、葬儀屋と名乗って殺しを引き受けていたのではないか。

「問題は、それが里村だけだったのかどうか、ということですね」鷹野はメモ帳に目をやった。「ひょっとすると四人全員に共通する考えだったのかもしれません。彼らの職業を見て、少し気になりました。真藤は政治家になって政治を動かす、笠原は大学教授としてアカデミックな方面を担当する、堤は証券会社員から個人投資家になって資金関係を援助、そして里村は殺し屋になった。……うまい具合に役割分担ができているとは思いませんか」

「役割分担？」

そう問いかけてきた沙也香に対して、鷹野は真顔で答えた。

「新世界秩序を実現するために、です」

「でも……彼らは、そんなことができると思っていたのかしら」

沙也香は半信半疑という表情だ。ほかのメンバーたちも、みな難しい顔をして考え込んでいる。

「そんなもの、所詮《しょせん》は絵空事《えそらごと》だ」佐久間が重々しい口調で言った。「……と、我々から見ればそういうことになるわけだが、一部の人間にとっては、そうではないかもしれない。新興宗教しかり、テロ組織しかり。閉ざされた環境下で議論を続ければ、思想や信条は煮詰められ、仲間のうちではそれが絶対となって神聖視される。ほかの意見は受け入れられなくなる。俺たちはそういう組織を嫌というほど見てきた。だから、絵空事だからといって軽く考えてはいけない。やる奴は本当にやる。我々は常に最悪の事態を想定して動かなければならない」

鷹野は深くうなずいた。佐久間は公安部の班長だ。普通なら考えにくいことまで予想し、対策を打とうとしてくれている。リーダーとして彼は信頼できる、と鷹野は感じた。

ここで国枝が再び報告した。

「もうひとつ気になることがありまして……。医学部の教授だった笠原は、個人的な興味を持って何かを研究していたようです。彼のノートに『アポピス』という言葉がいくつも書かれていました」

その件ですが、と溝口が説明を続けた。

「アポピスはエジプト神話に登場する、悪の化身とでもいうべきものです。蛇の姿で描かれていて、太陽神ラーの敵だとされています。……いかにも怪しい存在ですよね」

赤坂事件、中野事件の現場でも、古代エジプト神話を模した細工が行われている。その不気味さは、メンバーの誰もが感じているところだろう。

「四人はそのアポピスという怪物を信じていたんでしょうか」

「どうなんでしょうね」国枝は唸った。「新世界秩序を実現するために、古代エジプトの怪物に頼りたいということなのか……。彼らは終末思想に囚《とら》われていたようだから、神話に傾倒していた可能性はありますが」

「たしかに新世界秩序というのは、どことなく宗教に通じるような感じがします」

横から能見が言った。それを受けて、溝口がみなに問いかける。

「四人がテロ行為でカタストロフを起こそうとしていた、と仮定しますよね。でも真藤と笠原は殺害されてしまった。……となると、犯人はもしかして、カタストロフを食い止めようとする人間じゃありませんか？　真藤たちに個人的な恨みを持っていたのではなく、大きな事件を未然に防ぐために殺害した、とか？」

なるほど、という声がメンバーたちの間から上がった。

「今まで考えてもみなかったわね」沙也香は感心したという顔で溝口を見つめる。「そうだとすると、たとえば四人と敵対する人物が、真藤や笠原をやったということ？」

「わかりませんけど、そんな気がしませんか」

みなが思案している中、佐久間がポケットから携帯電話を取り出した。液晶画面をひとめ見てから耳に当てる。

「はい、佐久間です。……お疲れさまです。何かわかりましたか。……そうですか、了解しました。感謝します」

すぐに通話を終えて、佐久間は携帯を机の上に置いた。

「高尾で見つかった白骨だが、今、身元が判明した。あれはやはり里村悠紀夫だった」

まばたきをして、鷹野は佐久間を見つめる。

「どうしてわかったんですか？」

「国枝さんのおかげだ。以前住んでいたアパートが見つかった、と話していただろう。行動範囲を考慮して歯科医院をくまなく当たったところ、里村が受診していたクリニックが見つかった。古いカルテやX線写真と、白骨遺体の歯の治療痕を照合して、本人だと確認された」

「短時間でよく見つかりましたね」

驚きを感じながら鷹野が言うと、国枝はふふっと笑った。

「私も、たまには役に立ちませんとね」

本人は謙遜《けんそん》しているが、国枝の実力はたいしたものだ。現場経験の長さが、この結果に繋がったのだろう。

「これで里村の死亡がはっきりした。つまり葬儀屋はもういない、ということだ」

佐久間の言葉を聞いて、溝口が怪訝そうな表情を浮かべる。

「じゃあ、小田桐にクロコダイルのマークを使うよう勧めたのは……」

「葬儀屋を真似た人物だろう。手口を知っている者だと思われる」

「模倣犯ですか。……堤が葬儀屋のふりをして真藤や笠原をやった、という可能性はないでしょうか」

「それはない。赤坂事件、中野事件のとき、堤にはアリバイがあることがわかった。奴があの二ヵ所で死体損壊をするのは不可能だ」

「となると、話は振り出しに戻るってことですよね。まいったな」

溝口は背もたれに体を預ける。天井を睨んで、考えを巡らしているようだ。

佐久間は、能見や沙也香のほうに視線を向けた。

「犯人が葬儀屋を知っていたことは間違いない。だとすれば、犯人が四人組と繋がっていた可能性も残されている。このあとも油断なく捜査を続けろ」

わかりました、と鷹野たちは答えた。

ミーティングは終了となった。


溝口が言うように、捜査は振り出しに戻ってしまった感がある。

だが、犯人が古代エジプト神話に詳しいことは間違いないし、その意味では、今までの捜査は無駄にはならないはずだった。

鷹野と沙也香は、東祥大学の塚本寿志准教授を訪ねた。彼の研究室に行くのは、これで三度目になる。

大学院生の津村《つむら》が、部屋の中に招き入れてくれた。

「先生はちょっと席を外しているんです。すぐ戻りますから、どうぞこちらへ」

「いつもすみません」

彼に向かって鷹野は軽く頭を下げた。いえいえ、と言って津村は笑顔を見せる。

「こんなに熱心に通ってこられる方は珍しいですよ。これまでも警察の方は何人かいらっしゃいましたけど、みなさん一度話を聞いたら終わりですから」

「我々ばかり、何度もお邪魔してしまって……」

「塚本先生も言っていましたよ。頑張っている方には、なんとか力になりたいって」

「ありがとうございます」

津村は茶の用意をして、再び応接セットに戻ってきた。湯呑《ゆの》みを出しながら鷹野に尋ねる。

「それで、捜査のほうはどうなんですか。新聞やテレビで報道されていますけど、エジプト関係のことは伏せられているみたいですね」

「犯人しか知り得ない情報なので、公表していないんですよ。津村さんも、他言無用でお願いします」

「もちろんです。僕も解決を待ち望んでいますから、捜査の邪魔をするようなことは……。ああ、先生が戻られました」

塚本が研究室に入ってくるのが見えた。鷹野と沙也香は揃ってソファから立ち上がる。

すみません、と言って塚本はこちらへ近づいてきた。

「お待たせしました。どうぞお掛けください」

鷹野たち三人は、テーブルを挟んでソファに腰掛ける。津村は塚本にお茶を出して、隣の部屋に戻っていった。

「例の事件、まだ解決とはいかないようですね」塚本が言った。

「ええ、全力を尽くしてはいるんですが……」

「それで、今日はどういったご用件で？」

鷹野は鞄の中を探って、一枚の写真を取り出した。相手のほうに向けてテーブルに置く。

「里村悠紀夫という男性をご存じありませんか。四十年ぐらい前、古代エジプト文明を勉強していた人物です」

「……里村さん、ですか」

塚本は写真を手に取り、じっと見つめる。だが、難しい顔で首を横に振った。

「学会でも、そういう名前を聞いたことはありません。四十年ぐらい前となると、私の親の世代ですよね。念のため、ちょっと調べてみましょうか」

彼は津村を呼んで、いくつか指示を出した。

津村は、部屋の隅にある作業用のパソコンを操作し始めた。キーボードを叩き、手早くマウスを動かしている。じきに彼は申し訳なさそうな顔で言った。

「すみません。学会の名簿だけでなく、大学の先生まで探したんですが、里村悠紀夫という人は見当たりませんでした」

「駄目でしたか……」

鷹野は肩を落とす。それを見て、塚本は尋ねてきた。

「なぜ里村という人を捜しているんですか」

「事件の被害者と深い関わりのあった人物なんです。その上、大学時代に古代エジプト文明を勉強していたとわかったものですから……。ただ、もう亡くなっているんですよね」

「亡くなった？　じゃあ、犯人ではあり得ませんね」

塚本は腕組みをして、何か考えているようだ。彼の表情をうかがいながら、沙也香が口を開いた。

「先生、古代エジプト神話に、終末思想のようなものはあるんでしょうか」

「最終的に世界が滅んでしまう、という考え方はあります。ですが、あまりはっきりとは書かれていないんですよ。一方、前にもお話ししましたが、古代エジプト神話の中に、個人への審判はあります。天秤に心臓と羽根を載せるという、例の方法ですね。そもそもミイラを作っていたのは死後の再生のためとされていたので、世界そのものが滅んでしまっては困るわけです。多くの人たちの考えとしては、世界の行く末よりも、死後に自分がどうなるか、というほうに興味があったんじゃないかと思います」

どうやら、古代エジプト神話と新世界秩序の間には繋がりがないらしい。

説明を聞き終えて、沙也香は塚本に礼を述べた。

「お忙しいところ、どうもありがとうございました」

「お役に立てなかったようで、すみません」ひとつ息をついたあと、塚本は何か思い出したという表情になった。「じつは昨日、あらためて考えていたんです。古代エジプト神話には、動物の頭部を持った神が多く存在します。あれはなぜなんだろう、と」

意外な話が始まった。興味を感じて、鷹野は塚本に質問した。

「動物を大事にするというか、崇《あが》めるような見方があったんでしょうか」

「そうかもしれません。地球の長い歴史から見れば、人が文明を築いたのはごく最近のことだといえます。火を使うようになってからも人間は暗闇を恐れた。どんなに偉そうにしていても、動物が怖くて仕方なかったのかもしれません。恐怖という本能の前では、人はみんな無力です」

塚本は文献の収められた書棚を見回した。それから壁に視線を向ける。古代エジプトの神々が描かれたポスターが何枚か貼ってあった。

「現代でもそうだと思います」塚本は続けた。「科学技術が発達した今、人は賢くなったのだと私たちは思っている。しかし実際のところ、古代エジプトのころから人間はたいして変わっていないんです。知性とか理性とか、そんなものは飾りにすぎません。そのことに、みんな薄々気づいているんじゃないでしょうか」

「犯罪者にとっては古代エジプトも今の日本も関係ない、ということですか……」

神妙な顔で沙也香がつぶやく。塚本は少し間をおいてから、口元を緩めた。

「すみません、変な話をしてしまいましたね」

「いえ、そんなことは……」

沙也香は愛想笑いをしている。鷹野は塚本に向かって深く頭を下げた。

「先生がおっしゃるとおり、いつの時代にも犯罪者は現れます。ですが現代に生きる我々は、理性で欲望を抑えなければいけない。それができない者は罰せられるべきだと思っています」

「ええ、それが正しい意見でしょう」

塚本は小さくうなずきながら鷹野を見た。それから、ぬるくなってしまったお茶を一口すすった。

感謝の意を伝えて、鷹野と沙也香は研究室を出た。

6

塚本准教授を訪ねた翌日、朝のミーティングは行われなかった。

打ち合わせをするほどの新情報がなかったためだろう。誰かが重要なネタをつかむのではないかという期待はあったが、どうやらそれは難しいらしい。やはり自分たちで情報を集めなければ、捜査は先に進まないのだ。

鷹野と沙也香は、死亡した里村悠紀夫について捜査を続けた。

学生時代に住んでいたアパートを出たあと、彼が入居した別のアパートが見つかった。周辺で聞き込みをするうち、幸いなことに里村を知っているという人物が現れた。

年齢は七十代だろうか。禿《は》げ上がった自分の頭を撫でながら、矢作《やはぎ》という男性はこう語った。

「近くの居酒屋でときどき一緒になってね。里村くんはいつもひとりで飲んでたよ。雑誌を熱心に読んでたな。ちらっと見たら医学雑誌だった。『へえ、お兄さん難しいの読んでるね』って声をかけたんだ。俺が『こう見えて、医師免許を持ってるんだよ』って言ったら驚いていた。まあ、嘘なんだけどね」

矢作は自分の頭をぴたぴたと叩きながら笑った。鷹野と沙也香は黙って顔を見合わせる。酔っているようには見えないが、どうにも捕らえどころのない男性だ。

「なあんだ、違うのかって里村くんは残念そうだった。でも一病息災っていうのかな、俺は若いころから何度も病院に行っていたんで、けっこう知識があるんだよ。里村くんとは、病気や病院の話をいろいろしたな。あれは楽しかったねえ。約束していなくても、何曜日にはあの店にいるってのがわかってきて、一緒に飲むようになった」

「なぜ里村さんは医学雑誌を読んでいたんでしょうね」

鷹野が尋ねると、矢作は首をかしげた。

「訊いてみたんだけどさ、こういうのが好きなんだ、としか言ってなかったな。でも話しているうちわかったんだ。あの人は生きることや死ぬことに興味があるみたいだった。哲学的っていうの？　なんだかそんな感じで、難しいことをあれこれ話してたよ」

「いつごろのことですか？」

「もう三十何年も前だね」

だとすると矢作が一緒に飲んでいたのは、里村が二十代後半のころだろうか。

「何か、世の中に不満を持っている様子はなかったでしょうか」

「不満はみんな持ってるだろ？　俺だってそうだもん」

「里村さんが何か目標を持っていたとか、使命感を持っていたとか、そんな記憶は？」

「……ああ、一度ほかの客と喧嘩になりかけたことがあったな。酔って大声を出す奴がいてね。里村くんがそいつに凄《すご》んだんだ。『おまえの心臓で実験してやろうか』って」

鷹野は眉をひそめた。ただの脅しにしては、ひどく異様な言葉だ。そこには何か裏の意味があったのではないか。

実験とは何を指すのだろう。もしかしたら、彼が読んでいた医学雑誌と関係があるのか。

そういえば四人組のひとり、笠原繁信は医学部の教授だった。そして、真藤は製薬会社に勤めていた経歴がある。それらのことと繋がっている可能性はないだろうか。

矢作と別れたあと、鷹野たちは公園で休憩をとった。

ベンチに腰掛け、缶コーヒーを飲みながら事件について考える。周囲に人がいないのを確認してから、鷹野は沙也香に話しかけた。

「俺の筋読みを聞いてもらえますか」

「嫌だと言っても、聞かせるつもりなんでしょう？」

沙也香はそんなふうに言ってから、どうぞ、という手振りをした。

「里村の遺体は白骨になってしまったので、いつ死亡したかは断定できないかもしれません。でも、葬儀屋の活動が止まったのは九年前です。その年、たとえば仲間割れなどがあって、里村は真藤たちに殺害されたんじゃないでしょうか。そして今、何者かが二代目の葬儀屋になった。奴は里村を殺害した三人に復讐しているんだと思います」

「もしそうだとすると、今の葬儀屋は里村の縁者ということ？」

「その可能性は高いですね。早く里村の関係者を見つけなくてはいけない。……それと同時に、もうひとつ気になっているのは九年前の事件です。前の葬儀屋が最後に起こしたとされる、テロ未遂事件」

厚生労働省の三人の官僚宅に、爆発物が仕掛けられた事件だ。爆発前に処理できたから、マスコミには公表されなかったと聞いている。

「その事件について調べる必要があると思うんです。それが彼の死と関係あるのか、どうなのか……」

沙也香は何か思案している。どこか気乗りしない様子だったから、鷹野は意外に思った。

「俺の考えに反対ですか？」

「反対というわけじゃないけど、まずは里村の転居先を調べたり、知り合いの話を聞いたりすべきじゃないかしら」

「それが行き詰まっているから、先にテロ未遂を捜査しようと思ったんですが……」

「ある人物の経歴を追うなら、時系列に沿って調べるほうが効率的よ。周りの人間との関係もあるはずだから」

たしかに、彼女の言うことには一理あった。人の経歴というものは、知人たちとの関係抜きでは語れない。里村が誰とどんな関係を築いていたかを知るには、大学時代から順に足跡をたどったほうがいいのかもしれない。

鷹野たちは午後の聞き込みを始めた。しかし、これといった成果のないまま夕方になってしまった。

徒労感はあったが、それでやけになる鷹野ではなかった。刑事部時代から、捜査に停滞はつきものだと理解している。運のいい日もあれば悪い日もある。今日が駄目でも、明日は何か手がかりが得られる可能性がある。

新橋《しんばし》駅前を歩いているとき、ポケットの携帯電話が鳴った。足を止めて携帯を取り出す。

「はい、鷹野です」

「お世話になっております。こちら墨田区の……」

女性の声が聞こえてきた。少し焦っているような気配が感じられる。

彼女は、赤崎亮治が治療を受けている救急病院の職員だった。

「入院なさっていた赤崎亮治さんが、先ほど亡くなりました」

えっ、と言ったまま鷹野は言葉を失った。あまりに突然のことで、どう返事をしたらいいのかわからない。

「あの、もしもし、聞こえますか？」

こちらが返事をしないので、職員が尋ねてきた。

動揺を押し隠しながら、鷹野は口を開く。

「どうしてですか。そんなに危険な状態だとは聞いていなかったのに」

「すみません。急に容態が悪化したようです。医師も最善を尽くしたんですが、残念なことになってしまいました」

赤崎が死んだ——。口では一言で済んでしまうが、その事実はあまりにも重かった。雷に打たれたような気分だ。すぐには受け入れられそうになかった。

「とにかく、すぐに行きます」

鷹野が電話に向かってそう言うと、そばにいた沙也香が首を横に振った。

「駄目よ。行ってはいけない」沙也香は鷹野の携帯を指差した。「電話を切って」

「なぜですか」

「いいから切りなさい」

厳しい口調で命じられ、鷹野は渋々《しぶしぶ》その言葉に従った。あとでかけ直します、と職員に伝え、通話を終わらせる。

「それでいい。あなたは病院に行ってはいけないの」

「どうしてですか」鷹野は目を見開いて尋ねた。「T1が――赤崎が死んだんですよ。俺の大事な協力者です」

「T1の葬儀は、彼の家族に任せなさい」

「警察が身元保証を引き受けているんです。まず俺が病院に行かなくちゃ筋が通らないでしょう」

「あとでT1の家族が来たとき、自分の立場をどう説明するつもり?」

「それは……」

鷹野は言葉に詰まった。

赤崎は暴行を受けて死亡したのだ。家族に会えば、なぜ赤崎がこんな目に遭ったのか説明しなければならないだろう。彼が民族共闘戦線のメンバーだったこと、警察の協力者になっていたこと、鷹野の命令で危険なスパイ活動を行っていたことを、すべて話さなければならない。

「でも……」鷹野は首を振った。「逃げるわけにはいきません。俺が情報収集を命じたんだから、家族には事実を伝えないと」

「それは許可できない」沙也香は冷たい目で鷹野を見た。「あなたは前面に出てはいけないの。そんなことをしたら佐久間班長や能見さん、国枝さんにも迷惑がかかる。これはあなたひとりの問題じゃないのよ。下手をすれば公安部が――いえ、警視庁全体が厳しく批判されてしまう」

「じゃあ、どうしろと言うんですか」

「班長に任せなさい。班長自身か、あるいは国枝さんが病院に行くと思う。そして説明してくれるはず。警察の協力者だった事実は伏せて、相手が受け入れてくれそうな、うまい理由を考えてくれるでしょう」

「いや、しかし……」

言いかけたが、鷹野は言葉を継ぐことができなかった。たしかに沙也香の話は合理的だ。公安部が一般市民を利用してスパイ活動をさせていた、その挙げ句に死なせてしまったなど、マスコミで報道されたら大変なことになる。

だが組織を守るためとはいえ、隠蔽《いんぺい》に加担していいのか。はたして自分は平気でいられるだろうかという迷いがあった。

「氷室さんは北条さんの奥さんに、エスの件を説明しましたよね？　生活の援助もしているはずです」

「北条はいずれ刑務所から戻ってくる。それまで生活を支援するし、彼が出てきてからも金を渡すことになっているの。北条の妻は私に逆《さか》らえないのよ」

だが赤崎の場合は違う。彼は死んでしまったから、事件の真相を知れば、家族は公表してしまうかもしれない――。沙也香はそう言いたいのだろう。

「運営者である俺がだんまりを決め込むなんて……そんなこと許されるんですか」

「許すとか許さないとか、そういう話じゃないわ。班長も私も、あなたが静観することを望んでいる。T1が死亡したことに関して、班長はあなたを責めようとはしないでしょう」

鷹野は眉間に皺を寄せ、唇を嚙んだ。

そんな鷹野をちらりと見てから、沙也香は自分の携帯を取り出す。彼女は通話を始めた。

「……氷室です。今、病院から連絡がありました。T1が死亡したそうです。……ええ、それで病院や家族に説明をしなければならないんですが。……はい、鷹野には無理です。まだうまく処理できないと思いますので……」

彼女の声を聞きながら、鷹野は拳を固く握り締めた。

長年刑事の仕事をしてきて、人の死には慣れているつもりだった。

実際、事件現場で数多くの遺体を拝んでも、動じることはほとんどなかったはずだ。ところが今、鷹野はかなりのダメージを受けている。それは、今回体験したのが「他人事ではない死」だったからだ。

公安の仕事の厳しさはわかっていた。しかしエスの死を受けて、今、鷹野は途方に暮れている。自分の判断の甘さを悔いている。

沙也香たちも、かつてこんな経験をしてきたのだろうか。それにしては、あまりに落ち着きすぎてはいないか。やはり、所詮エスは道具でしかないと考えているのだろうか。

病院には佐久間班長が行ってくれたらしい。遺族を前にして、どんな説明をするのだろうか、と鷹野は考えた。それから、自分に言い聞かせた。あの班長のことだ、きっと何もかもうまく処理してくれるだろう。心配することは何もないのだ、と。

軽く息をついて、鷹野はコーヒーカップを手に取った。

「ため息ばかりつかないほうがいいわ」沙也香が言った。「そんな顔をしていると運が逃げていくから」

鷹野たちはカフェのテラス席にいた。

聞き込みの途中、沙也香が昼食をとろうと誘ってくれたのだ。あまり食欲はなかったが、鷹野は彼女に従ったのだった。

五月も中旬になった今、通り抜けていく風が心地いい。五つあるテーブルには、ほかにもう一組の客がいた。ふたりとも女子大生だろう。雑誌を見ながらお喋りに夢中のようだ。

「T1のことはもう忘れたほうがいい」

「……そう簡単にはいきません」

「とにかく食事はしっかりとらないとね。捜査中に倒れられたら困るわ」

沙也香はウエイトレスを呼んで、コーヒーのお代わりを注文した。そのあと伝票を指差して言った。

「ここは私が奢るから」

驚いて、鷹野は首を左右に振る。

「いや、いいですよ、そんな」

「こんなときぐらいは素直になりなさい」

思いがけない言葉をかけられ、鷹野は戸惑った。沙也香は慰めてくれているのだろうか。しかし彼女の言葉を額面どおり受け取っていいのかどうか、鷹野にはわからない。

携帯電話の着信音が聞こえた。沙也香はバッグを探って携帯を手に取る。液晶画面を確認したあと、椅子から立ち上がった。

「ちょっと電話してくる」

携帯を耳に当てながら、沙也香はテーブルを離れた。テラスから出て建物の陰に回り込む。おそらく人に聞かれたくない話なのだろう。

しばらくして、お喋りしていた女性ふたりも席を立った。今、テラス席にいるのは自分だけだ。

鷹野は辺りに目をやった。少し先に都道があって、車が行き交っているのが見える。歩道を通るのは会社員風の男女で、みな先を急ぐらしく、このテラスを気にする者はいない。何か、自分ひとりが世界から取り残されてしまったように感じられる。

テーブルに視線を戻そうとして、鷹野は沙也香のバッグに目を留めた。椅子の上に置かれているのだが、携帯電話を出した際、斜めに傾いてしまったようだ。危ないな、と思っているうち、バッグは板敷きの床に転がり落ちた。

立ち上がって鷹野はバッグに近づいていく。椅子から落ちた拍子《ひょうし》に、メモ帳が外に出てしまっていた。バッグを拾い上げ、メモ帳にも手を伸ばす。

だがそこで、鷹野は動きを止めた。

メモ帳を開いたところにポケットがあり、畳んだ紙が挟まれていた。その紙に《板橋《いたばし》区常盤台《ときわだい》》という文字が印刷されていたのだ。それだけではない。よく見ると《沢木》という字もあった。

鷹野は周囲を見回した。沙也香は姿を消したまま、まだ戻ってこない。

その紙を抜き出して、素早く広げてみた。プリンターで出力された、調査報告書のようなものだ。

《……四月二十八日、板橋区常盤台の路上にて刑事部捜査第一課十一係・沢木政弘巡査が不審者に職務質問を行ったところ、刃物で刺される事案が発生。

当時、常盤台在住だった厚生労働省官僚・勝亦光好《かつまたみつよし》が左翼団体・全国青年共栄同盟に狙われているとの情報があり、公安部が警戒に当たっていた。二十八日、午後六時二十分ごろ沢木が同僚・鷹野秀昭とともに別件捜査のため常盤台地区で活動を開始。沢木は刺され、のちに病院で死亡した。

事件の目撃者はいなかったものの、廉価な刃物を使用するという手口から、該当する不審者はFuneral Directorだと推測される。全国青年共栄同盟から依頼を受け、当日は勝亦宅の下見を行っていた可能性がある。

三日後の五月一日、世田谷区経堂《きょうどう》、葛飾《かつしか》区立石《たていし》とともに板橋区常盤台の勝亦宅へ爆発物が仕掛けられているのが見つかった。早期に対処を行ったことで爆発は回避されたものの、Funeral Directorらを発見するには至らなかった》

鷹野は息を呑んで文面を見つめた。これは事実なのだろうか。

文中の「Funeral Director」を日本語に訳せば「葬儀屋」だ。奴は官僚宅に爆発物を仕掛けるために、常盤台を下見していたのか。そこで沢木を刺したというのか。

にわかには信じられない資料だったが、一定の信憑性はある。「廉価な刃物」とは、百円ショップで買った包丁のことだろう。その事実は鷹野もよく知っていた。だから事件のあと、頻繁に百円ショップを覗いて、何か手がかりはないかと探っていたのだ。偶然犯人と出くわすことなどあり得ない、とわかっていながら、そうせずにはいられなかった。

何年か経って、沢木殺害の現場付近で公安部が動いていた、という情報を得た。その件を明らかにするため、鷹野は公安部への異動を希望したのだ。しかし自分がアクセスできるデータには、沢木の事件は記載されていなかった。

――それなのに、なぜ氷室さんがこの資料を持っているんだ？

たまたま持っていた、などという説明には無理がある。なにしろ、ここには鷹野の名前も書かれているのだ。彼女は鷹野に、この件をずっと隠していたのだろう。

背後で靴音がした。はっとして鷹野は身を固くする。考え込んでいたせいで、人がやってくるのに気づかなかった。動揺を隠しながら、ゆっくりと振り返る。

だが、立っていたのは沙也香ではなかった。

「お待たせしました」

ウエイトレスがコーヒーのお代わりを持ってきてくれたのだ。

「……ああ、すみません」

強張った表情で、鷹野は彼女にうなずきかける。不思議そうな顔をしたあと、ウエイトレスは新しいコーヒーをテーブルに置いた。

彼女が去っていったあと、鷹野は先ほどの紙に視線を戻した。これを隠しておこうと判断したのは誰だったのか。沙也香か、佐久間か、それともほかの人間なのか。

いずれにしても作為があるとしか考えられなかった。

鷹野は資料をデジカメで撮影した。それから小さく畳んで、元どおりメモ帳のポケットに収めた。バッグを椅子の上に置いて、中にメモ帳を入れる。

ウエイトレスが運んできてくれたコーヒーを一口飲んだ。先ほどまでより苦く感じるのは、気のせいだろうか。

沙也香がこちらへ近づいてくるのが見えた。鷹野は居住まいを正して彼女を待つ。

彼女は携帯をバッグにしまい込んで、椅子に腰かけた。それから不思議そうな顔をした。

「……どうかした?」

「いえ、なんでもありません」

呼吸を整えてから鷹野は答えた。だが、ぎこちなさが残ってしまったかもしれない。

沙也香はコーヒーに砂糖を入れ、スプーンで丁寧にかき混ぜた。

「前から思っていたけど、あなたは繊細ね」

「それは、どういう……」

「T1が亡くなったのはあなたのせいではない。嘆いている暇があったら、殺した人間を憎むべきよ。それが捜査員というものでしょう」

資料を見られたことには気づいていないようだ。

コーヒーを飲む彼女の姿を、鷹野はそっと観察した。すっきりと整った顔の裏に、沙也香はいったい何を隠しているのか。鷹野の中で、暗い影が大きく膨らんでくる。もはや、疑いを持たずに彼女を見ることはできなかった。

赤崎を失った今、自分は沙也香という相棒まで失うことになるのだろうか。ときに反発しながらも、鷹野は沙也香の力を高く評価してきたつもりだった。できることなら、彼女を敵に回すようなことはしたくない。

だが覚悟を決めなければ、と思った。

沙也香が不正や隠蔽に関わっているのなら、それを暴《あば》かなければならない。沢木のためというのはもちろんだが、もうひとつ理由がある。

警察官としての誇りを持たない人間を、鷹野は許すことができなかった。

第三章　筋読み

1

かすかに水の音が聞こえてくる。

水際にある通路に、ぽつりぽつりと街灯が立っていた。その付近だけはうっすら照らし出されているが、光量は充分ではない。辺りには闇が溢れている。暗がりを伝って誰かが歩いていても、一般の人間ではなかなか気づかないだろう。

鷹野は腕時計に目をやった。まもなく午後十時になるところだ。

顔を上げると、橋の向こうに佃界隈《つくだかいわい》が見えた。以前は造船所があった場所だと聞くが、今は高層マンションが何棟も建っている。明かりの灯《とも》っている部屋はおそらくリビングルームで、そこには賑やかな笑い声が響いているはずだ。だが何百メートルも離れたこの場所には、彼らの声は届いてこなかった。

隅田川《すみだがわ》に面した岸に、静かな遊歩道がある。隅田川テラスという名前で、何キロにもわたって続いているそうだ。今、鷹野がいるのは中央区《ちゅうおうく》新川《しんかわ》地区で、佃の対岸にあたる。

普段なら散歩やジョギングをする人がちらほら見えるのだろうが、この時間には誰もいなかった。込み入った話をするにはちょうどいい場所だ。

人の気配を感じて、鷹野は素早く振り返った。

暗がりの中に誰かがいる。目を凝らしていると、女性の姿が浮かび上がった。彼女はゆっくりと、だがしっかりした足取りでこちらへ歩いてくる。

氷室沙也香だった。

彼女はいつものように紺色のパンツスーツを着て

いた。洋服の上からでも、スタイルのいいことがよくわかる。まるでモデルか人気タレントのようだ。しかし彼女の本性はそんな華やかなものではない。暗い感情をまとった、冷酷な公安部員だ。

足を止め、鷹野を見上げて沙也香は口を開いた。

「わざわざ私を呼び出したということは、何か準備が整ったのね？」

彼女の表情はいつものように冷ややかだ。どんなことがあっても動揺などしない、と言いたげだった。だがそんな沙也香にも、おそらく急所はある。彼女自身も意識していないような弱みがあるはずだ。

鷹野は周囲に目を走らせ、ほかに誰もいないことを確認してから話しだした。

「九年前の四月二十八日、俺の相棒だった沢木政弘が何者かに刺されました。場所は板橋区常盤台の路上。我々が追っていた事件とは別に、当時、公安部がその周辺で活動していたことがわかっています。……単刀直入にうかがいます。あなたは沢木の死について、何か知っているんじゃありませんか？」

沙也香はわずかに眉をひそめたが、すぐに余裕をもって答えた。

「公安部にいるからといって、何もかも知っているわけじゃない。現在、私たちはチームで動いているけれど、それは例外的なケースなの。普段、公安部員は個別の事案を担当して、別々に動いている。情報交換をすることなんてない」

「いつもはそうかもしれません。しかし沢木の件は、公安部でも大きな問題になっていたはずです。あなた方の活動が沢木の死に繋がったんだ。そうでしょう？」

「私は何も知らない」

この人は、と鷹野は思った。沙也香は顔色ひとつ変えずに嘘をつく。それが公安部員として必要な技術だというのはわかる。だがその技術を、同じ仲間である鷹野に使うことが許せなかった。

鷹野はポケットから畳んだ紙を取り出した。広げるとA4サイズになった。

「カメラで撮影したものをプリントしてきました。これはあなたのメモ帳に挟んであった資料です。沢木の刺殺事件のことが書かれています。そして俺の名前もね」

沙也香は身じろぎをした。さすがに、この資料が出てくるとは思っていなかったのだろう。

「他人のメモ帳を盗み見るとは、趣味が悪いわね」

「偶然ですよ。あなたの鞄が椅子から落ちた。そのとき見つけてしまったんです」

「だからって、普通それを開いたりする？　あなたにはモラルもマナーもないの？」

モラルだのマナーだのを持ち出すのは、まったく論理的でない話だった。そういう責め方をするのは、沙也香が追い込まれている証拠だ。鷹野は強い調子で言った。

「俺だってこんなことは知りたくなかったんだ」

沙也香の頬がぴくりと動いた。落ち着いているように見えるが、やはり心に乱れがあるのだろう。いくら公安部員だといっても、この社会で生活している以上、人の心を失ってしまうことは考えられない。鷹野はそこを突いた。

「沢木は俺にとって弟のような存在でした。彼の最後の言葉を、あなたは知らないでしょう。血だらけの腹を押さえながら、あいつは俺に言いました。『先輩、助けてください、先輩』ってね。なんとかしてやりたかった。でも駄目だったんです。あとからあとから血が溢れ出て、どうしようもなかった」

沙也香は黙っている。彼女の顔を見つめながら、鷹野は続けた。

「氷室主任、あなたにはわかりますか。目の前で、自分の相棒が弱っていくんですよ。真っ青な顔をして、苦しげな息をする。さっきまで冗談を言っていた人間が、この手の中で死んでいくんだ。そんな経験が、あなたにはありますか」

「それは……」

「もし経験がないのなら、少しは弱者のことを想像するべきだ。逆に、もし経験があるのなら……あなたは救いようのない冷血だ」

この言葉は効果があったようだ。沙也香は眉間に皺を寄せて、鷹野を睨みつけた。

「私にも感情というものはある。だけどそれを表に出したのでは、この仕事は続けられない」

「なるほど。そうやってあなたは、自分のエスを切り捨ててきたんですね。誰が死のうが、自分には関係ないというわけだ」

「馬鹿なことを言わないで！」

突然、沙也香が大きな声を出した。彼女がこれほど感情をあらわにしたのは初めてだ。こちらから仕掛けたことではあるが、鷹野は少し戸惑いを感じた。

「あなたには何もわかっていない」沙也香は険しい顔をしていた。「誰だって、好きでこんなことをしているわけじゃないわ」

「……まあ、そうでしょうね」

「何も感じていないとでも思うの？　冗談じゃない。初めてエスを死なせたとき、私は警察を辞めようと思ったのよ。でも、当時の上司が許してくれなかった。どうしても辞めるのなら報復を覚悟しろ、と言われたわ」

鷹野は眉をひそめた。いくら情報収集に秀でた公安部といっても、そこまでするだろうか。

沙也香は目を伏せて、自分の気持ちを抑えようとしている。十秒後、彼女はこちらを向いた。街灯の下で、彼女の頰は青白く光って見えた。

「あなたとはもう、ここまでかもしれない。……いいわ、聞かせてあげる」沙也香は表情を引き締めて話しだした。「九年前、公安部にテロ計画の情報が寄せられたの。葬儀屋が左翼団体『東アジア統一連合』と組んでテロを企んでいる、というものだった。内容がかなり詳しかったから、内部の人間のリークだと思われた。とはいえ罠《わな》の可能性もある。私たちは慎重に情報収集を始めたの」

「情報収集というと……やはりエスを使って？」

「そう。私は東アジア統一連合の中に、水沼英一《みずぬまえいいち》という協力者を獲得していた。私は水沼に命じて、幹部たちの隠している計画を探らせた。その結果、リークされたテロ情報は本当らしいとわかった。私たち公安部はテロを阻止するため、統一連合を徹底的にマークした」


いつもどおりの公安部のやり方だ。普段からエスに金を与えて関係を繋いでおき、利用すべきときが来たら困難な任務を与えるのだ。

「ところが、ある日、水沼から私に緊急の連絡があった。諜報活動に気づかれたようで、統一連合の中でスパイ探しが始まった、ということだった。このままだと自分がエスだとばれるおそれがある。どうすればいいか、と彼は指示を求めてきた」

「……嫌な話になりそうですね」

「私は上司に報告した。当時は佐久間班長とは別の人だったけどね」沙也香は続けた。「水沼の身に危険が迫っている。ここまで育てたエスだから、もったいない気はするけれど、命には代えられない。すぐにアジトから脱出させるべきだ、と私は進言した。でも、上司の判断は違った。


水沼はそのまま待機させろ、と言われたの。今逃げ出せば、自分がスパイだと認めるようなものだ。警察が監視していることもばれて、連中にますます警戒される。そうなれば、テロが防げなくなるおそれがある。上司はそう言った。……水沼を切り捨てろということですか、と私は尋ねた。当時の自分としては、かなり勇気を出して質問したの。すると上司はうなずいた。そのとおりだ、と答えたわ」

鷹野の胸が疼《うず》いた。

民族共闘戦線の内情を探るため、自分は赤崎亮治に情報収集をさせた。だがその結果、スパイ行為に気づかれて赤崎はひどい暴行を受けた。そして病院で死亡してしまったのだ。

自分の経験を想起すると同時に、鷹野は沙也香の行動も思い出していた。彼女はつい最近、北条毅彦に世界新生教のスパイ活動を命じたのだ。そして彼の正体がばれそうになったとき、自首するよう指示した。エスの身を守るためではあったが、北条本人にしてみれば裏切られたという気分だったに違いない。のちに彼の妻も強く反発していた。

「それで、氷室さんはどうしたんです？」

「水沼を切り捨てることはできなかった。連絡をとって、逃げるよう伝えてしまったの」

「命令違反……ですよね？」

「あなたに言われたくないわ」

沙也香は少しだけ口元を緩めたが、すぐ真顔に戻った。

「水沼は大事なものを取りに、一度アジトへ戻ったの。相当焦っていたから、傍目にはさぞ不審な人物に見えたでしょうね。……実際、水沼は疑われてしまった。警察の職務質問を受けたのよ。九年前の四月二十八日、場所は板橋区常盤台の路上」

彼女の言葉を聞いて、鷹野は息を呑んだ。

「沢木が職質をかけたのは、その水沼という男だったんですか？」

「そう。あなたたちは別の捜査をしていたと聞いている。水沼がそこへ現れたのは、不幸な偶然としか思えなかった」

ちょっと待ってください、と鷹野は言った。状況がよくわからない。感情が先に立って、いつものように考えをまとめることができなかった。

「常盤台に東アジア統一連合のアジトが？」

「ええ。ほかに世田谷区経堂、葛飾区立石にもアジトがあった。彼らは厚労省の官僚三人の家にマル爆を仕掛ける予定だったから、事前に監視拠点を作っていたというわけ。水沼はほかの仲間とともに、常盤台のアジトで寝泊まりしていた。そこに車のキーを置いてあったから、一度取りに戻ったの。自分の車を統一連合に提供していたけれど、逃走するのに必要だと判断したんでしょう。ところがアジトにたどり着く前に、水沼はあなたたちに会ってしまった」

「俺は沢木に職質をかけるよう指示しました。ふたりは角の向こうに消えた。電話がかかってきたので、俺が角を曲がったのは二十秒ほどあとでした。そのときにはもう沢木は倒れていた。犯人はあなたのエス、水沼だったということですか？」

鷹野が厳しい口調で訊くと、沙也香は首を横に振った。

「水沼は仲間に拉致されて、車で連れ去られたのよ。……水沼がスパイだと気づいた統一連合は、彼が一度は常盤台のアジトに戻ってくると予想していた。それで葬儀屋に、水沼を拉致するよう追加の依頼をした。葬儀屋はマル爆設置の仕事を請負っていたから、下見のために常盤台にいたんでしょうね。奴は水沼を待ち受けた。ところがそこへ沢木くんも現れてしまった。葬儀屋は沢木くんを刺したあと、水沼を連れて車で逃走した」

「車で？」鷹野は首をかしげた。「あのわずかな時間にですか？」

「プロの人間なら十五秒あれば充分よ。鷹野くんは車の音を聞かなかったのよね？」

「ああ……電話をしていましたから」

鷹野は記憶をたどった。

電話を終えて角を曲がったとき、路上に沢木が倒れていた。慌てて駆け寄り、抱き起こした。流れ出る血液。歪んだ相棒の顔。そばには安っぽい包丁が落ちていた。

わずかな時間だったのに、やけに傷が深かった。当時犯人は沢木に致命傷を与えて逃走していた。殺しの経験者による犯行ではないか、という推測はあった。だが残念ながら、それが成果に結びつくことはなかったのだ。

「爆破計画に葬儀屋が関わっていたのを、氷室さんたちは早くから知っていたんですか？」

「統一連合が葬儀屋を使うらしい、ということはわかっていた。葬儀屋はもともと殺しが専門だったはずだけど、このころには爆発物を使うようになっていたの」

「だったら、先に刑事部に教えてくれていれば……」

言いかけて鷹野は口をつぐんだ。秘密主義を貫《つらぬ》く公安部が、自分たちの活動について刑事部に伝えることなどあるはずがない。だが、そうだとわかっていても悔《くや》しさがこみ上げてくる。たったひとつの情報がなかったために、沢木は命を落としたのだ。

「警察が動いているのを知った葬儀屋は、計画を変更して五月一日に爆発物を仕掛けた。本当はもっと早くやるつもりだったはずよ」

「それで、水沼さんはどうなったんです？」

沙也香の表情がわずかに曇った。

「四日後に遺体で見つかった。ひどい拷問を受けたようだった。遺体の周りには大きな血だまりが出来ていた。トマトケチャップか、トマトジュースみたいにね」

はっとして鷹野は眉をひそめた。だから彼女は赤いものを嫌っていたのだ。

「それは……すみませんでした。知らなかったもので」

「別にかまわないわ。あなたがトマトジュースを避けるようになったら、かえって私は気分が悪い。無理に趣味を変えるようなことはしないで」

「わかりました……」

うなずきながら鷹野は沙也香の表情を観察した。彼女の心が波立っているのは間違いない。感情を出さないよう努力しているのがわかるから、鷹野にとってもつらい話だ。

「氷室さんに処分はあったんですか？」

「なかったわ」

そう答えたものの、沙也香の表情は暗いままだった。無意識の行動だろう、彼女はシャツの中のネックレスに触れていた。

「私から報告を受けた上司は、上に対してこう説明した。『水沼はスパイであることがばれて、仲間に厳しく追及され、殺害された』と。大筋では間違っていないわ。でも、私の中には割り切れない思いが残った」

「それで、この仕事を辞めようとしたんですね」

「ええ。でも上司が辞めさせてくれないから、私は一時期ふてくされていたわ。上司も、私をもてあましているようだった。そんなとき異動を命じられたの。佐久間班長が私を引き取ってくれたのよ」

「班長は氷室さんの実力を評価していたんでしょうか」

「どうかしらね。あとで聞くと、佐久間班は寄せ集めの部隊だったみたい。やる気のない私や、溝口くんまで受け入れたんだから」

「そういう経緯だったんですか……」

最初から少し違和感はあったのだ。佐久間と能見のふたりはいかにも「ミスター公安」といった雰囲気を持っている。しかし沙也香にはどこか背伸びしているような印象があったし、溝口は見てわかるとおりパソコンマニアだ。国枝にも変わり者といった雰囲気がある。

「佐久間班長には感謝している。私を厳しく鍛《きた》え上げてくれたから」

「精神的に、きつかったんじゃありませんか」

「次々と難しい仕事を命じられて私は戸惑った。班長に叱責《しっせき》されることもあった。だけど、そのほうがよかったの。何も考えずに働いているほうが、私にはありがたかった。人間って、時間に余裕があると変なことを考えてしまうでしょう」

「氷室さんは自分を追い込んでいった。その結果、エスを切り捨てても平気な人間になった、ということですか」

少し嫌みを込めて鷹野は言う。沙也香は寂《さび》しげに微笑した。

「そうね。この仕事をこなすには非情でなければいけない。常に厳しくする必要があるわ。他人にも、自分にもね」

　水沼の死によって、ストイックなまでの彼女の姿勢が作り上げられたのだろう。

　そこまで考えたとき、鷹野は気がついた。沙也香が今握り締めているのは、ネックレスではない。あれはロケットペンダントだ。これまで衣服に隠れて見えなかったが、チェーンの先にはペンダントトップがあった。何かを収めることができそうだが、いったい何が入っているのだろう。小さな写真なのか、あるいは——。

　鷹野はそこで目を逸らし、考えるのをやめた。穿《せん》鑿《さく》しても仕方がない。かつて彼女が誰かに思いを寄せていたとしても、鷹野には一切関係のないことだ。

「沢木の死の真相を知っていたのは誰なんです？」

「うちのチームでは佐久間班長と私だけよ」

「葬儀屋のことはみんな知っていますよね」

「それは公安部だけの秘密だった。私たちはひそかに葬儀屋を追っていたの。……刑事部に情報を流すことはできなかったけれど、同じ警察官だもの。沢木くんを殺害した犯人を捕らえたいと、ずっと思っていた」

「どうですかね」鷹野は渋い顔で彼女を見た。「だったら俺がこの部署に来たとき、なぜ話してくれなかったんです？」

　それは、と言いかけて沙也香は黙り込んだ。ロケットをシャツの中に戻してから、彼女は再び口を開いた。

「佐久間班長が鷹野くんを受け入れると聞いたとき、私は耳を疑った。沢木くんの事件があったのに、なぜ鷹野くんをこの部署に入れるのかと、班長に質問した。でも答えてはもらえなかった。班長には、私に答える義務なんてないものね」

「もしかして、氷室さんが俺に冷たかったのはそのせいですか？」

「あなたに冷たくした覚えはないけど」

「冗談がきついですよ」

ふん、と鼻を鳴らして沙也香は続けた。

「とにかく、なるべくあなたとは関わらないようにしたかった。ところが班長は、鷹野くんと組むように命じてきた。それで私はあなたと一緒に行動するようになったの。……でもそのうち、あなたが沢木くんの事件を調べているのを察して、私は落ち着かなくなった。公安部が必死に隠していることを、鷹野くんに知られるわけにはいかない、と思ったから」

「俺も公安部の一員なんですがね」

「わかっている。でもあなたは沢木くんの相棒という、特殊な立場の人間だった。だから私の判断で、あなたがあの事件の資料を見られないようにしたの」

鷹野は手にしたコピー用紙を掲げてみせた。

「氷室さんらしくもない。こんな資料、わざわざ持ち歩かなければよかったんですよ」

「判断を誤ってしまうぐらい、私にとっては重いものだったのよ」

水の音が強くなった。

振り返ると、モーターボートが川を下っていくところだった。こんな時間からどこへ行くのだろう。レジャーだとすれば、ずいぶん羨《うらや》ましい話だ。

「信じてもらえないだろうけど、私はもともと正義感の強い人間だったの。あなたは六本木《ろっぽんぎ》のクラブで、クスリを打たれそうになっていた女性を助けたでしょう。もし私がその場にいたらどうしていただろう、と考えたわ。あなたと同じように、その女性をなんとか助け出したいと思ったはずよ。……たぶん私は、昔の自分の姿を鷹野くんに重ねてしまったのね。だからよけいに腹が立った。なんで鷹野くんはもっとうまくやれないのか、と思ってしまった。私が冷たく見えたのだとしたら、それはあなたのせいよ」

「勝手な言い分に聞こえますけどね」

「世界新生教の一件で、私は北条を自首させた。北条にしてみれば、裏切られたという気分だったでしょうね。その一方で、あなたは私とは逆の行動をとった。命懸けで赤崎を助け出してきた」

「沢木の事件があったから、もう仲間を失いたくない、という気持ちだったんです」

「そんなあなたを見て、私は戸惑った。どうしてそんなことをするんだろう、と思ったの。それでまた、あなたを責めてしまった。……本心では鷹野くんを評価しているのよ。でもあなたを認めれば認めるほど、私は自分を否定せざるを得なくなる」

おそらく、彼女は罪悪感を抱いていたのだろう。自分でも、どうしていいかわからなくなっていたのかもしれない。

「そして今日、とうとう俺が沢木の事件の真相にたどり着いてしまった。もう秘密にはしておけない、と腹をくくったわけですね」

強い風が吹いた。鷹野のスーツの裾《すそ》がはためき、沙也香の髪が乱れた。

彼女は髪の毛を整えようとした。だが風はなかなか弱まらず、彼女の手から髪がこぼれてしまう。整った沙也香の顔に、諦めたような表情が浮かんだ。

彼女はため息をついた。

「ごめんなさい。沢木くんの事件のことは謝るわ」

鷹野は口をへの字に曲げて、低く唸った。沙也香は自分の非を認めたりしないだろう、と思っていたのだ。むしろ鷹野に厳しく当たったり、話を逸らしたりするのではないかと予想していた。それなのに、彼女はあっけなく詫びてきた。

言いたいことはまだまだある。だが謝罪をした相手を一方的に責めるのは、自分の流儀に反していた。

こちらもひとつため息をついて、鷹野は言った。

「話してくれたことに感謝します。ありがとうございました」

沙也香は意外そうな顔をこちらに向けた。

「私を責めないの？」

「正直に言うと、真相がわかったとき自分を抑えられるかどうか、自信がありませんでした。でも話を聞いた今、あなたを罵《ののし》りたいとは思いません。……俺はもう、氷室さんを新しい相棒として受け入れているんでしょうね」

「相棒、か……」

彼女はつぶやいて、川のほうに目をやった。ボートが残していった小さな波が、岸に届いて消えていく。街灯の光が、揺れる水面に反射しているのが見える。

「この部署に来てわかったことがあります」鷹野は言った。「公安の仕事に正しい答えはない。しかし公安部のメンバーは難しい選択を前にして、いつも悩んでいる。ときには犠牲を出して、後悔を繰り返しながらも任務をこなしているんでしょう。……公安部のやり方に全面的な同意はできません。それでも俺は思います。やはり、あなたたちはプロですよ」

沙也香の表情に変化があった。口元に微笑が浮かんだように見えたのだ。だがそれは一瞬のことで、すぐに彼女は元の厳しさを取り戻していた。

「肩の荷が下りたような気がする。お礼を言うわ。……でも私は仕事のやり方を変えたりしない。今までどおり自分の任務をこなしていく」

「それでいいと思いますよ。あなたにはあなたのやり方がある。俺は俺の方法を貫きます。相反するように見えても、我々は警察官だ。目的は同じはずです」

黙ったまま、沙也香はこくりとうなずいた。

鷹野は辺りを見回した。遠くのマンションには、暖かそうな団欒《だんらん》の灯がいくつも見える。だが今、自分たちがいるのはひとけのない場所だ。薄暗く、風に吹きさらされた寒々しいテラスだった。

おそらく、と鷹野は思った。自分たち公安部員には、こんな暗がりがよく似合っているのだろう。

2

五月十四日、午前八時二十分――。

鷹野はいつものように分室に出勤した。自分の席に着いて引き出しを開ける。昨日は慌ただしく出かけてしまったから、メモや資料が引き出しの中に散乱していた。

パソコンの電源を入れて作業を始める。しばらくキーボードを叩いていると、給湯室のほうから沙也香がやってきた。椅子に腰掛け、彼女はこちらを向いた。

「おはよう、鷹野くん」

「ああ、おはようございます」鷹野は画面から目を上げた。「今日もよろしくお願いします」

「こちらこそ」沙也香はうなずいた。「一日も早く、葬儀屋の正体を暴かないとね」

「まったくです」

穏やかにそう答えたあと、鷹野は再び画面に目を戻した。沙也香は資料ファイルから書類を取り出し、シュレッダーのほうへ歩いていく。

向かい側の机にいた溝口が、小声で話しかけてきた。

「鷹野さん、何かあったんですか」

「……どうしてだ？」

「だって様子が変ですよ。氷室主任が必要以上のことを喋るなんて……」

「そうか？」

鷹野が首をかしげていると、溝口の隣にいた国枝が言った。

「それはあれだ、必要なことだったんじゃないかな」

「でも普段はあんなこと言いませんよね。なんていうか、社交辞令……みたいな」

「まあ、いろいろあったんだろうさ。ですよね、鷹野さん」

書類の山の向こうで、国枝は意味ありげな顔をする。鷹野はまばたきをした。

「どういうことです？」

「情報網がありますからね。私に隠し事はできませんよ」

国枝は妙なことを言って、ふふっと笑った。

八時三十分から佐久間班のミーティングが始まった。

資料に目を通したあと、佐久間は部下たちを見回した。

「一度、状況をまとめておきたい。情報収集の結果から、里村悠紀夫は真藤たちに殺害されたと考えていいだろう。葬儀屋だった里村が死亡していたのなら、今事件を起こしているのは誰かという話になる」

「何者かが葬儀屋の犯行を模倣しているんですよね。『第二の葬儀屋』とでも言うべき人物が……」

沙也香が言うと、佐久間は無表情のままうなずいた。

「何かメリットがあって、どこかの組織が企んだのか。それとも刑事部が得意な、個人的怨恨《えんこん》というやつなのか。鷹野、どうだ？」

急に訊かれたので鷹野は意外に思った。このように意見を求められるのは珍しい。少し風向きが変わってきたように感じる。

「個人的な怨恨……と主張したいところですが、違うかもしれません。現場の状況はかなり猟奇的です。しかし葬儀屋が死亡して誰かが成り代わり、さらに真藤、笠原、堤らが関わっているとすれば、人間関係がかなり複雑になります。個人的な怨恨を超えて、さまざまな人間の思惑が絡み合った事件かもしれません」

「実際、犯人は小田桐卓也という共犯者を使っていましたね」

国枝が腕組みをしてつぶやく。鷹野は彼のほうにうなずきかけた。

「それだけでは終わらないんじゃないでしょうか。我々が捕らえるべき相手は、ひとりやふたりではない可能性があります。……私の筋読みを説明してもいいですか？」

「かまわない」

佐久間の許可を得て、鷹野はＡ４サイズの資料をみなに配った。そこには問題点が簡単にまとめられている。

■赤坂事件
（1）被害者・真藤健吾を殺害したのは誰か。★世界新生教から依頼を受けた、第二の葬儀屋が計画。小田桐卓也に実行させたと思われる。
（2）真藤が殺害された理由は何か。★法案準備で世界新生教から恨みを買ったためだと思われる。また、里村が殺害された件にも関係あり？
（3）真藤の遺体が損壊されたのはなぜか。多くの臓器が持ち去られた理由は何か。★真藤が呑み込んだ品を回収するため。品物が何かは不明。
（4）心臓と羽根が天秤に載せられていたのはなぜか。釣り合っていたのはなぜか。★石板（プラスチック板）を心臓と合わせることで、被害者の罪を糾弾？
（5）小さな柩《ひつぎ》のような形の血痕《けっこん》は、どんな道具で付けられたのか。
（6）犯人は真藤のベルトのバックルから何か持ち去ったのか。★真藤が呑み込んだ何かを、臓器ごと持ち去ったと思われる。
（7）日本国民解放軍の郡司俊郎は、偽森川聡に爆発物を売っただけなのか。★販売しただけで、殺人事件には無関係だと思われる。
（8）真藤の秘書・偽森川聡が背乗りした理由は何

か。★世界新生教に真藤の情報を流すためだと思われる。

(9)世界新生教が爆破計画を立てたのはなぜか。

★真藤に関係する企業を爆破することで、真藤周辺の人物を脅すためだと思われる。

■中野事件

(1)被害者・笠原繁信を殺害したのは誰か。★民族共闘戦線から依頼を受けた、第二の葬儀屋が計画。小田桐卓也に実行させたと思われる。

(2)笠原が殺害された理由は何か。★学生への締め付けが厳しかったため、民族共闘戦線から恨みを買ったのだと思われる。また、里村が殺害された件にも関係あり?

(3)笠原の遺体が損壊されたのはなぜか。多くの臓器が持ち去られた理由は何か。★捜査を混乱させるためだったと思われる。

(4)心臓と羽根が天秤に載せられていたのはなぜか。釣り合っていたのはなぜか。★石板(プラスチック板)を心臓と合わせることで、被害者の罪を糾弾?

(5)小さな柩のような形の血痕は、どんな道具で付けられたのか。

(6)民族共闘戦線は今後また事件を起こすのか。

★起こすなら第二の葬儀屋に依頼する?

■高尾事件

(1)廃工場に里村悠紀夫の遺体を遺棄したのは誰か。★堤輝久?

(2)里村の死因は何か。★現時点では不明。殺害されたものと思われる。

(3)葬儀屋の正体は里村悠紀夫だったのか。★そう考えられる。

(4)真藤、笠原、堤、里村の間にはどのような関係があったのか。★葬儀屋(里村)の起こした事件によって真藤らは利益を得ていた。共犯関係？


鷹野はみなの顔を見回しながら言った。

「推測が交じりますが、聞いてください。ポイントとなるのは、白骨遺体が見つかった高尾事件です。過去、里村の犯行でほかの三人が利益を得ていたのなら、そこに書いたように、四人組は共犯関係だったと考えられます。もしかしたら全員で計画を立て、里村が代表して事件を起こしていたのかもしれません。……ただ、そうだとすると気になる点があります。実行犯は里村ですから、彼の負担が大きすぎるんです。もちろん里村にはかなりの取り分があったと思いますが、それにしても不公平な感じがする」

「奴は武闘派だったんじゃないか？」能見が口を挟んだ。「警察に入ろうとしたぐらいだから、体には自信があったんだろう。ほかの三人はみんな腕力がなさそうだし、里村が犯行を一手に引き受けていたんだと思うが……」

少し考えたあと、鷹野は能見のほうに目を向けた。

「たしかに里村が好戦的であり、犯罪を好む性格だった、という可能性はあります。しかし、それにしてもひとりだけ突出しているように思えるんです。里村が武闘派の人間だったのなら、ほかの三人とは性格が合わなかったんじゃないでしょうか」

「まあな。ほかの三人はインテリというか、ホワイトカラーというか……」

里村が過激な人間だったとすると、四人が一緒に行動していたのが不思議に感じられる。人は普通、社会的地位の近い者や、考え方の似た者同士で集まることが多い。真藤は政治家、笠原は大学教授、堤は個人投資家だったのだ。それなのに、なぜ彼らは里村と組んでいたのだろう。

「可能性があるとすれば、おそらく社会的地位などとは関係ない部分です」

鷹野が言うと、佐久間が小さくうなずいた。

「思想や信条か」

「そうです。学生時代、四人は虎紋会のイベントで知り合いました。そこで意気投合して一緒に行動するようになった。考え方が近いとわかったからでしょう」

たしかにね、と国枝が言った。

「思想的な背景を持つ組織は、離合集散を繰り返す傾向が強いですよ。人の考え方は一様ではないし、好き嫌いの感情で態度が変わることもあります。結局のところ、みんな人間ですからね」

「そんな中、四人は意見の一致を見た……」鷹野は続けた。「虎紋会の思想をベースにして、独自の考えに至ったのかもしれません。だから真藤たち三人は、攻撃的な里村と組んだのだと思います」

沙也香はしばらく考えたあと、疑問を口にした。

「でも、それは学生時代のことでしょう？　社会に出れば、みんな考え方も変わってくると思うけれど……」

「だからですよ」鷹野はうなずいた。「最初のうちは、四人それぞれにメリットのあるグループだった。しかし徐々に考え方にズレが出てきた。里村の態度が変わるなどして、真藤たちは彼を脅威と感じるようになったんじゃないでしょうか」

里村はいろいろな組織から依頼を受けて、大きな事件を起こしていた。自己主張が強くなった彼を、真藤たちはコントロールできなくなったのではないか。真藤たち三人と里村の間には、深い溝が出来てしまったのだと思われる。

「結局、手がつけられなくなった里村を、真藤たち三人は罠にかけたのではないかと……」

「それが九年前ということね」

「ええ。真藤たちは里村を殺害したんだと思います。葬儀屋を名乗っていた彼が、皮肉にも仲間に葬られてしまったわけです。三人は里村の遺体を、高尾にある元採石場に隠した。それから九年。今になって葬儀屋を思わせる手口で、真藤と笠原が殺害された」

「驚いた堤は、里村の遺体を確認しに行った、と？」

「まさか里村が蘇ったとは思わなかったでしょうが、あそこに行けば何か手がかりがつかめるかも、と考えた可能性はありますね」

現在、堤は泳がせている状態だ。事態が落ち着くまではサポートチームが監視を続けることになっている。何か動きがあれば、すぐ連絡が入るはずだった。

「鷹野、話をまとめろ」

佐久間がこちらを向いて指示した。わかりました、と鷹野は応じる。

「今、葬儀屋を名乗っている犯人は、里村と何らかの関係がある人物でしょう。その人物を割り出すには、元の葬儀屋を徹底的に洗うべきです。それがもっとも有効だと思います」

わかった、と言って佐久間は手元の資料を閉じた。

「どう転ぶにせよ、四人組のひとり、里村悠紀夫を詳しく調べなくてはならない。奴が最初の葬儀屋だったと確定すれば、過去に殺しを依頼した組織からも情報が取れるはずだ。氷室と鷹野は里村のことを重点的に調べろ」

「了解しました」鷹野は表情を引き締めて答えた。

いくつか連絡事項を伝えたあと、佐久間はミーティングを終わらせた。


里村が存命していれば、六十一歳になっていたはずだ。

両親はすでに亡くなっていると判明した。里村にはきょうだいはなく、生涯独身だったため子供もいない。となると、彼のことを知るのは少し縁の遠い親《しん》戚《せき》や友人、知人だけということになる。

鷹野は沙也香とともに、里村の関係者を当たっていった。

捜査は難航したが、夕方になって里村のいとこが見つかった。笹井《ささい》という男性で、年齢は里村のふたつ上だという。

笹井はすっかり白くなった髪を撫でつけながら、横浜市《よこはま》の自宅でこう語った。

「先日、悠紀夫くんの骨が見つかったと聞いて驚きました。……彼のお父さんと、うちの親父が兄弟なんです。私と悠紀夫くんは歳が近かったから、子供のころ、法事のときなんかによく遊びましたよ。彼は人見知りするほうでしたけど、何かに夢中になると性格が変わる子でね」

「というと?」

「お寺のそばに野原があって、そこで虫を捕ったりしたんですが、彼、すごくてね。バッタでもカマキリでも、釘《くぎ》を持ってきて木の幹に打ち付けてしまうんです。生きたまま標本にするような感じでね。磔《はりつけ》になった虫たちを見て、すごく嬉しそうな顔をしていました。悠紀夫くんの行動は、同じ子供だった私にもまったく理解できませんでした。……しばらく別の遊びをしたあと、さっきの木のところへ戻ってくると、彼は声を上げて震えだすんですよね。自分で磔にしたのに、ですよ。そうかと思うと野原を走り回って、はあはあいいながら別の虫を捕まえて、釘で打ち付けるんです。そしてまた大声を出してね。ちょっと怖かったのを覚えています」

笹井の言うとおり、想像すると気味の悪い光景だ。

「大きくなってからは、どうでした?」

「さすがに中学生ぐらいになると落ち着いてきました。いや、落ち着いたというか……すごく冷たい雰囲気になりましたね」

鷹野は里村の写真を思い出した。たしかに彼は酷薄そうに見えた。あの冷たい表情の下に、生き物に対するこだわりを隠していたのだろうか。命を扱うことに、何か特別な感情でも抱いていたのか。

――待てよ。エジプトへの興味と繫がっているのか？

里村は大学で古代エジプト文明を勉強していた。もしかしたらミイラに関心を持っていたのではないか。彼が人間の死に強く惹《ひ》かれていた、というのは考えすぎだろうか。

「最後にお会いになったのはいつですか」

鷹野の隣で、沙也香がそう尋ねた。笹井は記憶をたどるように宙を見据える。

「ええと……二十年ぐらい前ですかね」

「そんなに経っているんですか」

「彼の両親は早くに亡くなりましてね。そのせいかな、法事にも来なくなってしまったんです。仕事が忙しくて行けない、と言って」

仕事というのは、もちろん普通の会社勤めなどではない。そのころにはもう、里村は殺し屋になっていたはずなのだ。

「やがて連絡がとれなくなってしまいました。たしか九年ぐらい前からです。聞いていた住所を訪ねてみたんですが、そのときには引っ越してから一年ぐらい経っていたようでした。私に新しい住所を教えないまま、どこかに行ってしまったんです」

「それまで、電話はかけていましたか？」

「年に一、二回といったところですかね」

「電話で話したとき、里村さんに何か変わったところはなかったでしょうか」

「……覚えていませんけど」

「よく思い出していただけませんか。何でもけっこうです。気になったことはありませんでしたか」

鷹野の真剣な顔を見て、笹井は腕組みをした。首をかしげて何かぶつぶつ言い始める。

ややあって、彼は再び鷹野のほうを向いた。目が真剣になっていた。

「これは私が言っていいのかどうか……。一時期、悠紀夫くんは女性と揉めていたみたいなんです。結婚はしなかったんですが、子供が出来たとかで」

「婚外子ですか?」

「ええ。悠紀夫くんが女性とつきあっているとは思わなかったので、びっくりしました」

鷹野は沙也香と顔を見合わせる。これは予想外の情報だった。

「その女性について何かわかりませんか」勢い込んで鷹野は尋ねた。「名前とか連絡先とか」

「いや、そこまでは知りません。ただ、子供の名前は聞いたような気がします。……相手の女性に結婚を迫られて、さすがの悠紀夫くんも困ったんですかね。珍しく酔っ払って、私に電話をかけてきたんですよ。彼からあんなに愚痴《ぐち》を聞かされたのは初めてでした」

ちょっとお待ちください、と言って笹井は立ち上がった。押し入れから段ボール箱を取り出し、中を調べ始める。五分ほどのち、彼は古いノートを持って戻ってきた。

「こう見えても私、マメな性格でね。昔の日記ですよ。……ああ、なつかしいな」

老眼鏡をかけて笹井は記録を調べていく。やがて彼は、あるページで手を止めた。

「ありました。これです」

彼が指差した部分を見て、鷹野は目を大きく見開いた。まさか、と思った。

そこには《寿志》と書かれていたのだ。

鷹野の頭に、東祥大学准教授・塚本寿志の姿が浮かんできた。

細長い顔、長く伸びた癖《くせ》っ毛。地味な印象で、物腰の丁寧な男性だ。犯人のことがとても気になる、と言っていた。犯人は古代エジプト文明に詳しい人物ではないか、できれば会って話してみたいぐらいだ、とも。

たまたま名前が同じだっただけなのか。いや、そうは思えなかった。古代エジプト文明への関心という共通項で、里村と塚本は繋がっているのではないだろうか。母親を通じて、エジプトへの興味が子供に伝わった可能性がある。あるいは、里村自身が成長した我が子に接触していた、ということも考えられる。

とにかく、塚本寿志の経歴を調べる必要があった。

笹井宅を出て、暗くなった住宅街を少し歩く。ひとけのない自販機のそばで足を止めた。

鷹野は手早く携帯を取り出し、分室の佐久間に架電した。沙也香はその様子を、黙って見守っている。

報告を聞くと、佐久間も驚いた様子だった。

「わかった。里村悠紀夫に関する調査はサポートチームに依頼する」電話の向こうで佐久間は言った。「おまえたちは至急、塚本寿志の過去を洗え。もし塚本と里村が親子なら、捜査方針を大きく転換させなくてはならない」

「塚本が第二の葬儀屋だったとすれば、まさに盲点ですね」

「明日の月曜、勤務先の東祥大へ行け。塚本本人には絶対に気づかれるなよ」

「了解しました」

鷹野は電話を切って、佐久間からの指示を沙也香に伝えた。

沙也香は何度かうなずいたあと、眉をひそめた。

「葬儀屋の子供が、二代目の葬儀屋になっていたわけね。言われてみれば、すごく自然に感じられる」

「ええ。まだ確定したわけじゃありませんが、たぶん我々は重大な手がかりをつかみましたよ」

「今ならわかるわ。聞き込みが大切だというのは、こういうことだったのね」

文化の違いと言うべきか、公安部と刑事部では捜査手法が異なっている。だが公安の仕事が長い沙也香も、鷹野のやり方をはっきり認めてくれたようだった。

3

翌五月十五日、鷹野と沙也香は朝から千代田区神《かん》田《だ》に移動した。

早速、東祥大学で情報収集を開始する。本人に伝えないよう念を押した上で、塚本寿志の勤務状況や経歴などを尋ねていった。塚本は私立大学の大学院を修了し、別の大学に勤務したあと東祥大学の准教授になったそうだ。

塚本の母校へ足を運ぶと、彼の出身地がわかった。

「千葉県千葉市か。高校も同じ市内ですね」

「電車で一時間くらいかしら」沙也香は腕時計に目をやった。「どうする？　行ってみる？」

「そうですね。小さなことでもいいから、手がかりをつかまないと……」

鷹野と沙也香はＪＲで現地に向かうことにした。

電車の中で情報を整理する。塚本の親族は遠方にいるため、親戚づきあいはほとんどないことがわかっていた。きょうだいもいないし、結婚もしていないから、塚本のことを詳しく知る者はかなり少ないだろう。

千葉駅に着くと、タクシーに乗って東へ進んでいった。途中渋滞があり、沙也香が落ち着かない様子で何度も窓の外を見ていた。

高校に到着し、鷹野は事務員に警察手帳を呈示した。相手は驚いた様子で上司に相談し、古参の教員を連れてきてくれた。教員は老眼鏡をかけ、卒業アルバムや古い資料を調べ始める。三十分後、塚本と仲のよかった同級生を何人か教えてもらうことができた。

その中で、地元に留まっているのは三人だという。職場を順番に訪ねていった。

ひとり目、ふたり目は、これといった収穫もなく終わってしまった。だが三人目で、ついに当たりが出た。

立原貢《たちはらみつぐ》といって、父親の経営する自動車整備会社で副社長をしている人物だ。灰色のツナギを着た立原は、会社の事務所で聞き込みに応じてくれた。

「ああ、塚本ですか。もちろん覚えていますよ」お茶を一口飲んでから、彼は言った。「社会人になってからも年に一回ぐらい、昔の仲間同士で集まっていました。同級生にひとり、洋食屋を継いだ奴がいたから、その店でね」

「塚本さんの家庭事情はご存じですか」

鷹野が尋ねると、立原は怪訝そうな表情になった。

「あの……塚本に何かあったんでしょうか」

「いえ、まだそういう段階ではありません」鷹野は穏やかな顔をしてみせた。「ご本人に話を聞くに当たって、事前に情報収集しているだけです。ただ、塚本さんには、我々が来たことは黙っていてほしいんですが……」

立原は神妙な顔をしてうなずく。それから記憶をたどる様子で話しだした。

「塚本の家庭事情ですけど……。修学旅行のとき本人が話してくれました。ご両親は結婚しなかったそうで、お母さんがひとりで彼を育てたんですよね。でも、彼の家はけっこう裕福に見えたんですよ。お母さんは小さな会社の事務員でしたけど、塚本は奨学金なしで私立の大学に行きましたからね。お祖父《じい》さんやお祖母《ばあ》さんが援助している様子もなかったから、ひょっとしたらお父さんが養育費を送ってくれていたのかもしれません」

結婚はしなかったが、父親は子供のために金を払っていた、ということだろうか。

「塚本さんのお父さんの名字を知りませんか」

「いや、さすがにそれはわからないですね」

立原は申し訳なさそうに言う。次に何を訊こうかと鷹野が考えていると、横から沙也香が質問した。

「塚本さんは昔から、エジプト関係に興味を持っていたんでしょうか」

「ええ、そうです。僕らはみんなゲームをしていたんですけど、塚本は本ばかり読んでいました。エジプトの神様とかミイラとかが好きだったみたいです。ミイラというと僕らはモンスターだと考えてしまうんですが、彼はそうじゃなかった。自分でミイラを作るんじゃないかと思うぐらい、真剣に勉強していましたね」

「塚本さんの思想や信条をお聞きになったことは？」

沙也香の問いに、立原は少しためらう様子を見せた。沙也香は重ねて尋ねる。

「大事なことですので、よく思い出してください」

「私が喋ったことは伏せておいてほしいんですが……」そう断ったあと、立原は声を低めて続けた。

「もともとはエジプト神話が好きだったわけですけど、そのあと、何ていうんでしょう……妙な思想に嵌まったみたいなんですよ」

「妙な思想？」沙也香は首をかしげる。

「詳しいことは知りません。でも最近、ネットの匿名掲示板に書かれていたんです。『T大のT本APはヤバい。あいつはエジプトどころか宇宙を目指している』とね」

意味がよくわからなかった。鷹野は眉をひそめて立原に訊く。

「どういうことです？」

「『T大のT本』は『東祥大の塚本』だと思うんですよね。『AP』は『Associate Professor』、つまり准教授のことじゃないでしょうか。それにエジプトという言葉も出ているから、やっぱり塚本を指しているんじゃないかと……」

「『エジプトどころか宇宙を目指している』というのは？」

「わかりません。でもその掲示板にこんなことも書かれていました。『ソースは暗網』と。暗い網、という字です」

それを聞いて、ぴんときた。暗網とはダークウェブのことではないだろうか。前に溝口が話していた。通常のブラウザでは閲覧できないサイトなので、犯罪の温床になっているらしい、と。

沙也香も気づいたようだった。だが彼女は鷹野に目配せをしただけだ。立原の前だから、詳しい話は避けることにしたのだろう。

何気ないふりをして、鷹野はもうひとつ尋ねた。

「塚本さんのお母さんは、今どこにいらっしゃるんですか？」

「ああ……五年前に病気で亡くなったと聞きました」

親戚づきあいもないし、塚本は今、ひとり静かに暮らしているわけだ。だが表から見える部分とは別に、彼には何か秘密がありそうだった。

礼を述べて、鷹野たちは自動車整備会社をあとにした。

すぐに鷹野は携帯を取り出し、メモリーから番号を呼び出す。相手は溝口だ。

「お疲れさまです。どうしました？」

「調べてもらいたいことがある。ダークウェブについてだ」

鷹野がそう言うと、溝口は興味を感じたようだった。

「詳しく聞かせてもらいましょうか」

先ほど立原から得られた情報を手短に伝える。溝口は少し考えていたが、じきにこう言った。

「ソースは暗網……。つまり、ダークウェブに塚本関係の情報がある、ということですね。了解しました。何かわかったら連絡します」

よろしく頼む、と言って鷹野は電話を切った。

千葉市でもう何人かに話を聞いたあと、ＪＲ総武線の上り電車に乗った。

途中、船橋《ふなばし》市、市川《いちかわ》市などの駅で下車して、塚本の関係者を訪ねていく。ある人は休みをとって自宅にいたし、ある人は商社のオフィスで会議中、またある人は物流倉庫で荷物の整理をしているところだった。彼らに共通していたのは、塚本を知ってはいるものの、あまり深くつきあってはいなかったということだ。

塚本は高校生のころから秀才タイプで成績がよかった。勉強に時間をかけていたから、部活動などはやっていない。たまに友達同士でどこかへ出かけようと相談しても、彼は遠慮することが多かったらしい。

そう考えると、自動車整備会社の立原は、かなり親しい存在だったと言えるだろう。

所在がわかっている関係者を一通り訪ねたあと、鷹野たちは桜田門に向かった。一旦、分室へ戻って報告をするとともに、今後の活動計画を練ろうという考えだ。

移動中、ちょうど溝口からメールが届いた。

《塚本の動画を発見。これはたしかにヤバいです》

さすが溝口だ、と鷹野は感心した。この短時間でよく突き止めてくれたものだ。しかし、何がどうヤバいのかが気になった。

午後六時、鷹野たちは分室に到着した。

溝口のそばに佐久間や能見が集まり、パソコンの画面を見つめていた。佐久間は無表情だったが、能見は明らかに不機嫌そうな顔をしている。

鷹野たちに気づいて、溝口が腰を浮かせた。

「あ、戻ってきた！　氷室さん、鷹野さん、これを見てもらえますか」

挨拶もそこそこに、鷹野と沙也香は画面を覗き込んだ。溝口がマウスを操作すると、動画の再生が始まった。

薄暗い部屋の中に、アンティーク風の肘掛《ひじか》け椅子が置かれている。黒いレザージャケットを着た男が、ゆったりと腰掛けていた。その顔には見覚えがある。

「塚本寿志だ」鷹野はつぶやいた。「どうしてこんな動画が……」

バックにはパイプオルガンを思わせる音楽が流れている。荘厳な雰囲気の中、男は話しだした。

「この世界で生きづらさを感じている者たち。諸君を悩ませるものは何なのか、考えたことがあるか。エジプトに文明が誕生してから四千年とも五千年とも言われている。狩猟採集しか知らなかった人類が農耕を始め、科学と文化を発展させてきた。当初の目的は、自分たちの生活を豊かにし、安全に暮らすことだったはずだ。しかしその結果はどうなったか。たしかにこの世界には食料が溢れ、自動車や鉄道、船舶、飛行機で自由に移動できるようになった。テレビでは常時娯楽番組が流れ、ネットの普及で音楽やゲームも手軽に楽しめる。SNSを利用すれば個人が容易に意見を表明できるという状況だ。細かいことに目をつぶれば、一定の快適さを維持しながら暮らしていけるようになった」

男は少し口を閉ざして、椅子の上で脚を組んだ。とても優美な動きだ。カメラのほうにうなずきかけてから、彼は続けた。

「だが、あえてここで問いたい。君たちは本当に幸せだと言えるのか。これが君たちの望んでいた世界なのか。……私はそうは思わない。今の世界の根源にあるのは、自分さえよければいいという考え方だ。政治家も官僚も財界人も、みんな既得権益を守るために壁を設けている。本当は悪いことだ、恥ずべきことだと知りながら口をつぐんでいる。昔なら、そういうずるがしこい者は吊《つ》るし上げられていたはずだ。しかし今、世の中がある程度豊かになったことで、人々は『身の丈《たけ》に合った生活』を受け入れるようになってしまった。この生活が続けば食べていける。贅沢《ぜいたく》をしなければ、音楽を聴き、ネットで映画を楽しみ、ゲームをプレーすることができる。それ以上、何を望む必要があるだろう。そんなふうに、みんな自分を納得させてしまっている。……違うのだ。それは欺瞞《ぎまん》だと早く気づいてほしい」

男は大きく首を左右に振った。視聴者の姿は見えていないはずなのに、あたかも相手の反応を感じ取っているかのような表情だ。

「変化を恐れるあまり、家畜のように従順になってしまった人間たち。君たちこそが、卑怯《ひきょう》で傲慢《ごうまん》な悪人どもを認めてしまっているのだ。その弱腰な態度が、奴らをのさばらせている。この世の果実は本来、大変な美味だった。みんなで世の中をよくしていこうという考えが、文化・文明の発達を後押ししてきた。それなのに今はどうだ。我々が持っていた大事な果実は、すっかり腐りきってしまった。黒いカビに覆われ、口にすれば病気をもたらすだろう。そんなものを今、君たちはありがたがっているのだ。このままでは未来はない。未来――それは子や孫たちの時代のことではない。ごく近い将来、君たちがまだ生きている時代のことだ。君たちが年老いたとき、現在の生活を続けることは不可能だ。なぜなら、今、利権をむさぼっている者たちはあと十年、十五年のうちに死んでいく。奴らが決めた法律やルール、社会の枠組みを押しつけられ、ツケを払わされるのは、ほかでもない君たちなのだ。それなのに見るべきものを見ず、ぬるま湯に浸かり、ゲームにうつつを抜かしていて、いいのだろうか」

声のトーンが少し高くなった。男は椅子の上で胸を張り、カメラをじっと見つめた。

「人を動かすのは怒りだ。だから今、私は世界中に怒りの種子を蒔《ま》こうと思っている。私に世界の真実を教えてくれたのは、葬儀屋と呼ばれる人物だ。葬儀を司《つかさど》る者だからこそ、彼はこの世の生と死、美と醜、正義と悪について深く知っていた。葬儀屋の思想こそが、世界の真理を我々に伝えてくれる。私に賛同してくれる者は、ともに憤り、巨悪を憎んでほしい。悲しいことだが、この世界を動かしている者たちは誰も彼も悪人だ。奴らがいる限り、いつになってもこの世界は変わらない。なぜなのか、もうわかるだろう？　世界を変えたくない連中が、世界を動かしているからだ。醜悪の一語に尽きる。私たちはそんなものを許してはいけない。

この世界を元の姿に戻すにはショック療法が必要だ。痛みをともなうだろうが、それは新しいものを生み出すために必要なのだ。この世界を浄化し、宇宙から与えられた初期の状態に戻すため、一度すべての仕組みを壊さなくてはならない。君たちに命じる。卑怯者たちの住まいを焼き尽くせ。奴らの首を絞めろ。心臓を抉り出せ。迷ってはならない。奴らは悪魔だ。さあ、ためらわずに行動しろ。殺せ！　殺せ！　殺せ！」

何かに取り憑《つ》かれたかのように、男は喋り続けた。

自分の言葉に酔い、興奮しているのがよくわかる。見ている者を扇動《せんどう》し、危険な行動に走らせようとする動画だ。

再生が終わると、鷹野は低い声で唸った。

「塚本の声に間違いないですね。それにしても、彼がこんなことをするなんて……」

「でも納得できるところは多い」沙也香が言った。「塚本寿志は古代エジプト文明の専門家よ。奴が犯人だと考えれば、天秤に心臓と羽根が載せられていたことも腑《ふ》に落ちる。そしてこの動画で、危険な思想を持っていることも理解できた」

そうですね、と溝口がうなずいた。

「塚本が里村の息子なら、動機も理解できます。奴は父親を殺した人間に復讐しようと考えた。それで父親に代わって葬儀屋と名乗り、小田桐卓也を利用して第一、第二の殺人を実行させたんです。でも死体損壊だけは自分の手で行った。古代エジプトの神話を模した形でね。被害者の魂をアメミトに食わせて、地獄に送りたかったんでしょう」

眉根を寄せて、能見が舌打ちをした。

「この塚本という男、大学の准教授にまでなったのに、結局は犯罪者に成り下がったのか」

鷹野はこれまでの情報を思い返していた。塚本寿志には地味で真面目な人間という印象があった。研究者としては優秀で、テレビなどメディアにもよく出演していた。だがその裏に、彼は残酷な犯罪者、扇動者の顔を隠し持っていたのか。

パソコンの画面を見つめて、鷹野はひとり眉をひそめた。

4

そこからのチームの動きは早かった。

翌日、五月十六日。佐久間の命令で、鷹野たちは塚本寿志に任意同行を求めたのだ。

「ちょっと待ってください。私に何の疑いがかかっているんですか」

鷹野や沙也香、応援に来た能見などの姿を見て、塚本は戸惑っているようだった。

「真藤健吾さんと笠原繁信さんの死体損壊・遺棄の容疑です」鷹野は厳しい目で相手を睨んだ。「あなたは葬儀屋と名乗って、ふたつの事件を計画したんじゃありませんか?」

「なんで私が!」塚本は身じろぎをした。「だって……私は警察に協力していたんですよ。鷹野さんの質問に答えて、ヒエログリフの解読だってしたのに」

そうですよ、と大学院生の津村が擁護《ようご》した。

「塚本先生がそんなことをするはずないでしょう。いったいどこに証拠があるんです?」

「とにかく話を聞かせていただきます。ご同行ください」

「嫌です」塚本は激しく首を振った。「任意なんでしょう? お断りします。私は絶対に行かない」

そこへ、能見が横から口を挟んだ。

「ねえ塚本さん、あなたは何か勘違いをしているようだ。我々は取調べをするわけじゃありません。事情を聞かせてほしいだけです」

「でも厳しく問い詰めて、結局、自白させようとするんでしょう？　そういう話をよく聞きますよ」

「ずいぶん嫌われたもんだなあ」能見は口元に笑みを浮かべた。「塚本さん、何か疚しいことでもあるんですか？　何もないなら、そこまで拒む必要はないでしょう」

「それはそうだけど……」

まだ抵抗しようとする塚本に、沙也香が穏やかな声をかけた。

「安心してください。私たちは先生の無実を証明したいんです。これは疑いを晴らすための事情聴取でたいんです。どうかご協力いただけませんか。拒めば、何かあるんじゃないかと勘繰られるだけですから」

しばらく彼女の顔を見つめていたが、やがて塚本は小さくうなずいた。

「……わかりました。氷室さんがそう言うなら、行きますよ」

見事なものだ、と鷹野は思った。沙也香は優しさを前面に押し出して、相手を説得してしまったのだ。

だが塚本を神田警察署に連れていってから、彼女は豹変《ひょうへん》した。

それまで塚本に見せていた柔和な笑みはすっかり消えてしまった。沙也香は険しい表情で尋問を開始した。塚本にしてみれば、騙《だま》されたという思いが強かったに違いない。

「あなたは里村悠紀夫の息子ですよね？　子供のころから里村と会っていたんじゃありませんか？　そしていろいろな教育を受けた。そうでなければ、急に古代エジプト文明に興味を持ったりしないはずです。正直に答えなさい」

強い口調で彼女は塚本を問いただしていく。言葉の端々に、苛立ちのようなものが感じられた。おそらくそれは、彼女の中にある犯罪者への怒りによるのだろう。

「聞いてください」塚本は釈明するように言った。

「子供のころ、テレビでドキュメンタリー番組を見たんですよ。それで古代エジプトのことを調べ始めたんです。父親なんて関係なくて……」

「あなたの母親は、里村から金を受け取っていたんじゃないの？」

「それは、そうかもしれないけど……」

「だったら、あなたは里村と会っていたんじゃないですか？　隠しても無駄です。いずれすべては明らかになる。あなたは今、自分自身を不利な方向に追い込もうとしているんですよ。わからないんですか？」

畳みかけるように沙也香は追及する。あまりに厳しい態度なので、横で見ている鷹野も驚いてしまうほどだった。今まで見たことがなかったが、これが彼女の尋問スタイルなのだろう。

「……たしかに、私は里村悠紀夫の子供です」塚本はか細い声を出した。「母親からそう聞かされました。でも本当に父と会ったことはないんです。だって私は認知されていなかったんだから」

「認知されていようがいまいが、親子なのは事実でしょう。何か関係があったはずよ。隠し通せるとでも思っているの？」

「勘弁してくださいよ。私が何を隠していると……」

塚本は両手で頭を抱え込んだ。だいぶまいっているようだ。

沙也香がこちらに目配せをした。そろそろ出番らしい。鷹野は塚本に話しかけた。

「先生、疚しいことはないんですよね？」

「そうですよ。あるわけないでしょう」

「だったら住まいを見せてもらっても、かまいませんよね？　不審なものは何もないはずだし、身の潔白を証明するには手っ取り早い方法です」

塚本は顔を上げた。彼に向かって、鷹野はゆっくりとうなずきかける。

「ね。そうしましょう」

「……わかりました。それで済むんなら、そうしてください」

ありがとうございます、と鷹野は答える。すぐ佐久間に電話をかけた。

「本人の承諾、取れました」

「よし。溝口に車を用意させる。合流して塚本の家へ向かえ。本人にも立ち会わせろ」

「了解」

三十分ほどで、溝口の運転するワンボックスカーがやってきた。塚本を先に乗せたあと、鷹野と沙也香も後部座席に乗り込む。車内には国枝の姿もあった。

「人手は多いほうがいいでしょうからね」ふふっと国枝は笑った。

溝口は車をスタートさせた。

移動中、車内の五人は誰も口を利かなかった。ときどき塚本が、居心地悪そうに身じろぎをする。そんな彼を、沙也香は冷たい目で見ている。


塚本の自宅は豊島《としま》区要町《かなめちょう》にあった。賃貸マンションの五階、一番奥の部屋だという。

五階でエレベーターを降りると、共用廊下でほかの住人とすれ違った。鷹野たち五人が無言で歩いていくのを見て、住人の女性は怪訝そうな顔をしていた。

本人がいるから管理人を呼ぶ手間は省けた。塚本を台所の椅子に座らせ、鷹野たちは白手袋を嵌める。

「溝口くんはパソコンを調べて」沙也香は命じた。「国枝さんは水回りをお願いします。私はリビングルームを調べる。鷹野くんは寝室を」

「わかりました」

沙也香の指示に従って、それぞれ捜索を始めた。

鷹野は寝室に入り、ベッドの脇の書棚に近づいた。大学の准教授だけあって、専門書が多数並んでいる。ぎっしり詰め込みすぎているせいで、地震のときには本が落ちてきそうだ。

すべての本を確認している時間はない。鷹野は書棚の一角にあるノート類に目を留めた。一冊取り出してページをめくってみる。研究の過程が細かく記されていて、門外漢にはなかなか理解できそうになかった。あちこちにヒエログリフが書かれている。解読すれば、塚本の思想的な背景がつかめるかもしれない。

続いてクローゼットの扉を開けた。普段着のほかにジャケット、スーツなどがハンガーに掛けてある。下のほうに目をやると、収納家具がいくつかあった。そこには鞄や袋物、家電製品などが押し込まれている。

一時間ほど捜索を続けてから、鷹野たちはリビングに集まった。沙也香は硬い表情でほかのメンバーを見回した。

「ノートやメモ類はあとで詳しく調べることにする」彼女は声を低めて溝口に尋ねた。「パソコンはどう？」

「パスワードを聞いて、本人立ち会いのもとデータを確認しました」

溝口は台所のほうをちらりと見た。パソコンの確認作業のあと、塚本にはまた椅子に戻ってもらっている。彼はひとり不安そうな顔をしていた。捜査員たちが何を話しているのか気になるのだろう。

「不審なデータはなかった？」と沙也香。

「今のところ何も見つかっていません。ダークウェブにアクセスしていたのなら、痕跡があるはずなんですが」

「ガサ入れを見越していたんですかね」国枝が渋い表情を浮かべた。「自宅以外の場所からアクセスしていた可能性はないのかな」

「どこか、よそにアジトがあるってことですか？」

溝口は首をかしげる。「これまでの調査でそういう情報は出ていませんけど」

「じゃあ、ネットカフェからアクセスしたとかさ」

「でも塚本はあれだけの動画を作っています」鷹野

は言った。「すべてネットカフェで済ませるのは、どう考えても無理でしょう」

そうね、と沙也香はつぶやく。少し思案してから彼女はこちらを向いた。

「鷹野くん、寝室では何か出なかったの？」

「ひとめでわかるようなブツはありません。エジプト関係のノートは押さえましたが、天秤の模型や羽根などは出てこないし……」

国枝が調べた場所も同様で、気になるものは発見できなかったという。沙也香は難しい顔で腕組みをした。

そこへ塚本が声をかけてきた。

「どうですか。そろそろ終わりですよね？」

「ええ、まあ……」

不機嫌そうに答えた沙也香を見て、塚本はほっとしたようだ。

「もう充分でしょう。私には仕事があるんですよ。早く解放してもらえませんか」

沙也香は低い声で唸ったあと、咳払いをした。このまま捜索を終わらせてしまっていいのかと、自問しているのかもしれない。

そのときだった。パソコンデスクのほうから国枝の声が聞こえた。

「いや、ちょっと待った」

国枝は床にしゃがんで、塚本の書類鞄を調べている。やがて一本の鍵を取り出した。

「二重になったポケットに、こんなものが入っていました。塚本さん、あなた、これを隠していたのでは？」

「隠してなんかいませんよ」塚本は首を振りながら答えた。「そもそも私は、鍵のことなんて訊かれていなかったし」

「どこの鍵です？」

「トランクルームです。この近くにあって……」

国枝は沙也香の顔をちらりと見た。彼女は目で国枝に答えてから、塚本のほうへ視線を向けた。

「案内してもらえますか？　あなたの疑いを晴らすためにも」

不服そうな表情をしていたが、塚本は小さくうなずいた。

徒歩十分ほどの場所にトランクルームがあった。雑居ビルの一階すべてが貸スペースになっているらしい。塚本が契約していたのは二畳ほどの倉庫だという。鍵でドアを開けさせ、鷹野と沙也香が中に入った。国枝と溝口、塚本は廊下で捜索作業を見守ることになった。

使わなくなった家具や寝具、家電製品などが雑然と並んでいる。壁際にはカラーボックスがふたつ設置され、キャンプ用品や靴、寝袋などが収めてあった。

「アウトドアの趣味があるんですか？」振り返って鷹野は尋ねた。

「昔、エジプトに行ったときに使ったんです」塚本は答えた。「最近はほとんど出しませんけど」

鷹野はカラーボックスからキャンプ用品を取り出した。テント、ランタン、暖房や調理に使う屋外用ストーブ、レインスーツ、そしてタオルにくるまれた何か。

眉をひそめて、鷹野はそのタオルを取り払った。隣で沙也香が息を呑む。

中から出てきたのはナイフだった。刃の部分が赤黒い血で汚れている。日常生活で、ナイフをこんなふうに汚すことはないはずだ。何らかの犯罪に使われた疑いがあった。

「塚本先生、これは何ですか」

鷹野はタオルとナイフを掲げてみせる。塚本の顔から血の気が引いていくのがわかった。

「説明してください」沙也香が強い調子で言った。

「あなたはこのナイフを、いったい何に使ったの？」

「……知らない」塚本は大きく目を見開いていた。

「私のものじゃありません。そんなもの、見たこともない」

「正直に答えなさい！」沙也香は声を荒らげた。「あなたはこのナイフで真藤健吾、笠原繁信の遺体を損壊した。心臓を抉り出して天秤に載せた。そうね？」

「違う。私は何もやっていない。本当です」

「嘘をつかないで。あなたは父親の後を継いで、第二の葬儀屋として活動を始めたのよ。動画を見せてもらったわ。あなたは父に代わってあらたな信奉者を集めようとしたんでしょう。この世界は不公平だと訴えて、政治家や財界人などの殺害を教唆《きょうさ》した」

「馬鹿な！　私は無関係だ」

「こんなものが出てきた以上、あなたを放っておくわけにはいかない。徹底的に追及するから、そのつもりで」

沙也香は塚本を睨みつける。

その視線を受けて、塚本は唇を震わせ始めた。落ち着かない様子で辺りに目を走らせていたが、突然、彼は走りだした。通路を抜けて出入り口に向かおうとする。

「待て！」

国枝が鋭い声を出して、あとを追った。予想外に速い動きで塚本に追いつき、壁に押さえつける。鷹野は加勢に行こうとしたが、そうするまでもなかった。国枝は足技をかけて塚本を倒し、腕をねじり上げた。

「塚本さん、どうします？　公務執行妨害により、この場で逮捕してもいいんですがね」

国枝は相手の耳元にささやきかける。

呻き声を上げたあと、塚本は体の力を抜いた。もう抵抗しようという意思はないようだ。それでも彼は、しつこく訴え続けていた。

「私じゃない。信じてくれ。私は何もやっていないんだ……」

こうなっては准教授の権威も何もない。学生たちにはとても見せられない姿だろう。

そんな塚本を見つめるうち、鷹野の心がざわついてきた。この気分はいったい何なのか。得体の知れない不安。いや、悪い予感とでも言うべきだろうか。

黙ったまま、鷹野は塚本の横顔をじっと見つめた。

塚本はワンボックスカーで、再び神田署に移送された。

彼の逮捕はまだ先だ。だがこれから沙也香の尋問はさらに厳しさを増すだろう。それは取調べと言っていいレベルに達するかもしれない。夜には塚本を自宅に帰すはずだが、当然監視がつくことになる。もし塚本が逃走しようとしたり、あらたな犯罪を起こしたりすれば、それはすべて警察にとって有利な出来事となるだろう。

だが、鷹野の中には引っかかるものがあった。

溝口とともに分室に戻り、鷹野は腕組みをしながら天井を睨んだ。

「どうしたんです？　あとは塚本が自供すれば、すべて解決じゃないですか」

微笑を浮かべて溝口は言う。事件の被疑者を確保して、気分が高ぶっているようだ。鷹野は渋い顔で彼に答えた。

「そうなんだが……何だろう。どうもしっくりこないんだよな」

「鷹野さんって心配性ですよね。まあ、だからこそ、どんな事態にも適切に対応できるんでしょうけど」

腕組みを解いて、鷹野は椅子から立ち上がった。机の島を迂回《うかい》して、向かい側の溝口の席に向かう。

「すまないが、あの動画をもう一度見せてくれないか」

「ダウンロードしてありますから、何度でも見られますよ」

溝口は眼鏡のフレームを押し上げたあと、マウスに手を伸ばした。パソコンの画面に例の動画が流れだす。荘厳なBGM、薄暗い部屋。立派な椅子に腰掛け、巧《たく》みな話術で視聴者を扇動する男。

鷹野は眉間に皺を寄せ、まばたきもせずに画面を見つめた。動画の男の一挙一動に注目する。そのうち、わずかだが違和感が生じた。

「ここだ」鷹野は口を開いた。「少し戻して、再生してくれ」

わかりました、と答えて溝口はパソコンを操作する。場面が戻され、再び映像が流れだした。

「すまない。もう一度」

「え……。いったい何があるっていうんです？」

不思議そうな顔で溝口は尋ねてくる。それには答えず、鷹野は動画に集中した。何度か見直してみて、鷹野の疑念は確信に変わりつつあった。

「今のシーン、こめかみの部分が変なんだ。顔の向きが変わるとき、髪の生え際《はえぎわ》の質感がおかしくなる。十秒前と比べると、よくわかるはずだ」

溝口は半信半疑という表情で、動画を十秒前まで戻した。そこから再度スタートさせる。

「ほら、ここ。おかしいだろう」

「ちょ……ちょっと待ってください」溝口は真顔になっていた。「たしかにそうです。違和感があります。もしかしてこれは……」

「ディープフェイクじゃないか？」

AIを使用して作られる偽動画のことだ。ある人間の動画に、他人の顔を嵌め込むなどして内容をすっかり別物にすることができる。本人の知らないところで、証拠の動画が作られたりする危険がある。

「至急、鑑識担当に調査を依頼します」慌てた様子で溝口は携帯を手に取った。「これは大変なことですよ」

「ああ。塚本寿志は、たぶん誰かに嵌められたんだ」

鷹野はパソコンの画面に目を戻した。

塚本が嵌められたことと、動画の内容とは関係があるのだろうか。もし塚本が葬儀屋でないとしたら、本物は今どこにいるのか。

ここまで捜査を進めてもなお、警察は葬儀屋に振り回されている。それが鷹野には悔しくてならなかった。

5

神田署から戻ってきた佐久間と国枝に、鷹野は動画の件を説明した。

佐久間はいつものように無表情だったが、話の途中で頬をぴくりと動かした。それが何度か繰り返されるのを見て、鷹野は事態の重大さを悟った。すでに佐久間班は塚本を被疑者として扱い始めている。葬儀屋の正体は塚本だ、という考えで動いてしまっていたのだ。それが今、大きく覆されようとしている。

見込み違い、などという簡単な言葉では済まされないことだった。塚本からのクレームも気になるが、それ以上に佐久間を苛つかせているのは、真の葬儀屋への憤懣《ふんまん》だろう。

「……そういうわけで、塚本寿志は嵌められたものと思われます」

鷹野が言うと、佐久間は少し考えてから溝口のほうへ視線を向けた。

「今の話はたしかなのか？」

「先ほど鑑識担当から連絡がありました」溝口は答えた。「あの動画は作り物だと判明したそうです。それからもうひとつ。トランクルームで見つかったナイフから、塚本の指紋は検出されませんでした」

「指紋がないからといって、奴がシロだという証拠にはならないはずだ」

強い調子で言われて、溝口は黙り込んでしまった。国枝は怪訝そうな顔で様子をうかがっている。

鷹野は佐久間に向かって進言した。

「たしかに、シロだとは言えない状態です。しかし、クロだという証拠にもなりません。状況から考えて、塚本寿志は葬儀屋ではないと考えられます」

「ふざけた話だ。今さらどうしろというんだ……」

ついに葬儀屋を見つけたと思ったのに、捜査はまたやり直しになってしまう。期待が大きかっただけに、徒労感は半端《はんぱ》なものではなかった。だから普段冷静な佐久間でさえ、感情的になってしまっているのだ。

佐久間はいつになく険しい顔をしていた。どことなく、思い詰めたような気配がある。

鷹野は眉をひそめた。まさか、このまま塚本犯人説を曲げない、などということがあるだろうか。それが公安のやり方だ、などと佐久間は言い出すつもりではないのか。

むろん鷹野の中にも焦りや悔しさはある。だが証拠がないまま誰かを犯人として扱うことは、刑事部であろうと公安部であろうと、絶対に避けなければならないことだ。それがわからない佐久間ではないだろうに——。

国枝が間に入って何か言おうとした。

だがその前に、佐久間は意外な行動をとった。うしろを向いて、いきなり壁を殴りつけたのだ。驚いた溝口が一歩うしろに下がった。国枝は口をつぐんでしまった。

「このまま待て。五分で戻る」

そう言うと、佐久間は休憩室に向かった。少し気分を変え、落ち着こうということだろう。

佐久間のあとを追って、国枝も休憩室に入っていった。ふたりの様子が気になって、鷹野はそっと休憩室を覗いてみた。

佐久間と国枝の会話が聞こえてきた。

「もうじき事件は解決すると、上に話してしまったんだ。今からどう釈明しろと言うんですか」

「だからといって、このまま強引に進めるわけにはいかないでしょう。塚本はおそらくシロです」

「この事件を解決して、大きな実績が作れると思っていたのに」

「佐久間さん。あなたがしっかりしなくてどうする？　大丈夫です。きっと犯人は見つかるから」

彼らのやりとりを聞いて、鷹野は驚きを感じた。佐久間が弱気な姿を見せたのも意外だが、国枝が上司を励ましていたことも、また意外だった。

鷹野が机のそばに戻ると、溝口が尋ねてきた。

「どうでした？」

「妙なことになっていた。国枝さんが佐久間班長を励ましていたんだ」

「ああ……」ためらう様子を見せたあと、溝口は小声で続けた。「ちょっと事情がありましてね。国枝さんは昔、佐久間班長の先輩だったらしいんですよ」

えっ、と言って鷹野は溝口の顔を見つめた。

「本当か？　今まで誰も教えてくれなかったが……」

「教える必要がなかったからでしょう。でも、ふたりのやりとりを見てしまったら、やっぱり不思議に思いますよね」

警察の中で、階級の上下関係が逆転するのはよくあることだ。しかし、お互いにやりにくくはないのだろうか、と思ってしまう。

「そんなふたりが同じ部署にいるなんて、珍しいんじゃないか？」

「この部署を作るとき、佐久間班長が国枝さんを呼んだらしいですよ」

「そうなのか……」

これまで、佐久間と国枝はどんな思いで捜査を続けてきたのだろう、と鷹野は考えた。ふたりのことをよく知らない自分には、うまく想像できそうにない。

ややあって、佐久間と国枝が戻ってきた。

そのときにはもう、佐久間の顔から苛立ちの色はすっかり消えていた。いつもの冷静沈着なリーダーの姿がそこにある。

「塚本寿志の件は一旦、白紙に戻す。だが完全に疑いが晴れたわけではない」

重々しい口調で佐久間は言った。

「おっしゃるとおりです」鷹野はうなずく。

「残念だが捜査は行き詰まってしまった。鷹野、おまえの意見が聞きたい。塚本が犯人ではないとした場合、あらたに推測できることは何だ？」

佐久間の切り替えの早さに驚きながら、鷹野は考えを巡らした。過去に収集した情報の中から、塚本犯人説に関する部分を取り除く必要がある。

「里村悠紀夫が真藤たちに殺害されたことは間違いないと思います」鷹野は言った。「だとすると、里村の息子である塚本には『父親の復讐』という動機があり、犯人役を押しつけるにはちょうどよかった。真犯人は四人組の人間関係や、塚本の出自について、かなり詳しく知っているんでしょう。その上で今回の偽装を考えた。ディープフェイク動画を作って、塚本のトランクルームにナイフなどを隠した。自宅への侵入は難しかったが、トランクルームならピッキングなどで忍び込めたんだと思います」

「塚本以外で、真藤たちに恨みを持つ人間は誰か、ということだな」

そうです、と鷹野は答えた。

「里村の親族なのか、それとも親しい知人や友人なのか。あらためて、動機のありそうな人間を調べていく必要があります」

「でも鷹野さん、そんな人物、今のところ見つかっていませんが……」

遠慮がちな態度で国枝が言う。鷹野はメモ帳を取り出した。

「我々は今まで大勢の人から話を聞いてきました。その情報は無駄にならないはずです」

「リストを作って、洗い直すしかないな」佐久間は腕組みをする。

鷹野も同じ考えだった。今回の捜査で自分たちが接してきた人数は、いったいどれほどになるのか。

ぱらぱらとメモ帳のページをめくっていく。そのうち、ふと頭をよぎったことがあった。

まずい、と鷹野は思った。どうして自分はそれを忘れていたのだろう。

「班長！　今、堤輝久の監視はどうなっていますか？」

「堤は……」と言いかけて、佐久間は眉をひそめた。「塚本の聴取を始めたあと、監視を中断させてしまった。……くそ、そういうことか！」

鷹野は資料を見て、堤の携帯に架電してみた。七回、八回とコールが続いても相手は出ない。

「すぐに堤の家に向かいます！」鷹野は鞄を手に取った。

「溝口も行け」佐久間が鋭い声で命じた。「氷室たちにも連絡する。現地で合流しろ」

「了解です」

慌てた様子で溝口はパソコンをシャットダウンする。

準備を終えて、鷹野と溝口は分室を出た。

──頼む、間に合ってくれ。

もっと早く気づくべきだったのだ。強い焦りと後悔を感じながら、鷹野は階段を駆け下りていった。

途中の待ち合わせ場所で、沙也香と能見をピックアップした。

溝口が運転するワンボックスカーは、杉並区阿佐谷南の住宅街に入った。気が急《せ》いているのだろう、いつもより少し運転が荒い。

「溝口、落ち着いて行こう」

鷹野は後部座席から声をかけた。すみません、と詫びて溝口は深呼吸をした。

「堤輝久はいつも家にいるのか？　この時間に外出している可能性は？」

能見が早口で尋ねてきた。鷹野は彼のほうを向いて答える。

「堤は個人投資家です。この前は里村の遺骨を確認しに行ったようですが、基本的には自宅のパソコンで取引をしているはずです」

「しかし、犯人に呼び出されて外出しているかもしれないだろう」

「呼び出すぐらいなら、押し入ったほうが早いですよ。俺が犯人ならそうする」

鷹野が言うと、沙也香が不快そうな顔をした。

「推測でものを言うのはやめて。気分が悪い」

「……そうですね。失礼しました」

表情を引き締めて、鷹野は答えた。

沙也香は口を閉ざして窓の外に目をやった。彼女はいつになくナーバスになっているようだ。

車が停まると、鷹野たち四人は外に出た。

目の前に白壁の二階家が建っていた。庭には花壇や池があって、風流な雰囲気が感じられる。先日訪れたときと、特に変わった様子はない。

いや、違う、と鷹野は思った。

門扉の内側にある玄関を指差して、沙也香に耳打ちをした。

「飛び石の辺りにあった砂利が、飛び散っていますす」

前回訪ねたときにはきれいだった場所だ。堤ひとりなら、あんなに砂利を散らかすことはないだろうし、仮にそうなったとしても掃除をするはずだ。

「中を調べましょう」険しい顔で沙也香は言った。

鷹野たちは両手に手袋を嵌めた。門扉を開けて敷地内に入っていく。靴の下で砂利が小さな音を立てた。どこか遠くから、車のクラクションが聞こえてきた。

玄関のドアハンドルに手をかける。施錠されていないらしく、ドアは簡単に開いた。そっと三和土《たたき》を覗き込むと、何足かの靴が蹴《け》散《ち》らされているのがわかった。

薄暗い廊下に向かって、鷹野は声をかける。

「堤さん、いらっしゃいますか?」

返事はない。

振り返って、メンバーの顔を順番に見た。みな緊張した表情を浮かべている。鷹野が目配せをすると能見は軽くうなずき、家の裏手に向かった。

沙也香と溝口をともない、鷹野は靴を脱いで廊下に上がった。

屋内は静かだった。窓から斜めに陽光が射し込んでいる。その光の中を、微細な埃が漂っていた。すきま風は感じられないが、埃は空気の流れに乗って複雑な動きを見せている。

廊下を進んでいく途中で、鷹野は足を止めた。前方のドアが少し開いているのを見つけたのだ。あそこはたしか、先日通された応接室だ。

鷹野は溝口にハンドサインを送り、ほかの部屋を確認するよう指示した。OKのサインを出して、溝口は玄関に近いほうの部屋から調べ始める。その間に、鷹野と沙也香は問題のドアの前に立った。

隙間からは室内の一部しか見えない。耳を澄ましてみたが、音は聞こえてこなかった。中で誰かが息をひそめているのか。それともすでに立ち去ったあとなのか。

沙也香に視線を送ったあと、鷹野は勢いよくドアを開けた。

見覚えのある応接室だった。

灰色のカーペットの上に、男性が仰向けに倒れている。大きな耳、薄い髪にかかった緩いウェーブ、ビヤ樽のような体。堤輝久に間違いなかった。

「堤さん！」

鷹野は部屋に踏み込み、彼に駆け寄った。だが、そばにしゃがもうとして動きを止めた。

周囲のカーペットが赤黒く汚れている。堤の腹部を見ると、刃物で切り裂かれた痕があった。臓物の切れ端が傷口からこぼれ出ている。ぽっかりと空いた腹腔《ふっこう》を真似するかのように、堤は大きく口を開けていた。唇の端から泡のような唾液《だえき》が垂れている。見開かれた両目は、焦点が合わないまま天井に向けられていた。

彼がすでに死亡しているのは明らかだった。なぜなら、堤の体の横には天秤が置かれ、皿の上にはぬめぬめした心臓と鳥の羽根が置かれていたからだ。秤《はかり》はちょうど釣り合っていた。

「鷹野くん……」

沙也香が窓のそばのカーペットを指差した。石板を模したプラスチックの板が置かれている。表面に刻まれているのはヒエログリフだ。

過去二件とそっくりな状況だった。

「ちくしょう。間に合わなかった……」

鷹野は唇を噛んだ。ここに来るまで、ずっと嫌な予感があったのだ。いや、それは予感というより確信に近いものだった。

沙也香も険しい表情を浮かべていた。移動中、鷹野が不吉な推測を口にしたとき、彼女は咎めようとした。沙也香の頭にも、腹を切り裂かれ、心臓を抉り出された堤の姿が浮かんでいたに違いない。

「能見さんと溝口くんを呼んでくる。あなたは現場の撮影を」

そう指示して沙也香は廊下に出ていった。少し顔が青ざめているように見えた。

鷹野はデジタルカメラを取り出し、室内を撮影していった。それから、あらためて遺体を調べてみた。今回も、腹部の皮膚に小さな枢のような形の血痕が見つかった。

廊下から足音が聞こえてきた。沙也香とともに、能見と溝口がやってきたのだ。

「やられたのか」遺体を見て能見が顔をしかめた。「葬儀屋の野郎、舐《な》めやがって……」

「応援を出してくれるよう、佐久間班長に頼んでおいた。あなたのほうで何かわかったことはある？」

沙也香に問われて、鷹野は遺体の頭を指差した。

「頭部に打撲痕、頸部《けいぶ》に索条痕があります。何かで殴って気絶させたあと、首を絞めて殺害したものと思われます。このやり方は第一、第二の事件とは異なっていますね。小田桐卓也が逮捕されてしまったので、殺害を請け負ってくれる仲間がいなくなった。それで葬儀屋は、ひとりで殺害と死体損壊を行ったのかもしれません」

「ほかには？」

「笠原のときと同様、ベルトのバックルにものを入れるスペースはありませんでした。結局あそこに何か隠していたのは、真藤だけだったわけですね。それから、今回取り出されたのは心臓だけのようです」

「もう偽装の必要はない、ということか……」

沙也香がつぶやいた。真藤が何かを呑み込んでしまったのを隠すため、葬儀屋はさまざまな臓器を持ち去った。笠原のときも同じようにして捜査を混乱させた。だが三件目の今回、そんな細工はもう必要なくなったのだろう。

「ヒエログリフは……読めないわよね？」

「これは専門家に見てもらうしかないでしょう。塚本さんか、あるいは別の人に」

能見と溝口は、真剣な表情で室内を見回している。何か手がかりはないかと探しているようだ。ややあって能見は舌打ちをした。

「これ以上、遺留品は出てこないんだろうか。……おい鷹野、何かないのかよ。よく観察してみろ」

「そう思って隅々まで撮影しましたが、今のところはなんとも……」

「前に言ってたじゃないか。違和感や矛盾は大きな手がかりになるとかさ。おまえ、この現場で感じることはないのか？」

問いかけられて、鷹野は思案に沈んだ。今まで見てきた現場と比べて、遺体を切り裂いた手口などはほとんど変わっていない。損壊犯はおそらく同じ人物だから、当然のことだろう。

だが、と鷹野は考えた。過去の二件で被害者を殺害したのは小田桐だが、この現場は違う。今回、殺人を行ったのは葬儀屋だと思われる。そこに何か手がかりはないのか。

真藤と笠原のときは、ナイフで刺された結果の出血性ショック死だった。一方、堤は首を絞められている。葬儀屋はナイフで殺害するのを避けた、ということではないだろうか。

鷹野はもう一度、遺体の頸部に目を近づけた。よく見ると、かなり細い紐状のもので絞められたことがわかった。

「これは、索溝《さっこう》だ……」

紐状の凶器で絞められた痕が索条痕だが、溝状に凹《へこ》んでいるものは索溝と呼ばれる。

沙也香もそばにやってきて、遺体の首の部分に視線を向けた。

「たしかに、ひどく食い込んでいるわね。何だろう。ロープや紐というより、もっと細いもの。例えば凧糸《たこいと》とか針金とか、そういったものを使ったように見える」

「凧糸では強度が足りないでしょうから、金属製のワイヤーかな。直径は一・二ミリから一・五ミリといったところです」

「かなり細いものだけど、針金なら強度は充分ね」

それまで話を聞いていた溝口が、怪訝そうな顔をした。

「死体損壊のときにはナイフを使っていますよね。なぜそのナイフで被害者を殺害しなかったんでしょうか」

「最初からワイヤーを使うつもりだったんじゃない？」沙也香が答えた。「小田桐はナイフ使いだったけれど、真犯人はそこまでナイフに思い入れがなかったのかも。……能見さんはどう思います？」

沙也香に訊かれて、能見は少し考える表情になった。

「初代の葬儀屋は刃物を好んでいたが、今回は第二の葬儀屋の犯行だからな。なんとも言えないところだ」

「いや、待ってください」

頭の片隅に小さなひらめきがあった。鷹野はメンバーの顔を素早く見回す。

「犯人は何かで殴打したあと、ワイヤーを使っていきます。やり方としてはこうでしょう。うしろから近づいて、いきなり殴りつける。相手が気絶したか、または怯《ひる》んだところでワイヤーをかけて首を絞める……」

「それが何だと言うんだ？」

能見は首をかしげた。彼にはかまわず、鷹野は説明を続ける。

「我々の前には三つの疑問点があります。まず、被害者の遺体や現場の床に付いていた『小さな枢のような形の血痕』は何かということ。六角形を縦に引き延ばしたような、何らかの道具の痕跡でした。二点目として、凶器のワイヤーは何かということ。そして三点目。犯人はなぜ首を絞めて被害者を殺害したのかということ。これらが犯人特定の手がかりになるんじゃないでしょうか」

「たしかに、あの枢みたいな形の血痕のことはまだわかっていないな」能見はうなずく。

「それらを考え合わせた上で、私はあることに思い当たりました。若干飛躍した推理になりますが、うまくいけば辻褄《つじつま》が合うかもしれません。溝口、手伝ってくれるか？」

鷹野は溝口にノートパソコンの操作を指示した。ふたりで相談しながら、ネット検索を続けていく。沙也香と能見は怪訝そうな顔でそれを見守っている。

裏を取るのは、思ったほど簡単な作業ではなかった。だが溝口が予想以上の働きをしてくれた。鷹野が持っていた画像データを使って、彼はある重要な事実を突き止めたのだ。

「これでどうです、鷹野さん。行けるんじゃありませんか？」

「よくやった！」鷹野は溝口の肩を叩いた。「ファインプレーだ。この情報を使えば、我々は事件を解決できるかもしれない」

晴れやかな顔をしている鷹野を見て、沙也香たちは半信半疑という表情だった。ふたりに向かって、鷹野は力強く言った。

「奴は自分の正体がばれたことに気づいていません。奇襲をかけるチャンスです」

これまでずっと警察を振り回してきた真犯人。第二の葬儀屋であるその人物を、一刻も早く暗闇から引きずり出さなくてはならない。今、鷹野にはその自信があった。

現場を見たときの疑問と違和感が、ヒントを与えてくれたのだ。

6

同日、午後六時五十分。暗くなった住宅街の道で、ワンボックスカーは停止した。

エンジンを切り、ライトを消して溝口はこちらを振り返る。彼に対して、鷹野は大きくうなずいてみせた。それから後部座席に座っている沙也香、能見、国枝に声をかけた。

「準備はいいですか？」

能見はわずかに口元を緩めた。だが、さすがの彼も緊張しているらしく、どこかぎこちない笑いに見える。

「おまえを信じてここまで来た。がっかりさせるなよ」

「もちろんです。今夜でケリをつけましょう。我々は必ず成功します。第二の葬儀屋を捕らえて、この事件を解決するんです」

鷹野の言葉を聞いて、沙也香がつぶやくように言った。

「言霊《ことだま》ね。口に出せばそのとおりになる。実現させましょう」

「犯人を逮捕できるのは我々だけです。そして犯人は今夜、必ず捕まる運命にある。……では、予定どおりに」

鷹野たち五人はドアを開けて車を降りた。素早く路地を進み、マンションの前で足を止める。

今夜の計画は、溝口の活躍なしには成り立たなかっただろう。彼は鷹野の指示に従い、ネット上の情報や公安内部の記録、その他のデータを総動員して、犯人の正体を探ってくれたのだ。

塀の陰から様子をうかがうと、目的の部屋に明かりが点《つ》いているのが見えた。鷹野はメンバーたちに目配せをする。国枝と溝口のふたりは裏の通路を固めるため、暗がりに消えていった。

鷹野と沙也香、能見の三人はエレベーターで三階に上がった。共用廊下には誰もいない。能見は非常階段に身を隠した。

目指す部屋の前まで進んで、鷹野は表札を確認しようとした。だが用心のためだろう、名前は出ていなかった。

チャイムを鳴らすと、しばらくしてインターホンから応答があった。

「はい……」警戒するような気配の声だ。

「警視庁の鷹野と申します。夜分すみません。少しお話ししたいことがありまして」

「……どうしたんですか、いったい」

「ご報告したいことがあるんです。ほかの方には話せない大事なことです。お時間をいただけませんか」

ややあって玄関のドアが開いた。住人は鷹野を見て、軽く会釈をする。それから背後にいる沙也香に気づいたらしく、怪訝そうな表情になった。

「上がらせていただいてもいいですか?」鷹野はにこやかに尋ねる。

「まあ、長くならないのでしたら……」

住人はそう言って、ドアを大きく開けてくれた。礼を言って、鷹野と沙也香は玄関の中に入った。

リビングルームに案内され、ローテーブルのそばに腰を下ろす。

八畳ほどの部屋で、壁は眩《まぶ》しいほどの白さだった。窓にかかったカーテンはクリーム色。西側の壁には洋画が飾ってある。人物を描いたもので、真っ赤な油絵の具がたっぷり厚塗りされていた。そのほかの壁には書棚やカラーボックス、テレビ、オーディオラックなどが配置されている。すべて黒で統一されていて、白い壁とのコントラストが美しい。

鷹野は書棚に並ぶ本や雑誌に目を走らせた。隣に座った沙也香も、慎重に部屋の中を観察している。

しばらくして、住人がリビングに入ってきた。コーヒーのいい香りが漂い始める。どうやらインスタントではないようだ。鷹野たちの前に、白いコーヒーカップが置かれた。ありがとうございます、と鷹野は頭を下げる。

「それで、お話というのは何なんです？」

住人は落ち着いた声で尋ねてきた。ひとつ咳払いをしてから、鷹野は口を開いた。

「我々は連続殺人事件を捜査してきましたが、今日、三つ目の事件が起こってしまいました。これ以上、犯人の好きにさせるわけにはいきません。私はあらためて、一連の事件の情報を分析し直しました。そうするうち、三つの疑問点が浮かんできたんです。

過去ふたつの事件では、殺人犯と死体損壊犯は別人だとわかっています。死体損壊犯は葬儀屋と呼ばれる人物ですが、奴は現場に不思議な痕を残していきました。ナイフで遺体を切り裂き、臓器を取り出すときに、何かの道具を使ったものと思われます。その道具によって、小さな柩のような形の血痕が残されたんです。その道具が何なのか、私たちにはずっとわかりませんでした。これが一番目の疑問です。

そして二番目。過去の二件と違って、今日起こった第三の事件は、葬儀屋自身が殺害と死体損壊を実行したとみられます。だから殺害の方法が異なっていました。そこでまた、あらたな疑問が生じました。葬儀屋は被害者を殴打したあと、ワイヤーのようなものを使って殺害しています。その凶器はいったい何だったのか、というのがふたつ目の疑問点です。さらに、なぜ葬儀屋はそういう殺害方法をとったのか、というのが三番目の疑問点になります」

　鷹野は一度言葉を切って、相手の様子をうかがった。住人は戸惑うような顔をしていたが、やがてこう尋ねてきた。

「……それで、何かわかったんですか？」

「順番からいくと、私は三番目の疑問点から考え始めました。第一、第二の事件では、殺人犯は正面からナイフで被害者を襲っています。しかし第三の事件では、葬儀屋はうしろから被害者を殴って、そのあとワイヤーで首を絞めている。不意打ちをしたように思えます。これはなぜなのか。たとえば怪我をしていたとか、体調が悪かったとか、何か体力的な問題があったんじゃないでしょうか。

　次に考えたのは一番目の疑問点である、柩のような形の血痕のこと。そして二番目のワイヤーのことです。じつはこのふたつは、個別に見ると難しいんですが、同じカテゴリーで考えればうまく結びつくものでした。……そこの壁に油絵が掛かっていますよね。サインから、あなた自身が描いたものだとわかります。私は先ほどあの絵を見て確信しました」

　鷹野は壁に飾られている洋画を指差した。真っ赤な色で描かれた人物像。表面には油絵の具が厚く塗られている。大きく盛り上がったところに、特徴的な模様があった。

　小さな柩のような形の痕跡だ。

「あれはペインティングナイフの痕ですよね」鷹野は言った。

　沙也香がバッグの中から、用意した品を取り出した。柄《え》の先端に、薄い鋼鉄製のブレードが取り付けられている。さまざまな形状のものが販売されているが、今日持参したのは、ブレードの部分が楕円形《だえんけい》ではなく直線で構成された品だった。六角形を引き延ばしたような外見で、それはまさに小さな柩のような形に見えた。

　鷹野は住人のほうへ視線を戻した。

「葬儀屋は、絵を描くときに使うペインティングナイフを、死体損壊のときにも持っていったんでしょう。あれを腹腔に差し込み、周りの臓器を押さえたり、切り離した臓器を取り出したりするのに使った。そのとき遺体や周辺の床に血が付いたわけです。これが、柩のような形の血痕の正体だと思います」

　住人は黙ったまま鷹野をじっと見つめている。その硬い表情からは、まだ心の内は読み取れない。

「一方、ワイヤーのほうはどうか。葬儀屋がペインティングナイフを持っていたとすれば、ワイヤーも美術関連の品かもしれない、と思いました。その線で調べたところ、目的のものが見つかりました。作品展示のとき絵画などを吊るすワイヤーが、遺体の索溝にぴったり合ったんです。葬儀屋は、普段から使っていたワイヤーで被害者を窒息死させたのだろう、と私は想像しました。

　ここまで考えてくると、三番目の疑問点にも答えが出ます。葬儀屋にはやはり体力的な問題があった。しかしそれは怪我などのせいではなく、もともと腕力が強くなかったからではないか。相手が六十歳過ぎの堤さんであっても、ナイフを持ったまま揉み合いになれば、自分が負傷するおそれがある。だから不意打ちで相手を殴打し、ワイヤーで首を絞めることにしたんでしょう。……美術に詳しく、しかも体力に不安のある人物が関係者の中にいるだろうかと考えたとき、頭に浮かんだ人がいました。美術専門学校の講師をしているというあなたですよ、宮内さん」

　鷹野は厳しい表情で相手を睨みつけた。

　ウェーブをかけたショートボブの髪。くっきりした眉。やや目尻《めじり》の下がった、愛嬌の感じられる双眸。鷹野たちの前に座っているのは、赤崎亮治の交際相手だと話していた、宮内仁美だった。

「あなたが葬儀屋ですね?」

鷹野が訊くと、宮内は自分のコーヒーカップに目を落とした。埃が入ったのを見つけでもしたように、ひとり凝視している。

カップを見つめたまま、彼女は言った。

「私は鷹野さんに指示されて、民族共闘戦線のアジトに行ったじゃありませんか」

「たしかに危険を承知で、アジトに行ってくれましたね」

「そうでしょう? 私は赤崎さんとつきあっているだけなんです。どうして犯罪者扱いされなくちゃいけないんですか?」

この女は、と鷹野は思った。すでに勝負がついているのに、しらを切り続けるつもりらしい。

鷹野は声を強めて言った。

「それは、あなたが宮内仁美さんではないからですよ。私がここに来たときから、もはや言い逃れはできないとわかっていたはずです。表札は出ていませんが、この部屋の住人の名前は『三原咲恵《みはらさきえ》』です。それがあなたの本名でしょう。

あなたは美術専門学校の講師だと話していましたが、調べてみても宮内仁美という人はどこにもいなかった。しかし私はあなたのスケッチを思い出して、美術関係者であることは事実だろうと感じました。我々は首都圏にある美術関係の学校に連絡をとり、あなたの特徴を伝えて、こういう講師はいないかと尋ねていきました。すると、高田馬場《たかだのばば》にある美術専門学校から情報が得られたんです。それはうちの学校に勤めている三原咲恵という講師かもしれない、とね。写真をメールで送ってもらって、あなたに間違いないことがわかりました」

宮内は——いや、三原咲恵は、鷹野の話を聞いて身じろぎをした。内心の動揺が表に出たと見るべきだろう。

「あとはスムーズに進みました。専門学校からあなたの情報を聞き出し、練馬区桜台《さくらだい》にあるこのマンションのこともわかった。……三原さん、あなたは宮内仁美さんのふりをして私に近づきましたね。赤崎さんのアパートで、偶然を装って私に声をかけた。わざわざ民族共闘戦線のアジトに行ったのは、警察の協力者になって、私に疑われないようにするためでしょう。赤崎さんの入院先で会ったときには驚きましたが、あれも私をつけていたんじゃありませんか？　あの夜、あなたは赤崎さんの見舞いに来たと話していましたが、病室には行っていないはずです。それはそうだ。あなたは宮内仁美さんではない。赤崎さんとはまったく関係のない他人なんですから」

三原は目を伏せたまま、スプーンでコーヒーをかき混ぜ始めた。かちゃかちゃと耳障りな音が室内に響く。

「でも鷹野さんは、私の携帯を見ましたよね？」

「待ち受けにはあなたと赤崎さんの画像がありました。しかしあれはフェイクでしょう。本物の宮内さんと赤崎さんが撮った写真を、加工したに違いない。……もともと、あなたが私に見せた携帯は宮内さんのものだったはずです。それを奪って宮内さんに成りすまし、赤崎さんとメールのやりとりをしていた。もし電話がかかってきても出ないつもりだったんでしょうね。赤崎さんのほうもその時期、警察の協力者として活動していたから、電話をかけることは避けていましたが……」

「フェイクとか、何のことなのかさっぱりわかりませんけど」

言いながら、三原はカップにスティックシュガーを流し入れた。それから再びコーヒーをかき混ぜる。視線は鷹野たちから逸らしたままだ。

「そんなはずはありません。あなたは塚本寿志さんを嵌めるため、ディープフェイク動画を作ったでしょう？」

「今度は誰？　塚本寿志って何者なんです？」

「あなたは狡猾《こうかつ》な人だ。自分に疑いがかからないよう偽装工作をしただけでなく、積極的に他人を陥れようとした。塚本さんには真藤健吾らを恨む動機があると考え、嵌めようとしたんですよね？　しかし実際には、真藤らを恨んでいたのはあなただった。あなたは里村悠紀夫が殺害されたのを知って、真藤たちに復讐したんでしょう？　そのあと塚本さんのトランクルームにナイフを隠した。殺人や死体損壊の罪をかぶせるためです」

　三原は大きく首をかしげた。いったい何の話なのか、と言いたげだった。

「殺人や死体損壊って……。犯人は臓器を取り出したという話ですよね。私にそんなことができると思うんですか？」

「可能性はあると思っています。そこの書棚にいろいろ参考になりそうな本があるじゃないですか。人体デッサン、筋肉と骨格の資料、そして美術解剖学の本。……勤務先の専門学校に確認したところ、あなたは特に美術解剖学を好んでいたそうですね。医学とは別ですが、人体の構造にはかなり詳しかったと聞いています。骨と臓器の位置関係をよく理解していたはずです」

　はあ、と三原は大きなため息をついた。

　彼女は新しいスティックシュガーを手にして、またコーヒーカップに入れていく。それが済むと、いきなり右手の人差し指をカップに突っ込んだ。そのまま指でコーヒーをかき混ぜ始める。まるで幼児が遊んでいるかのような姿だった。

「やめなさい」沙也香が口を開いた。「顔を上げて私たちを見なさい」

　三原は右手の動きを止めた。カップから指先を上げ、ひらひらと振る。褐色の液体が数滴散って、テーブルの天板を汚した。三原は視線を上げて沙也香を見つめた。

「私に指図するな」低い声で三原は言った。「この恥知らずのクソ女。国家の犬のくせに」

「何とでも言えばいい。でも、あなたもかなりのクソ女だと思うけど」

ふん、と三原は鼻を鳴らした。眉をひそめて沙也香の顔を睨んでいる。

鷹野は咳払いをしたあと、三原に向かって尋ねた。

「どうだ、自分が葬儀屋だと認めるか？」

「いいわよ、認めてあげる。これであんたたちは、偉い人から金一封、貰《もら》えるってわけ？」

つまらない冗談だ、と鷹野は思った。腕時計を見てから、あらためて三原に話しかける。

「三原咲恵、署まで同行してもらおう。真藤、笠原、堤の殺害と死体損壊など、一連の事件の容疑がかかっている」

「あれ？　その三人だけなの？」

鷹野は口を閉ざして三原を見つめた。意味がよくわからなかった。この女はいったい何を言っているのだろう。

「それはどういう……」

「もうひとり殺してやるんだよ！」

一声叫ぶと、三原はローテーブルをひっくり返した。三つのカップが宙を舞い、コーヒーが辺りに飛び散る。不意を突かれて、鷹野と沙也香の動きが遅れた。

三原は隣の部屋へ駆け込んだ。鷹野は慌てて立ち上がり、彼女のあとを追う。だが、隣室に踏み込んだところで息を吞んだ。

クローゼットの扉が開いている。その中に誰かが転がされていた。ロングヘアの女性だ。手足を縛られ、口はガムテープで塞がれている。

三原は女性の上半身を起こして、喉元《のどもと》にナイフを突きつけた。そのときになって、鷹野はようやく気がついた。

「そうか。その人が本物の……」

「鷹野さん、あんた鈍《にぶ》いんじゃないの？　私が成りすましているんなら、宮内本人はどこへ行ったのか、もっと早く考えるべきでしょう」

「三原咲恵、ナイフを下ろしなさい！」

鷹野のうしろで、沙也香が鋭い声を出した。だがそれは逆効果にしかならなかった。

「来るな！」三原は声を荒らげた。「近づいたらこの女を殺す」

「落ち着いてくれ」宥めるように鷹野は言った。「おまえはもう逃げられないんだ。これ以上、罪を重ねることはない」

「陳腐《ちんぷ》な台詞《せりふ》だね」彼女はにやりとした。「逃げられないからこそ、やるんじゃないか。捕まったら、もう人は殺せないんだよ」

三原のナイフがわずかに右へ動いた。刃先が皮膚を裂き、一筋の血が流れ出す。縛られた宮内が、うう、うう、と苦しげな声を上げる。

「やめろ。その女性に恨みはないはずだ」

「私はね、この血の色が好きなんだよ。あんた知らないだろう。さっきの絵は、油絵の具に真藤たちの血を練り込んで描いたんだ」

鷹野はたじろいだ。沙也香も戸惑っているようだ。

「犬ども！　おまえたちにトラウマを植え付けてやるよ！」

三原はナイフを握り直した。宮内は目を見張り、体を動かして必死に逃れようとする。彼女の髪をつかもうと、三原は左手を伸ばした。

そのときだった。

カーテンの向こうでガラスの割れる音がした。驚いて三原はうしろを振り返る。ガラス戸が開いて、ベランダから能見が飛び込んできた。彼は隣人の協力を得て、ベランダに回っていたのだ。

隙が生じたのを見て、鷹野は突進した。

能見が三原の肩に手をかける。三原は右手でナイフを振り上げる。

その右手を、鷹野はがっちりとつかんだ。腕をひねられて、三原はあっけなくナイフを取り落とした。すかさず能見が足払いをかける。倒れた三原を、ふたりがかりで取り押さえた。

「ちくしょう！」三原は手足をばたつかせて喚いた。「こんな世界、間違ってる。みんな死ねばいいんだ。何もかも壊れてしまえ！」

鷹野と能見は、暴れる三原に手錠をかけた。その間に沙也香がクローゼットに向かい、拉致されていた宮内仁美を助け出した。口からガムテープをゆっくりと剝がす。

「宮内さんですね？　大丈夫ですか」

「……ありがとうございます……ありがとうございます」

彼女はか細い声で言うと、大きく顔を歪めた。こらえきれないという表情の中、大粒の涙が頬を伝って落ちる。むせび泣く宮内を抱き寄せて、沙也香は背中をさすった。

「どいつもこいつも地獄に落ちろ」三原はひとり毒づいた。「そうすりゃ正義も悪もなくなるんだ」

鷹野は眉をひそめて三原を見つめた。

「間違っているのはおまえだよ。本当に哀《あわ》れな奴だ」

まだ激しく暴れようとする三原を、鷹野と能見は玄関のほうへ引き立てていった。

ドアが開いて、国枝と溝口が駆け込んでくる。ふたりとも鷹野たちを見て、胸を撫で下ろしているようだった。

やがて、遠くからパトカーのサイレンが聞こえてきた。

第四章　終焉《しゅうえん》

1

コーヒーはやめておこうと思った。

五月十七日、午前八時二十分。鷹野はビルの一階にある自販機で、お茶のペットボトルを買った。

分室に戻り、通路の先にある「特別室」のドアをノックする。このドアは外から施錠できるような構造だ。

中に入ると、そこは八畳ほどの広さの部屋だった。奥には簡易トイレと洗面台、粗末《そまつ》なベッドがある。寒々しい独房といった雰囲気だが、その手前には机と椅子が配置され、尋問ができるようになっていた。

ここは牢獄《ろうごく》兼取調室なのだ。もちろん、一般の警察署にこんな設備はない。佐久間班が秘密裏に、被疑者の取調べを行うための部屋だった。

机のこちら側には能見と沙也香が座っている。能見は腕を組み、口を引き結んでいた。沙也香は手元のメモ帳に目を落としている。

ふたりの反対側に腰掛けているのは三原咲恵だった。目尻が下がり、愛嬌のある顔だと思っていたのだが、今、彼女は別人のように険しい表情を浮かべている。

人はこれほど変わるものなのか、と鷹野は驚きを感じた。

――いや、これが彼女本来の姿なのか。

三原は宮内仁美の名を騙《かた》り、おとなしくて誠実な一般市民を演じていた。しかしその実態は、殺人をなんとも思わない凶悪な犯罪者だったのだ。

鷹野は空いていた椅子に腰掛け、机の上にお茶を置いた。三原はそのペットボトルを凝視した。

「飲んでいい」鷹野は言った。

「コーヒーをちょうだいよ」

「ない」鷹野は首を横に振る。「おまえは昨日、コーヒーをぶちまけたじゃないか」

突き放すように言ったあと、鷹野は沙也香をちらりと見た。沙也香が軽くうなずくのを確認してから、鷹野はあらためて三原のほうを向いた。

「さて、一晩休んで考えは変わったか？　今日は話を聞かせてもらうぞ」

「拒否する」

目を逸らしたまま三原は答えた。鷹野は一拍おいてから、もう一度言った。

「話を聞かせてもらいたい。いつまでも黙秘を続けられると思ったら大間違いだ」

「何度言われても同じよ。拒否する」

昨日から彼女はずっとこの調子だった。能見が脅しをかけても、沙也香が諭《さと》しても、一切効果がない。

「自分のしたことがどれほど重大な罪か、わかっているだろう？　おまえは葬儀屋として、今まで何人殺してきた？」

「あんたには関係ない」

「関係はある。公安部にとって葬儀屋は宿敵だ。おまえは二代目だろうが、初代葬儀屋との関係を説明してもらわなくてはならない」

「公安の都合なんか知ったことか。話してほしかったら金を払いなよ」

「おい、ふざけるな！」

椅子を倒して能見が立ち上がった。彼は机の向こうに回り込み、三原の胸ぐらをつかもうとする。鷹野と沙也香が、慌てて彼を止めた。

「舐めるんじゃねえぞ、このクズが」

吐き捨てるように言って、能見は自分の椅子に戻った。舌打ちをしたあと、ふんぞり返って脚を組む。

ひとつ息をついてから、鷹野は三原のほうに向き直った。

「自分から話せないというのなら、私の考えを聞いてもらおう。違っているところがあれば訂正してくれ。それならおまえの主義に反することもないだろう」

「あんたに私の主義がわかるの？」

それには答えず、鷹野はメモ帳を見ながら話しだした。

「おまえの過去を調べさせてもらった。高校時代に、父親が借金で自殺したそうだな。母親はまもなく男を作って失踪《しっそう》。おまえは退学して叔母の家に引き取られたが、小さい子たちの面倒を見るよう言われたり、家事の手伝いをさせられたり、まるで家政婦のような立場になってしまった。反抗するとひどい折檻《せっかん》を受けた。十七歳になると叔母が経営していたスナックで働くよう命令され、客に体を売ることまで強要された……」

本人の前でこんな話をするのは、気の滅入ることだった。とはいえ、これらの事実を明らかにしなければ、三原の自供は引き出せないだろう。

三原は机の上をじっと見ていた。そこに何かあるのではないかと思わせるほど、熱心に凝視している。しかし、鷹野の話に耳を傾けていることは間違いなかった。

「そんな生活に嫌気が差したおまえは、あるとき叔母の家を出た。金はないし、行く当てもなかったはずだ。もしかしたら死ぬつもりだったのかもしれない。だが、おまえを助けてくれた人物がいた。おそらく暴力団や犯罪組織の人間だろう。その人物と一緒に行動するうち、おまえはいろいろな犯罪のやり方を覚えていったんじゃないか？」

「くだらない」つぶやくように三原は言った。「勝手な想像ばかりして」

「だったら自分の言葉で説明してみないか？　時間はたっぷりある」

ふん、と鼻を鳴らして三原は黙り込む。鷹野は話を続けた。

「おまえは自分の不幸を嘆き、周囲を恨んだに違いない。この生活環境や、社会のあり方に憤りを感じた。自分がこんな目に遭ったのは世の中のせいだと思った。そしておまえは、犯罪組織から殺人などを請け負うようになったんだ。しかし最初のうちは、なかなかうまくいかなかったんじゃないか？　殺しを実行するのは、口で言うほど簡単ではない。うまくいかずに戸惑ったこともあったはずだ。ナイフで刺しても血が出るばかりで、相手はなかなか死んでくれない。パニックに陥《おちい》りながら頭を石で殴ったり、首を絞めたりと、かなり苦労をしただろう。殺し屋というのは、思ったほどスマートなものではないからな。そんなことがあって、最終的におまえはロープやワイヤーで相手を殺害するようになった……」

「あんた、見てきたようなことを言わないで」

三原は顔を上げ、鷹野を睨んだ。ようやく目が合ったな、と鷹野は思った。

「そうは言うが、おおむね合っているはずだ。おまえが犯罪の世界で認められるようになるまで、しばらくかかったことは間違いない。だが一度認められれば、あちこちの組織から便利に使われるようになった。そうだろう？」

「鷹野さん、ひとつ教えてあげようか。人間は最後の最後まで、自分が殺されるなんて思っていない。そんな奴を殺すのは簡単なのよ。むしろ動物を捕まえるほうが難しい」

彼女から少し言葉を引き出すことができた。これはいい兆候だ。

「今、殺人は簡単だと言ったな。……殺しの経験を積んでいくうち、おそらくおまえには余裕が出てきたんだろう。その結果、生活に変化を求めたくなったんじゃないのか？　それでおまえは美術の専門学校に、講師として就職した。経歴を捏造《ねつぞう》した可能性はあるが、採用試験を受けているはずだから、合格したのはたいしたものだよ。どうだった？　やはり試験のときには緊張しただろう？」

「……回答を拒否する」三原は硬い表情で言った。

「ねえ、つまらない空想は、もう終わりにしたらどうなの」

鷹野はゆっくりと首を横に振った。

「まだつきあってもらうぞ。……そのうちおまえはネットでいろいろなことを調べ始めた。押収したパソコンのデータを分析した結果、それが明らかになったよ。おまえの考えはこうだろう。自分が不幸になったのは政治家や官僚たちのせいだ。弱者に手を差し伸べようとせず、自助努力でなんとかしろと諭すような連中は許せない……。

地位や名誉を得たのなら満足できたかもしれない。だが、どれだけ金を手に入れてもおまえは空っぽなままだった。なぜなら、おまえは殺し屋でしかないからだ。成果を挙げたとしても社会的に認められるようなものではない。どれだけ仕事をしても承認欲求は満たされない。おまえは世間への恨みを深めるとともに、ある種の破滅願望に囚われていったんじゃないか？」

ここで沙也香が、一枚の資料を机の上に置いた。

「現在、真藤や笠原を殺害した小田桐卓也の取調べが進んでいる」沙也香は言った。「彼の供述で、ダークウェブに『アポピスファイル』というサイトが存在することがわかった。調べてみると、そこには怒りを掻き立てる文章やグロテスクな画像があって、神秘的なＢＧＭが流れていた。また、初代の葬儀屋・里村悠紀夫が視聴者を扇動するような動画も見つかっている」

沙也香が出した紙には、動画の何シーンかがプリントされていた。短髪で細面、顎の右に傷痕のある男が、冷酷そうな表情を浮かべている。里村悠紀夫だった。

「何年か前、おまえは『アポピスファイル』でこの動画を見ているな?」鷹野はプリントされた里村の写真を指差した。「おまえは彼の思想に強く共感したんだろう。里村の思想をすっかり受け入れ、できることなら彼に会いたいと思ったんじゃないだろうか。しかし自分のツテを頼って調べると、葬儀屋は九年前に活動をやめていることがわかった。さらに調査を進めると、葬儀屋である里村悠紀夫は死亡したらしい、という情報が得られた。

そこでおまえは、みずから葬儀屋を名乗ることにした。本人がいないのなら自分が葬儀屋になって遺志を継ごう、と考えたわけだ。かつての葬儀屋は素顔を隠し、ファクシミリやメールなどで連絡をとっていたから、おまえが成りすますことも可能だったんだろう」

鷹野は三原の表情を観察した。彼女は再び目を伏せてしまって、こちらをまったく見ようとしない。

「今回、真藤たちを殺害するに当たって、おまえは小田桐卓也を雇った。充分な報酬を用意したわけだが、彼もまた動画を見て葬儀屋・里村に心酔する人間だった。おまえと小田桐は、出会うべくして出会ったのかもしれないな」

「つまらない冗談ね」

「ところでその動画だが、塚本寿志准教授のものと非常によく似ていることがわかった。おまえは里村の動画を加工して、あたかも塚本さんが喋っているように仕上げたんだろう。塚本さんを嵌めるために、細かい細工をしたわけだ。それだけの技術を持っているとは、たいしたものじゃないか。基本的におまえは努力家なんだな」

三原はちらりと鷹野を見た。だが、すぐにまた目を逸らしてしまった。

彼女の犯行計画について、鷹野は話し始めた。

「実際、その努力には驚かされるよ。葬儀屋・里村悠紀夫はおまえにとってカリスマ的な存在だったんだろう。おまえは里村の過去について調査を進めた。手を尽くして調べているうち、彼に息子がいることがわかった。それが塚本寿志さんだ。……一方で里村が真藤、笠原、堤と親しかったことも判明した。四人は若いころには意見が一致していたが、里村が暴走し始めて関係に亀裂《きれつ》が入ったんだろう。そして九年前、里村は仲間に殺害された。そういう経緯を突き止めて、おまえは怒りに囚われた。尊敬する里村を亡き者にした真藤たち。彼ら三人を始末してやろうと考えたわけだ。

しかし順番に殺害していくと、どうしても警察に動機を気づかれやすくなる。たとえば真藤と笠原を殺したとすると、その時点で彼らふたりの接点を警察は調べるはずだ。関係を知られてしまったら、堤を殺すのが難しくなるだろう。そこでおまえは、警察に三人の関係を探られないよう策を講じた。今回の連続殺人事件を、復活した葬儀屋による暗殺、つまり依頼殺人だという形にしたんだ。……この件は能見さんが裏を取ってくれたんでしたね？」

ああ、そうだ、とうなずいて、能見は椅子に座り直した。背筋を伸ばして三原を正面から見据える。

「三原咲恵。おまえはいろいろな組織に働きかけて、自分が依頼を受けたように装った。真藤殺しは世界新生教から頼まれた形にした。笠原殺しは民族共闘戦線から依頼されたように見せかけた。だが、それでも関係がばれてしまう可能性はある。そうなったときに備えて、警察の注意が塚本寿志に向くよう仕掛けをしたわけだ。ディープフェイク動画やトランクルームのナイフもそうだが、もっとわかりやすいよう、古代エジプト神話を模倣して真藤たちの死体損壊を行った。塚本は古代エジプト文明の研究者なので『死者の書』に詳しい。それに、里村悠紀夫の息子だから、父親の復讐という犯行動機もある。警察の捜査を間違った方向へ誘導できる、とおまえは考えたんだよな？」

三原は能見の言葉を聞き流しているようだ。心の中でさまざまな思いが渦巻いているはずだが、決して自分からは話そうとしない。はたして彼女は、取調べに対してどれぐらいの耐性を持っているのだろう。

鷹野が目で合図をすると、能見が再び口を開いた。威圧するような調子だった。

「おまえのしたことは全部わかっている。小田桐の証言があるから、隠そうとしても無駄なんだよ。……まず赤坂の真藤殺しだ。おまえがレストランの外で爆発を起こしたあと、秘書の森川は真藤を通用口に連れていった。世界新生教の本部を通じて、葬儀屋からそうするよう指示が来ていたんだ。通用口で待っていた小田桐は、真藤を脅して廃ビルに連れていった。

真藤を痛めつけながら、小田桐は葬儀屋に心酔していることを明かしたらしい。それで真藤は悟った。第二の葬儀屋が自分を狙っている、つまり里村の関係者が自分に復讐しようとしているのだ、とな。もう助からないと感じた真藤は、ベルトのバックルに隠していた品を呑み込んだ。小田桐はそれを吐き出させることができず、真藤を殺害してからおまえにメールを送った。すぐにビルから出ろとの返信があったため、小田桐は現場から逃走したという。ことだ。金で雇われたとはいえ、ずいぶん主体性のない男だよ。……それにしても、葬儀屋の正体がこんな奴だとわかったら、小田桐はどう思っただろうなあ」

挑発するように能見は薄笑いを浮かべる。だが三原には動じる様子がない。眉をひそめたあと、能見は続けた。

「小田桐と入れ替わりに、おまえは現場に行った。塚本寿志に罪をかぶせるため、真藤の遺体から心臓を抉り出して天秤に載せるつもりだったはずだ。だが真藤は何かを呑み込んだ、と小田桐から報告を受けている。それで計画を少し変えた。ヒエログリフ付きのプラスチック板を残し、心臓と羽根を天秤に載せたあと、胃や腸などを何かの容器に入れて持ち去った。あとでブツを取り出すのが目的だったが、その意図がわかりにくくなるようにしたわけだ。……おまえはアジトに戻ってブツを見つけたんだよな？　いったい何が出てきた？」

三原は口を閉ざして、机の上の染みを見つめている。能見が声を荒らげた。

「どうなんだ。答えろ」

「やかましい男ね。拷問でもするつもり？」

「なんだと！」

能見は椅子から腰を浮かした。鷹野と沙也香は立ち上がり、再び彼を止める。能見は苛立ちを隠そうともしない。

「能見さん、落ち着いて……」宥めるように沙也香が言った。

「ああ、わかってる」能見は机から離れ、立ったまま深呼吸をした。「鷹野、続けてくれ」

うなずいて、鷹野は三原のほうを向いた。

「次に第二の事件だ。二回目も殺人の実行犯は小田桐だった。彼が逃走してから、おまえは前回と同様に遺体を損壊し、プラスチック板を残し、天秤を設置した。……その後、警察の動きを探ろうとして私に接近したんだろう。このときの用意はじつに周到だった。おまえは私を尾行し、赤崎とその交際相手である宮内仁美さんのことまで調べ上げた。その上で宮内さんを拉致して彼女に成り代わり、私の前に現れた。わざわざ携帯の待ち受け画像を加工しておくほどの徹底ぶりだった。赤崎が捕らえられているアジトに侵入したのは、私の信用を得るためだな？　まったく、驚くほど手の込んだ行動だよ。

第二の事件のあと小田桐が捕まってしまったので、第三の事件はおまえひとりで殺人と死体損壊を行うしかなかった。その現場にもヒエログリフが残されていたが、解読するとこういう内容だった」

鷹野は机の上にA4判の紙を置いた。そこにはプリンターでこう印字されている。

《この石板は私の心臓の一部だ　私には重い罪があ

る》

被害者の堤は、じつは犯罪者だった、ということをはっきり示したわけだ。警察への大きなヒントとして、このメッセージを残したと考えられる。

ここで鷹野は姿勢を正した。相手を正面からじっと見つめる。

「初代の葬儀屋は刃物を好んでいた。特徴を残さないよう、あえて安いものを使うこともあったらしい。たとえば百円ショップの包丁などだ。……一方、おまえはワイヤーで絞殺することが多かったが、自分は葬儀屋だと強調したかったから、クロコダイルのマークを目立つ場所につけていた。あくまで、あの葬儀屋が復活したと周りに思わせたかったわけだ。……しかし疑問がある。おまえのことを調べたが、里村との関係は見つからなかった。ダークウェブで里村に心酔したのは想像できるが、それだけで、ここまで彼の真似をする必要があったのか？」

言葉を切って、鷹野は三原の反応を待つ。

彼女は右手の人差し指を、机の上で動かし始めた。記号か何かを描こうとしているように見える。不安を紛らわすための行動なのか、それとも考えをまとめるためなのか、鷹野にはわからない。

「三原咲恵、答えなさい」沙也香が厳しい口調で言った。

それを聞いて、三原は指の動きを止めた。次の瞬間、彼女の表情が変化した。不思議なことに憎悪の色は消え、むしろすがすがしいとでも言いたげな様子だった。

「氷室さんと言ったわね。あんた、人を好きになったことがある？」

「……そんなことはどうでもいいでしょう」

「ああ、やっぱりね。あんたみたいな女が、誰かを好きになるなんて無理でしょうね。仮に恋人がいたり、夫がいたりしても、それは自分のプライドを守るためでしょう？　あんたにとって男というのは、自分を飾るための道具でしかない。自分が一番可愛《かわい》いんだから、当然そうなるはずよ」

　沙也香は眉をひそめた。強い不快感が顔に滲み出ている。

「今はあなたの取調べをしているのよ。私のことはどうでもいい」

「何を言ってるの。大事な話よ」三原は真顔になった。「せっかくだから私のことを聞かせてあげましょうか。どう、鷹野さん。聞きたい？」

　三原はこちらに体を向けた。どことなく他人をからかうような雰囲気がある。だが、些細《ささい》なことでもかまわない。話してくれるのなら、それが重大な供述に繋がるかもしれない。

「そうだね。ぜひ聞かせてもらいたい」

　鷹野の返事を聞いて、三原は軽くうなずいた。彼女は話し始めた。

「動画の中の葬儀屋は――里村悠紀夫さんは、他人でありながら私自身だったの。私の中に埋もれていたいろいろな考えを、里村さんは言語化してフィードバックしてくれた。生まれた場所も、時期も、性別も違うというのに、まるで自分がもうひとり存在しているかのようだった。あの人と一緒になりたい、ひとつになりたいと私は思った。そうしてこそ、自分は完全な状態になれるのだと……。あの人のことを考えると、体の芯《しん》が熱くなってくる。繋がりたい。繋がってひとつの魂《たましい》になりたいと思った」

　三原は目を潤ませている。自分の発した言葉に興奮し、酔っているように見えた。

「だから私は必死になって里村さんのことを調べた。彼に関する情報なら、何でも知っておきたかった。彼は子供のころどんな場所にいたのか。学校ではどんな勉強をしたのか。人を殺すようになってからは、どんなポリシーを持っていたのか。彼を構成するすべてのものを、私は取り込みたいと思った。

　調べていくうち、塚本寿志という子供がいることがわかった。私は塚本の情報も集めていった。里村さんの血を継いだ男。いったいどんな人間なのかと、わくわくした。ところが塚本について知れば知るほど、私は幻滅することになった。どうして？　なんで里村さんの息子がこんなに凡庸なの？　塚本は里村さんのような輝きも、力強さも、優しさも、何ひとつ受け継いでいなかった。私はだんだん腹が立ってきた。里村さんはどこの馬の骨かわからない女に、こんなつまらない息子を産ませたのか。どうして里村さんの相手は私じゃなかったんだろう。悔しい！　憎い！　私は塚本を軽蔑《けいべつ》した。だからあいつを嵌めることにしたのよ」

そこまで一気に喋って、三原は何度か息をついた。目がうつろになっているのがわかる。

彼女が少し落ち着くのを待ってから、鷹野は慎重に尋ねた。

「なぜ、おまえはそこまで熱中したんだ？　里村悠紀夫の思想の、どこに共感した？」

「闇の超克《ちょうこく》よ」三原は自信に満ちた表情を見せた。「限界を決めるのは自分自身なの。できないと思うからできない。……跳び箱を跳ぶとき、低いうちは何も気にせずクリアできるでしょう。でもある高さになると怖くなって、急に跳べなくなってしまう。里村さんはそれを克服する方法を教えてくれた」

鷹野ははっとした。小田桐卓也の取調べのときにも、この話を聞いている。隣の沙也香も思い出したらしく、怪訝そうな顔をしていた。

「正義、倫理、規範……そんなものは捨ててしまえ、と里村さんは動画の中で話していた。自由な力で超克すれば、恐怖は消える。里村さんのおかげで私は何でもできるようになった。それまでも殺しは請け負っていたけれど、あの動画を見て、私は自分の仕事の正当性をはっきり理解できた。この世界は間違っている。自分のことしか考えない政治家や官僚や金持ちたちのせいで、すっかり腐りきってしまった。もう引き返せないところまで来ている。現状を変えるためには、一度すべてを破壊しなければならない。カタストロフを起こして、世界の仕組みをリセットするしかない。……里村さんはそう教えてくれたの。それは私の考えと渾然一体《こんぜんいったい》となった。ためらう理由なんて、どこにもなかった」

三原は口元にうっすらと笑みを浮かべた。

鷹野の中で不穏な感情が膨らみつつあった。この三原の態度はどんなことを意味するのか。まだ何か、自分たちが突き止めていない事実があるのだろうか。

能見と沙也香は顔を見合わせている。その横で、鷹野はゆっくりと質問した。

「世界の仕組みをリセットするとは、どういうことだ？」

すう、と三原は息を吸い込んだ。それから鷹野を正面から見据えた。

「鷹野さん、あんたの話には驚かされたわ。細かいところは別として、よくそこまで事件の概容を見抜いたものだと思った。でもね、ひとつだけ違っていることがある。私が真藤たち三人を殺したのは、単に復讐のためだけではなかった。あれはただの狼煙《のろし》。私の計画はまだ終わっていない」

この期に及んで、いったい何を言い出すのだろう。鷹野は硬い口調で問いかけた。

「どういうことだ。説明してみろ」

それには答えないまま、三原は尋ねてきた。

「ねえ鷹野さん、今日は何月何日？　今、何時？」

「今日は五月十七日。今は……」鷹野は腕時計に目をやった。「十時三分だ」

そこで鷹野は眉をひそめた。嫌な予感がする。いや、それはすでに予感というレベルではなく、確信に近いものだった。

「まさか……何か仕掛けたのか？」

鷹野をからかうように、三原は大きく眉を動かした。顔には勝ち誇ったような表情が浮かんでいる。

「堤を殺してしまえば、いつカタストロフが起きてもいい。私はいなくなってもいい、ということ。あと十時間ほどで致死性のウイルス『アポピス』が流出するわ」

がた、と大きな音がした。鷹野が立ち上がった弾みに、椅子がうしろに倒れたのだ。

あまりに突然のことで考えがまとまらない。致死性のウイルス。そんなものが、いったいどこから出てくるのか。今までの捜査の中で、ウイルスの話などまったく聞いていなかったというのに——。

「馬鹿馬鹿しい。ハッタリだ！」

能見は大股《おおまた》で近づくと、嚙みつきそうな勢いで三原を問い詰めた。

「本当のことを言え！　おまえにできるのは一対一の殺しか、せいぜい爆破事件ぐらいだろうが」

「何なの？　せっかく正直に話してやったのに……」

「警察を舐めるなよ！」

待ってください、と沙也香が言った。彼女もまた三原のそばに行って質問する。

「ここでおかしな嘘をつけば、あなたは不利になるだけよ」

「ふうん……」

そう言ったきり三原は口を閉じてしまった。だが彼女の顔には不敵な笑みがある。三原を見ているうち、沙也香は何度かまばたきをした。

「……本当なの？」

「さっきから言ってるじゃない」三原は可笑《おか》しそうに笑った。「午後八時にウイルスが撒《ま》かれるのよ。いったい、どれだけの人間が死ぬでしょうね。もしかしたら、この世界は終わってしまうんじゃないの？」

沙也香が鷹野のほうを向いた。険しい表情の中に、強い動揺が感じられる。何か言おうとしていた能見も、言葉を吞み込んでしまったようだ。

あまりに現実離れした話に、鷹野も戸惑っていた。沙也香は三原の言うことを信じたのだろうか。その根拠は何なのか。三原の表情を見ただけで、信じるに足ることだと言い切れるのか。

いや、今は落ち着かなければ、と鷹野は思った。

「その話が事実だという証拠はあるのか？」

「証拠？　そんなもの、死人が出ればわかるじゃない。ウイルスの流出まで十時間、そこから約四十八時間で感染者は死ぬ。体の弱い者から倒れていくでしょうね」

「おまえ、いい加減に……」

と能見が言いかけたのを、鷹野は制した。

「どこかの組織がテロを計画しているのか？　おまえはそれを手伝ったということか？」

「組織は関係ない。アポピスは個人が製造した生物兵器よ」

「しかし……」鷹野は記憶をたどった。「おまえの経歴を見れば、ウイルス開発の知識など持っていないのは明らかだ」

「作ったのは、あんたたちもよく知っている人間よ。もう死んじゃったけどね」

そこで、ぴんときた。勢い込んで鷹野は尋ねた。

「真藤たちか。そういえば彼のベルトのバックルには何か隠されていたはずだ。それがウイルスなのか。いや、そんな危険なものを持ち歩くことはないか……」

鷹野が真剣に考えていると、三原は歯を剝《む》き出して笑った。

「ああ楽しい！　警察の連中が慌てふためいている。こんなに愉快なことはないわ」

耳障りな笑い声の中、鷹野は考えを巡らした。眉をひそめて沙也香たちのほうを向く。

「あのサイズに収まるものといったら……たとえばメモ。あるいは錠剤やカプセルといった薬品。または……記録メディアかもしれない」

「そうね、メディアだと思う」沙也香はうなずいた。「中のデータは何だろう。ウイルスの製造方法とか？」

「でも、おかしいじゃないか」能見が口を挟んできた。「なんで真藤がそんなものを持っていたんだ？」

鷹野はこめかみに指先を当てたあと、能見に答えた。

「真藤は国会議員になる前、製薬会社のＭＲでした。ウイルスについて知識を深める下地はあったはずです」

「そして、二番目に殺された笠原繁信は医学部の教授でした」沙也香が言った。「さらに、里村悠紀夫と飲み友達だった男性が証言していました。以前、里村は医学雑誌を読んでいたそうです。似合わないことだと、私は不思議に思ったんですが、もしかしたら感染症の記事を読んでいたのかも……」

「ちょっと待ってくれ。四人組が本当にウイルスを作ったってのか？」と能見。

「信じたくないことですが、その可能性は否定できません」

ちくしょう、と毒づいてから、能見は三原を睨みつけた。

「ウイルスはどこにある？　言え！」

「私は、警察が大騒ぎして、挙げ句の果てに大失敗するところが見たいのよ。教えるわけないでしょう、ばーか」

「この女！」

能見は三原の胸ぐらをつかんだ。だが三原は涼しげな顔をしている。

「あんたたちも覚悟を決めたほうがいいわよ。この日本からアポピスが世界中に広がっていく。多くの人間が死ぬ。年寄りには効果覿面《てきめん》でしょうね。死に損ないの政治家たちが一掃されたあと、若い人間が新しい社会を創る。理想的な世界国家を創ってくれる」

「どこが理想だ。ふざけるな！」

「もう私は何も喋らない。あんたたち、こんなところで油を売ってていいの？　さっさと捜索を始めるべきじゃないの？」

「おまえ、罪もない人間を巻き込むつもりか。ウイルスがばらまかれたら、おまえの知り合いだって死ぬんだぞ」

能見が厳しい口調で問い詰めたが、自分で宣言したとおり三原は黙り込んでしまった。もはや何を訊いても返事をしようとしない。途中まで情報を与えたのは、鷹野たちが右往左往する様子を見たかったからだろう。

今の事態は三原にとって、この世の最後の娯楽なのかもしれなかった。

2

尋問を能見に任せて、鷹野と沙也香は特別室を出た。

ちょうど隣の部屋から佐久間、国枝、溝口が出てきたところだった。彼らはマジックミラー越しに、今のやりとりを見ていたのだ。

「まずいことになりました。まったくの想定外です」沙也香が言う。

「致死性のウイルスだと？」佐久間は舌打ちをした。「情報の整理が必要だ。集まってくれ」

佐久間は足早に会議室へ入っていく。沙也香、鷹野、国枝と続き、少し遅れてノートパソコンを抱えた溝口もやってきた。

緊急のミーティングが始まった。

「要点をまとめる」ホワイトボードの前に立ち、佐久間はみなを見回した。「まず、三原咲恵の言っていることは事実か、それとも虚偽か」

小さく右手を挙げたあと、鷹野は発言した。

「確証はありませんが、三原の表情から、私は事実だと感じました。被害者たちの経歴からも、可能性はあると思います」

「私は懐疑的です」沙也香が言った。「いくら医学部出身の人間がいたからといって、個人でウイルスなんて開発できるものでしょうか」

「その件については、さっきから溝口が調べている。どうだ？」

佐久間に問われて、溝口はパソコンの画面から顔を上げた。

「装置さえあれば、笠原個人でも製造可能だと思われます。それから……大学などで長期保存するときはディープフリーザーを使うようです。製薬会社にいた真藤なら、機材の調達はできたでしょう」

「可能性だけを論じるのは危険だが……」

そう佐久間が言いかけると、国枝が口を挟んだ。

「たしかに確証はありません。ですが、ここはウイルスが存在すると仮定して対処すべきだと思います。万一、致死性のウイルスが広まったら、取り返しのつかないことになります。私たちは今、それを阻止できるかどうかの瀬戸際にいると考えるべきです」

いつになく真剣な国枝を見て、佐久間はじっと考え込んだ。だが数秒で気持ちを固めたようだ。彼ははっきりした声で言った。

「わかった。ウイルスは存在するという前提で話を進めよう。……笠原はいつ、どこでウイルスを製造したんだろうか」

「大学で作っていたとは考えにくいですね」沙也香が答えた。「資金が出来てから、どこかのアジトに機材一式を用意したんじゃないでしょうか」

「よし。笠原の経歴や関係者を洗い直そう。どこかにセカンドハウスを持っているかもしれない」

「溝口くん、ひとつ教えてくれるかい。ウイルスって持ち運びできるのかな」

国枝に問われて、溝口は素早くキーボードを叩いた。

「低温での管理が必要なウイルスだとしても、医療用保冷バッグでOKでしょう。ウイルス自体はごく小さなもので、ほんの一滴の生理食塩水に十億個ほど仕込むこともできます」

「どこへでも持っていけるってわけか」国枝は顔を曇らせた。「かなり厄介ですね、班長」

たしかにな、と佐久間はうなずいた。

「第一に、製造場所はどこかという問題がある。真藤、笠原、堤の家や関係先を徹底的に捜索しよう。それと同時に、三原咲恵が出入りしていた場所も調べる。三原は午後八時にウイルスが撒かれると話していた。おそらくタイマー式の装置を作ったんだろう。どこかのアジトにあるその装置を、至急見つけなくてはならない」

わかりました、と鷹野たちは答えた。だがここで、沙也香がゆっくりと手を挙げた。

「すみません、ひとつ思いついたことがあります。おかしなことを言って、現実になってしまったら嫌なんですが……」

「言霊ですか？」鷹野は沙也香に尋ねた。「でも、今は何でも発言したほうがいいと思います。後悔したくはないですからね」

そうね、と応じてから、沙也香は佐久間のほうに真剣な目を向けた。

「もし簡単に持ち運びができるのなら、ウイルスはアジトに保管されているだけではないかもしれません。三原はウイルス拡散装置――いえ、ウイルス爆弾のようなものを、どこかに仕掛けたんじゃないでしょうか」

「ウイルス爆弾？」

「午後八時に中身が漏れ出すような、ごく簡単な装置でかまわないわけですよね。それを大勢の人が集まる場所に設置したら、あっという間に感染が広がるはずです。どれほどの被害者が出るか、想像もつきません」

佐久間の頬がぴくりと動いた。普段、無表情な彼にしては珍しいことだ。口の中で何かつぶやいていたが、やがて佐久間はみなの顔を見回した。

「ウイルスを拡散させる装置が付いているとしたら、それほど小さなものではないだろう。なんとしても発見するんだ。……そのほか、何かあるか？」

はい、と鷹野は言った。

「真藤のベルトに隠されていたブツの件ですが、何かのデータが保存されていた可能性があります。そちらも見つけないと」

「そうだったな。三原の家はサポートチームが調べ尽くした。隠しているとすれば、ほかの場所だと思う。全員これからの捜索活動で、ブツの行方についても注意を払ってくれ」

わかりました、とメンバーたちは答えた。

ドアがノックされ、能見が入ってきた。特別室に施錠して、ミーティングに参加することにしたようだ。彼は椅子に掛けると、佐久間に向かって言った。

「駄目ですね。三原の奴、本当に口が堅くて……。そちらはどうですか」

「今、方針が決まったところだ」

能見にミーティングの内容を伝えたあと、佐久間はホワイトボードに捜査の割り振りを書いた。佐久間班のメンバーは、ウイルスの捜索を最優先とする。サポートチームには、真藤や三原たちの周辺を調べてもらう予定だ。

メンバーたちは自分の担当範囲について、過去の資料を確認し始めた。捜査対象となる人物は、何かを隠せるような建物に出入りしていなかったか。あるいは別宅を所有していなかったか。そういう情報を探すのだ。

沙也香と鷹野は、三原咲恵の関係先を当たることになった。

手早く資料をチェックし、ふたりで情報をすり合わせる。地図を見ながら、このあとの活動計画を立てた。

「三原の友人、知人を訪ねましょう。美術専門学校でも話を聞くべきですね」

「私もリストアップしておいた。優先順位を決めて、急いで行動しないと」

鷹野は腕時計を見た。まもなく午前十時半になるところだ。三原の言ったことが事実なら、カタストロフまであと九時間半しかない。

脳裏に嫌な光景が浮かんできた。ウイルスが空気中に撒かれ、一般市民が次々倒れていくシーンだ。本当にそんなことが起こるのか、という疑念は今もある。だが三原の言葉がハッタリだと決めつけるのは、あまりにも危険なことだった。

一刻も早く、ウイルス拡散装置を見つけなければならない。非常に困難な任務だというのは、よくわかっていた。これは時間との闘いなのだ。


覆面パトカーに乗って、鷹野と沙也香は捜索を始めた。

リストに従って、三原咲恵の友人、知人、関係者に当たっていく必要がある。まず高田馬場にある美術専門学校を訪ねた。応対してくれたのは総務課の課長だった。


「三原咲恵さんについてお訊きしたいことがあります」鷹野は早口になりながら言った。「彼女をご覧になっていて、気がついた点はなかったでしょうか。何かを調べていたとか、誰かと頻繁に連絡をとっていたとか」

鷹野の勢いに驚いたのだろう、課長は戸惑っているようだ。

「いや、どうでしょう。昨日も別の刑事さんたちに質問されましたが、特に思い出すことはなくて……」

「勤務態度はどうでした?」沙也香が尋ねた。「急に休みをとることなどは?」

「休むときにはきちんと連絡をくれましたね。それに三原さんは講師なので、授業に来ていただく時間はもともと限られていたんです」

つまり平日でも、犯行に使う時間は充分あったということだ。次の計画を練ったり、犯行現場の下見をしたり、警察の動きを探ったり、さまざまな準備ができただろう。

「親しかった先生はいらっしゃいませんか」

「ああ、それでしたら講師の方がひとり……」

課長は一旦部屋を出て、数分後に戻ってきた。二十代後半だろうか、眼鏡をかけた、おとなしそうな女性が一緒だった。

「浦辺《うらべ》と申します」

相手が警察官だと聞いているせいか、彼女はおどおどした様子で頭を下げた。ひとめ見て、浦辺は犯罪者になるようなタイプではないと思えた。

「警視庁の鷹野です。三原さんと親しくなさっていたとか」

「あ、いえ、それほど親しかったというわけじゃないんですが……」

「お話をされたことはありますよね。思想とか信条に関することで、三原さんから勧誘を受けていませんでしたか」

浦辺の表情に変化がみられた。何か思い当たることがあるのだろう。

「我々は今、三原さんから話を聞いているところです」鷹野は真剣な口調で言った。「彼女はある人物を崇拝し、何かの計画を立てている可能性があります。大きな事件になるかもしれません。知っていることがあれば話していただけませんか」

鷹野の言葉を聞いて、浦辺は動揺しているようだ。少し考えたあと、彼女は口を開いた。

「……携帯で、あるウェブサイトを見せてもらったことがあります。変な画像や動画ばかりで、私には合わないと思ったものですから、遠回しにそう伝えました。三原さんは残念そうでしたけど、それ以上しつこく誘われることはありませんでした」

ダークウェブにある里村悠紀夫の動画だろう。三原は周囲の人間にあの動画を見せ、感触がよければ仲間に引き込もうとしていたのかもしれない。

「三原さんを見ていて、どうでしたか。誰かを強く批判していたとか、何かを起こす予定を立てていたとか、そんな気配は？」

「あの……関係あるかどうかわからないんですけど、伊豆《いず》だか箱根《はこね》だかに車で行くつもりだと、話していたことがありました。普段は旅行の話なんてしない人なので、ちょっと意外に思って」

そこに何かあるのだろうか。鷹野は手早くメモ帳を調べてみた。しかし三原の知人や親戚で、伊豆や箱根に住む人はいないはずだ。

礼を述べて、鷹野たちは美術専門学校を出た。

引き続き三原の関係者を訪ねて回ったが、これといった情報は出てこない。鷹野の中で焦りが大きく膨らんできた。カタストロフが始まる午後八時に向かって、見えない手で背中を押されているような気分だ。

捜査の途中、溝口から電話があった。まだほかのメンバーやサポートチームから、ウイルス拡散装置に関する報告はないという。

「今、科捜研や科警研とも連絡をとり合っています。もし装置が見つかったら、NBCテロ対応専門部隊がすぐ出動する予定です」

「場所がわからないから、事前に動いてもらうことはできないな……。とにかく、一分でも早く見つけるしかない」

「あまり考えたくはないんですが、一応情報として伝えておきます」溝口はあらたまった調子で言った。「三原の話を信じるなら、ウイルスを吸い込んでから死亡するまで四十八時間あります。その間に、咳や呼気から他人に感染させてしまう可能性が大いにあります」

「一度、保管容器から出てしまったら終わりということだな」

「無毒化する方法はあるんですよ。一般的なウイルスは塩素系の消毒薬などに弱いそうです。あとは焼却するとか、電子レンジで高温にしてしまう手もありそうです」

「あまり現実的な話じゃないな。やはり、見つけたら専門部隊を呼ぶのがよさそうだ」

「僕もそう思います」

念のため、三原が伊豆や箱根に行くと話していたことを、溝口に伝えておいた。ほかのメンバーやサポートチームにも情報を共有してくれるよう依頼する。

電話を切ると、鷹野は今の内容を沙也香に伝えた。彼女は難しい顔をしてつぶやく。

「みんな苦戦しているのね。とにかく手がかりが少なすぎる……」

鷹野と沙也香はさらに聞き込みを続けた。

国枝から連絡があったのは、午後三時過ぎのことだった。

「三原が持っていた携帯電話を調べたら、真藤、笠原、堤の遺体写真が出てきました。損壊したところを撮影したようですな。まったく趣味の悪いことです。ところで、その写真の中にマイクロSDカードが写っていました」

「もしかしたら、真藤の消化器から取り出したものでしょうか？」

「ええ、おそらく。しかし三原の家から押収したものをチェックしても、カードは見つからないんですよ。まだ奴の家にあるのか、あるいは別の場所に隠したのか……」

数秒考えたあと、鷹野は国枝に言った。

「三原のマンションをもう一度調べてみます。カードが見つかれば、ウイルスのことがわかるかもしれない」

電話を切って沙也香に相談すると、彼女も賛成してくれた。

「ほかのメンバーが見落としている可能性もある。私たちの目で確認しましょう」

仲間を信用していないわけではない。だが、誰にでもミスはあるものだ。

鷹野たちは車に乗り込み、練馬区桜台に向かった。

鍵を開け、部屋の中に入っていく。

昨日の夕方、三原咲恵と激しく格闘した場所だ。それまでの真面目でおとなしかった印象を一変させ、三原は人質を殺害しようとした。すぐに逮捕されるとわかっていただろうに、もうひとり殺すと息巻いた。あの悪意や殺意はどこから出てきたのだろう。

手分けをして、鷹野と沙也香は室内を調べ始めた。一通り捜索は済んでいるはずだから、ブツが隠されているとしたら、たぶん思いもよらない場所だろう。書棚や机、食器棚などを動かしてカーペットの下までチェックしてみる。ダクトの中や冷蔵庫の食品まで確認していく。だが、マイクロSDカードは見つからない。

一時間ほど作業をしたころ、沙也香が話しかけてきた。

「やっぱりこの家にはないのかしら」

「そうですね。これだけ捜して見つからないとなると、どこか別の場所なのかも……」

鷹野は台所に行って椅子に腰掛け、ひとつ息をついた。何気なくテーブルの上に目を向ける。先に捜索したメンバーが証拠品保管袋を残していた。中には自動車のキーが一本入っている。

手袋を嵌めた手で、鷹野はそれをつまみ上げた。

「三原は車に乗っていたんでしたね」

「ほかのメンバーが車の中も調べてくれたはずだけど」

ですよね、と鷹野は答えた。だがそのとき、頭の中にひらめくものがあった。

「三原は、車で伊豆だか箱根だかに行くと話していた。もしかしたら……」

キーを持って立ち上がり、急いで玄関に向かう。靴を履いて共用廊下に出ると、鷹野は非常階段を駆け下りていった。

裏の駐車場に回り、袋にメモしてあったナンバーを探す。三原の車は白いセダンだった。ドアを開け、運転席に乗り込む。

「車の中で、見落とす場所なんてある？」

沙也香が助手席のドアを開けて、車内を覗き込んだ。

「一通りは調べてくれたでしょう。でも、ここはどうですかね」

鷹野はカーナビゲーション装置に手を伸ばす。液晶画面を手前に倒すと、うしろにメディア用のスロットがあった。挿入されていたSDカードを抜き出してみる。当たりだ、と鷹野は思った。それはマイクロSDカードを普通のSDカードとして使うためのアダプターだったのだ。最初からカーナビ用に準備したのなら、わざわざアダプターを使う必要はないだろう。

「見つけました！　三原はここにカードを隠していたんです」

「中を見られるかしら」

鷹野と沙也香は自分たちの車へと走った。後部座席でノートパソコンを起動してから、鷹野は溝口に電話をかけた。

「マイクロSDカードが見つかった。パソコンでデータを確認したい。指示してもらえるか？」

溝口はすぐに状況を理解してくれたようだ。

「わかりました。カードの中にはどんなフォルダーがありますか？」

鷹野はパソコンのタッチパッドを素早く操作する。

「……まず『Apophis』というのがある。これは『アポピス』のことじゃないかな」

「やった、それビンゴですよ」

「フォルダーにはドキュメントファイルがたくさん入っている。PDFファイルもあるな。ドキュメントを開いてみよう。……やはりそうだ！　これはウイルス製造に関する資料だ」

「ついに見つけましたね！」

電話の向こうから溝口の興奮した声が聞こえてきた。鷹野はさらに操作を続ける。

「『Apophis』とは別に『Disaster』というフォルダーがある。『災害』という意味だよな。これは作成日が新しい。四月十日ということは……真藤が殺害されてから五日後だ」

「となると、そのフォルダーは三原が作った可能性が高いですね」

「奴が『災害』と名付けたのなら、テロ計画じゃないだろうか」

それを聞いて、隣にいる沙也香が眉をひそめた。

鷹野はフォルダーを開いて、格納されているファイルをクリックしてみた。

「駄目だな。Disaster のほうはドキュメントが開けない。パスワードがかかっている」

「こっちで調べます」溝口は言った。「カードの中身を送ってもらえますか」

「わかった。すぐに送る」

Apophis と Disaster のほかにもフォルダーがいくつかあったが、すべて送信することにした。データ量はそれほど大きくない。すぐに送信は完了した。

「OKです。鷹野さん、受信できました。科捜研や科警研にも手伝ってもらいます。何かわかったら連絡しますから」

「よろしく頼む」

電話を切って、鷹野は沙也香のほうを向いた。

「解析が終わったら連絡が来ます。テロ計画の内容がわかるかもしれない」

「ウイルスのこともね。何か対処法が書かれているといいんだけど……」

「結果が出るまで、我々は聞き込みを続けたほうがいいでしょうね」

鷹野は面パトを降りて三原の車に戻った。ドアを施錠して、マンションの部屋に向かおうとする。だがそのとき沙也香が足を止め、首をかしげた。

「三原はこの車に乗っていたのよね。カーナビがあるということは、もしかしたら……」

彼女の言葉を聞いて、鷹野もはっとした。それに気づかなかったのは迂闊だった。

「たしかにそうです。調べてみましょう」

三原の車にもう一度乗り込み、カーナビを操作してみた。

目的地の画面には何も登録されていない。履歴を確認しようとしたが、こちらも駄目だろうか。いや、一件だけ消し忘れたらしい走行履歴が見つかった。

「小平市《こだいら》だ」鷹野は言った。「住宅街の一画です。三原のアジトかもしれない」

「確認が必要ね」

「ええ。急ぎましょう」

小平市内の住所をメモして車を降りた。沙也香は電話をかけている。佐久間たちにこの状況を報告しているようだ。


三原の部屋を施錠するため、鷹野は一旦マンションに戻った。室内はかなり散らかってしまったが、今は仕方がない。手早く鍵をかけ、エレベーターで一階に下りる。

この先の移動経路を、頭の中で組み立ててみた。この時間帯だと、桜台から小平市まで四、五十分かかるだろうか。腕時計を見ると、まもなく午後五時になるところだった。

——ウイルスの流出まで、あと三時間しかない。

三原のアジトにはウイルス拡散装置があるのだろうか。今の段階では確証がないから、NBCテロ対応専門部隊を呼ぶわけにはいかない。まずは自分たちの目で確認することだ。

沙也香とともに車へ乗り込み、鷹野はエンジンをかけた。

3

買い物に出かける主婦や、学校帰りの小学生たちが歩道を行き交っている。

　午後六時五分。日没の迫った住宅街を徐行していくと、前方に目的の建物が見えてきた。

「三原のカーナビに残っていた住所はあそこです。慎重に行きましょう」

「食品工場かしら。ずいぶん古いみたいね」

　フロントガラスの向こうに目をやりながら、沙也香が答えた。

　鷹野たちは車を降りて、建物に近づいていった。看板を見上げると、菓子工場の名前が記されている。だが前庭には雑草が生《は》え、あちこちにペットボトルなどのごみが落ちていた。廃業してからかなり経つようだ。

「隠れて何かするには、もってこいの場所ですね」

鷹野はささやいた。

「どうする？　所有者に許可をとるつもり？」

「いえ、時間がありません。中に入りましょう」

「あなたも、だいぶ公安部員らしくなってきたわね」

　そんなことを言いながら、沙也香は両手に白手袋を嵌めた。鷹野もそれにならう。

　門扉はなく、そのまま敷地内に入ることができた。雑草を踏みながら正面の出入り口に近づいていく。ドアハンドルに手をかけたが、施錠されていることがわかった。

　鷹野たちは建物の周囲を一回りしてみた。裏手に搬入口があり、ドアの錠が壊されていた。何者かが侵入したことは間違いないだろう。

　静かにドアを開け、そっと内部の様子をうかがう。見える範囲には誰もいない。靴音を立てないよう注意しながら中に入った。

　まだ日没前なので、ペンライトは必要なさそうだ。

そこは調理場だった。学校の給食施設ほどの広さで、流し台やガスコンロが設置され、菓子を入れるケースが積み上げられている。かすかに甘い香りがするように思ったのは、気のせいだろうか。

一通り室内をチェックしてみたが、不審なものは見つからなかった。

この調理場は異状なしだ。鷹野と沙也香は、奥に向かうドアへ近づいた。耳を澄ましてみたが、何も聞こえてこない。

そのとき背後から、かたん、と音がした。

驚いて鷹野たちは振り返る。素早く身構えたが、誰かが襲ってくることはなかった。よく見ると、床の上に菓子の容器が落ちていた。通用口から風が入って、バランスが崩れたらしい。

ひとつ息をついてから、鷹野たちは再び奥のドアに向かった。ドアハンドルに手をかけ、そっと開けてみる。隙間から中を覗き込んだが、人影は見えない。

隣の部屋は以前、事務室だったのだろう。壁際にはスチールラックがあり、中央には四つの机が島のように寄せられている。机の上を見て鷹野は眉をひそめた。

ビニールシートが広げられ、金属片やネジ、リード線、そして時計の部品に似たものが残されていたのだ。

――やはり、ここが三原のアジトだったのか。

だが肝心の装置は見当たらない。沙也香とともにほかの部屋もくまなく調べたが、何も発見できなかった。

「悪い予感が当たってしまった」室内を見回しながら、沙也香は言った。「三原は本当にウイルス拡散装置を作った可能性がある。現物はもう、どこかに仕掛けられているのかもしれない」

「ここには、ウイルスに関する資料はないですね。装置を作ってウイルスを仕込むだけだから、資料を見る必要はなかったわけか……」

沙也香は机の上の部品などを調べている。その間に鷹野は携帯を取り出し、アジトを発見したことを佐久間に報告した。

「冷凍保存用の装置は残されていないんだな？」

「はい。冷凍庫もポータブルフリーザーもありません」少し考えてから、鷹野は付け加えた。「もし空気中にウイルスが漂っていたら、我々はもう感染しているかもしれませんが」

隣で聞いていた沙也香が、眉根を寄せてこちらを見た。言霊を信じる彼女にとって、鷹野の発言は不快に感じられたのだろう。

「その点は安心していい」電話の向こうで佐久間が言った。「今、科捜研と科警研の合同チームが、マイクロSDカードのデータを解析している。Apophisというフォルダーの中身は、やはりウイルス関連の資料だった。アポピスウイルスは、空気中では二十四時間ほどで死滅するらしい。おまえたちが三原を捕らえてから、すでに二十時間以上経っている。奴が装置を仕掛けたのはもっと前のはずだから、感染の危険性は低い」

それを聞いて鷹野は安堵《あんど》した。よけいなことを気にせず、引き続き捜査に専念できるわけだ。

「ほかのメンバーからの報告だが……」佐久間は続けた。「笠原は箱根に別荘を持っていた。さっき捜査員が到着して、屋内を調べているところだ。小規模ではあるが、陰圧室などを備えた研究設備が見つかったらしい」

「本当ですか？　そこにウイルスは？」

「ディープフリーザーに何か入っているというので、絶対に触らないよう指示した。このあとNBCテロ対応専門部隊から、何名かが出発するところだ。たぶん三原咲恵はマイクロSDカードを調べて、笠原の別荘を知ったんだろう。ポータブルフリーザーか保冷バッグなどで、ウイルスの一部を持ち出したのだと思われる」

「少量でも大勢の人間を感染させることができますからね。そして感染した人が、周りにウイルスを撒き散らし始める……」

やがて爆発的に感染が拡大していくのだろう。そうなってしまったら手の打ちようがない。

「念のため、この建物をもう少し調べます」

鷹野が電話を切ろうとすると、佐久間が早口で声をかけてきた。

「ちょっと待ってくれ。溝口から話があるそうだ」

数秒後、溝口の声が聞こえてきた。

「マイクロSDカードにDisasterというフォルダーがありましたよね。その中のファイルを、ひとつ開くことができました。やはりテロ計画のメモです。今日の二十時に仕掛けが発動するよう、ウイルス拡散装置を設置したとみられます」

「場所はわかるのか?」

「具体的な場所はわかりません。ただ、二千席以上あるコンサートホールを狙う、とメモされていました」

「コンサートホール?」

そういうことか、と鷹野は思った。閉ざされた空間に、大勢の人が集まる施設だ。

「感染してから死亡するまで、四十八時間だったな」

「そうです。自覚症状のない人たちが体内にウイルスを持ったまま、電車やバスに乗ってうちに帰る。翌日の朝には学校や会社に行く。どれだけ感染が広がるかわかりません」

その様子を想像して、鷹野は眉をひそめた。世界の終わりは、すぐそこまで迫ってきている——。

電話から、また佐久間の声が聞こえた。

「狙いは首都圏のどこかにあるコンサートホールだろう。今、座席数二千以上のホールをピックアップさせているところだ。……鷹野たちは小平市にいると言ったな。そこからだと八王子《はちおうじ》が近い」

「八王子のどこです?」

「駅のそばに八王子文化ホールというのがある。すぐに移動してくれ」

「わかりました。何かあったら連絡します」

「こちらからも随時、情報を流す」少し間をおいてから佐久間は続けた。「頼むぞ、鷹野」

その言葉を意外に感じて、鷹野は携帯を握り直した。姿勢を正して力強く答える。

「了解しました」

通話を終えると、鷹野は沙也香のほうを向いた。

「二千席以上のコンサートホールが危ないそうです。我々は八王子文化ホールを調べます」

「わかった。すぐ移動しましょう」

鷹野は沙也香とともに廃工場を出て、車に向かった。

なんとしても計画を阻止しなければ、という強い思いがある。警察官としてはもちろん、この東京で暮らす人間のひとりとして、致死性ウイルスの流出など絶対に許すわけにはいかなかった。


途中、渋滞に捕まって時間をとられた。

焦りと苛立ちを感じながら鷹野はハンドルを握っている。前に並んだ車列を見ているうち、急に現実感を失った。今、自分たちが殺人ウイルスを探しているという事実が、夢の中の出来事のように思われる。もしウイルスが蔓延《まんえん》したら、配達をしている車も、営業所に向かう車も、レジャーに行く車も、すべて意味を失ってしまうだろう。道端に人々の遺体が転がる光景を思い浮かべて、鷹野は戦慄《せんりつ》した。

「私のせいかもしれない」

急に沙也香がそんなことを言ったので、鷹野は驚いた。

「どういう意味です？」

「佐久間班に来てから、大きな事件に当たることが多くて……。私が悪運を引き寄せているような気がする」

沙也香にしては気弱な発言だ。ウイルスという未知の脅威を前にして、さすがの彼女も不安を感じているのだろう。

できるだけ穏やかな調子で、鷹野は話しかけた。

「氷室さんが優秀だからですよ。あなただからこそ、佐久間班長は難しい任務を命じるんだと思います。信用されているということです」

だが、沙也香は窓の外をじっと見つめたままだ。

「世界新生教の本部にガサ入れしたとき、教祖が私に言ったの。おまえには不幸を呼ぶ相があるって。業の深い女だ、とも言っていた。昔のことを思い出して、はっとしたわ。私はエスを何人も切り捨ててきたし、死なせてしまったこともある」

「どうしたんですか。氷室さんらしくもない」

鷹野が尋ねると、沙也香は助手席でわずかに身じろぎをした。

「……ごめんなさい。少しナーバスになっているのかもしれない」

「大丈夫ですよ。冷静に対処すればいい。今までずっと、そうしてきたじゃないですか」

ええ、そうね、と沙也香は小さくうなずいた。

鷹野たちが八王子文化ホールに到着したのは、午後七時二十分のことだった。

車を降りて正面入り口まで走っていく。掲示板を見ると、今日の催しはクラシックのコンサートだとわかった。六時半に開演しているから、すでに五十分ほどが経過している。

ロビーに入っていくと、すぐに係員の女性が見つかった。鷹野は素早く警察手帳を呈示する。

「このホールに危険物が仕掛けられた可能性があります。責任者はどちらに？」

女性は慌てた様子で同僚に声をかけ、インカムで上司を呼んでくれた。一分ほどでスーツ姿の男性がやってきた。このホールの支配人だそうで、添島《そえじま》と名乗った。

「あの……危険物というと、どういったものでしょうか」

ウイルスの拡散装置だなどと言ったら、話がややこしくなるだろう。少し考えてから鷹野は答えた。

「はっきりしませんが、爆発物のようなものかもしれません」

「私どもに脅迫電話などは来ていませんが……」

「警察が独自にキャッチした情報です。午後八時に起爆する可能性があります」

添島は腕時計を見て、落ち着かない表情になった。

「あと四十分ほどですか？　しかし、今は公演の最中です。いったいどうすれば……」

すみません、と言って沙也香が間に割って入った。

「このホールの収容人数はどれぐらいですか？」

「三階席まですべて合わせると二千人ほどです。今日は少し空席がありますが、それでも千九百人は入っているんじゃないかと……」

「何かあれば、千九百人ほどの命が危険にさらされるわけですよね。放っておいてはまずいでしょう」

「それはそうですが、爆弾が仕掛けられたというのは本当なんでしょうか。客席については開演前、係員が念入りにチェックしています。不審なものは何もありませんでした」

添島は真顔になってそう主張した。彼の言うこともわからなくはない。もし何も見つからなかった場合、誰が責任を取るのかという問題になるのだろう。

「だったら、こうしましょう」鷹野は提案した。「まずは建物の外周やロビー、楽屋、その他の施設を見せてください。それなら許可をいただけますよね？」

「ええ、それでしたら……」

添島はうなずいた。鷹野は沙也香のほうを向く。

「俺はまずホールの外側を見て、そのあとロビーを調べます。……氷室さんは一階の施設をチェックしてもらえますか」

「楽屋やトイレ、事務室……。そういった場所ね」

「一階が終わったら二階に行ってください。あとで追いかけます」

「わかった。急ぎましょう」

沙也香と別れて、鷹野はホールの外に出た。時計回りに建物の外周を見ていくことにする。ごみ箱や自販機の下、植え込みの中などを覗き込んだ。建物の裏に回ると、シャッターの下りた搬入口や通用口があった。ぐるりと回ってみたが、気になるものは何もない。

正面からもう一度建物に入り、今度は一階ロビーを捜索した。飲食スペースに続いて売店を調べていると、沙也香がトイレから出てくるのが見えた。

「男性用、女性用、どちらのトイレも問題なかった。楽屋と事務室はもう調べてある」

「よし。次は二階です」

沙也香と並んで階段を駆け上がっていく。添島も不安そうな顔でついてきた。

鷹野たちは二階の男女トイレ、休憩スペースなどをチェックした。さらに三階も確認してみたが、やはりおかしなものは見つからなかった。

「何もありませんよね？」添島が言った。「見慣れないものが置いてあれば、私どもでも気がつきますから」

しかし、と鷹野は思った。三原は綿密に計画を立てる人間だ。どこか、わかりにくい場所に装置を隠しているのではないだろうか。

腕時計を見ると七時四十九分だった。

「ほかに、何かを収容できるような部屋はありませんよね？」

念のためにそう訊くと、添島は記憶をたどる表情になった。ややあって、彼は何か思い出したという顔をした。

「そういえば、空調機械室というのがありまして……」

ぎくりとして鷹野は添島を見つめる。名前のとおり、その部屋は空気の循環などを制御しているはずだ。途端に嫌な予感が膨らんできた。

「関係者以外がそこに入ることは可能ですか？　建前はともかく、実際にはどうです？」

添島はしばし考え込む。それから何度か咳払いをした。

「事務室に鍵がありますので、まあ、中に入るのは可能かもしれません。次の公演が始まる前、大道具の仕込みなどの期間は、人の出入りが多くてばたばたしますから」

「その機械室へ案内していただけますか」

鷹野が真剣な顔で言うと、添島は小さくうなずいた。

彼は事務室で鍵を手に取ったあと、鷹野たちを一階のバックヤードに案内してくれた。関係者用通路の奥に搬入スペースと通用口があり、貨物用エレベーターの扉が見える。その隣の部屋に《空調機械室》というプレートが掛かっていた。

添島は鍵を使って機械室のドアを開けた。壁を探り、照明のスイッチを押す。

コンクリートが剝き出しになった殺風景な部屋だった。壁際に箱形の大きな機械が並び、太いダクトが何本も走っている。

鷹野と沙也香は、空調機器やダクトの陰を確認していった。あちこちに暗がりがあり、何かを隠すには最適な場所だと思われる。

調べ始めてわずか二十秒ほどで、沙也香の声が聞こえた。

「これかもしれない……」

彼女の顔がひどく強張っていた。鷹野は表情を引き締めて、そちらに近づいていく。

沙也香が指差していたのは段ボール箱だった。引っ越しや古い道具の保管に使われるような、よくあるタイプの箱だ。だが、はたしてその中身は普通の品なのだろうか。

手袋を嵌めた手で、鷹野は慎重にガムテープを剝がしていった。ゆっくりと箱の上面を開いてみる。

中に入っていたのは見慣れない装置だった。小型のボストンバッグほどの、四角い金属製の箱。おそらく保冷バッグだろう。その上にプラスチック製の容器と小さなタイマーが取り付けられていた。今、タイマーではカウントダウンが行われている。残り時間は三分二十二秒――。

間違いない。ウイルス拡散装置だ。

「添島さん、すぐにここから離れてください」

硬い声で鷹野が言うと、機械室の外にいた添島が怪訝そうな顔をした。

「どういうことです？」

「いいから早く離れて！　ずっと遠くに……ロビーに行ってください」

要領を得ないという様子だったが、添島は姿を消した。

鷹野は段ボール箱のそばにしゃがんで、手製の装置を観察した。沙也香も横から覗き込む。

「まずい……。もう時間がないわ」

「動かしていいかどうか、確認してみます」

携帯を取り出し、急いで佐久間に架電する。相手はすぐに出てくれた。

「佐久間だ。何か見つかったか」

「八王子文化ホールで拡散装置らしきものを発見。空調機械室にあります。タイマー表示はあと二分五十秒です！」

「わかった。溝口に代わる」

佐久間の声が遠ざかり、すぐに溝口の声が聞こえた。

「鷹野さん、どんな装置ですか？」

「段ボール箱に保冷バッグが入っている。密閉されていて中は見えないが、もう常温に戻っているだろう。そのバッグの上に、爆発物らしいプラスチック製の容器が取り付けられている。タイマー付きだ」

「そこは機械室でしたよね。今日、ホールに観客はいるんですか？」

「ああ、千九百人いる」

「そうですか」溝口は低い声で唸った。「人がいなければ機械室に封じ込める手もあるんでしょうけど……。ちょっと待ってください。すぐそばにNBC部隊の担当者がいるので訊いてみます」

溝口は近くにいる人物と早口で相談を始めた。ややあって、再び彼の声が耳に届いた。

「タイマーだけを外せそうですか？」

携帯を左耳に当てたまま、鷹野は右手を伸ばした。装置にそっと触れてみる。

「……タイマーだけを取り除くのは難しそうだ。でもその下の爆発物と一緒なら、外せるかもしれない。爆発物の容器は粘着テープで留めてあるように見える。外してみるか？」

「いや、それは……」

溝口はまたNBC部隊の担当者と話し始めた。返事を待つ間にもカウントダウンが進んでいく。残り、あと一分二十秒しかない。

「鷹野さん、どこか安全な場所に箱を移動できませんか」溝口が尋ねてきた。

「そんな場所があるなら教えてくれ」

「じゃあ、せめて風の通らない部屋は……」

「駄目だ溝口。もう時間がない」タイマー表示は残り一分を切っていた。「起爆装置を外してみる」

鷹野は携帯をポケットに入れ、沙也香のほうへ振り返った。

「氷室さんも外に出ていてください」

「でも……」

「ここは俺ひとりで充分です。急いで！」

ためらう様子を見せながらも、沙也香は廊下に出ていった。

ひとつ呼吸をしてから、鷹野は両手を段ボール箱の中に入れた。プラスチック製の容器に触れて、静かに保冷バッグから引き剝がそうとする。思ったよりテープの粘着力が強いようだ。

緊張で手が震えた。大きな危険を前にして、こんな方法しかとれないのかという思いがある。普通の爆発物なら、ひとけのない場所で起爆させる手もあるだろう。だがこの保冷バッグにはウイルスが入っている。装置が破損したら、アポピスが空気中に撒き散らされてしまうのだ。絶対に爆発させるわけにはいかない。

右手に力を入れていくうち、がた、と衝撃があった。爆発物と思われるプラスチック容器が外れたのだ。鷹野は容器を持って立ち上がった。素早く機械室から通用口まで走っていく。屋外に出ると、誰もいない場所に向かって容器を投げようとした。

だがそのとき、大きな爆発音が響いた。

風圧で吹き飛ばされ、鷹野は建物の壁に叩きつけられた。頭を強打して目の前が暗くなった。

数秒か、それとも数十秒経ったのか。ゆっくりと目を開けてみた。

コンクリートの上に倒れているのがわかった。右手に火傷《やけど》を負ったようだ。左の側頭部から出血していた。

「鷹野くん！」

沙也香が走ってくるのが見えた。彼女は険しい表情で鷹野の顔を覗き込む。

「俺は……大丈夫です。それより……あの装置は？」

「問題ないと思う。安心して」

「あそこに置いておくのは危険です。……車に積んだほうがいい」

体を起こそうとしたが、ひどいめまいに襲われた。目の前がぐらぐらして吐《は》き気《け》がこみ上げてくる。

「無理しないで。私がやっておく」

「すみません。これを……」

車のキーを渡すと、鷹野は深い息をついた。再びコンクリートの上へ身を横たえる。

沙也香は通用口から建物に入り、四十秒ほどで戻ってきた。両手で段ボール箱を抱え、衝撃を与えないよう慎重に足を運んでいるのがわかる。角を曲がって彼女は消えた。駐車場はここから約五十メートル離れたところにある。車に積んでおけば、吹きさらしの場所に放置するよりは安全だろう。

ハンカチを出して、鷹野は左側頭部に当てた。どうにか上体だけ起こして、壁にもたれかかった。目を閉じて何度か深呼吸をする。

しばらくして、ふと気がついた。沙也香は何をしているのだろう。もうそろそろ戻ってきてもいいころだが——。

何かに手間取っているのだろうか。ポケットから携帯を取り出し、沙也香に架電してみた。コール音が五回、六回と続くが、相手は出ない。

おかしい、と鷹野は思った。二度、三度とリダイヤルを繰り返し、四度目でようやく電話が繋がった。

「氷室さん、どうかしたんですか」

だが相手は黙ったままだ。鷹野はじっと耳を澄ました。五秒ほど経ったころだろうか、沙也香の声が聞こえてきた。

「箱は積み込んだ。だけど……私、やられてしまったみたい……」

鷹野は息を呑んだ。彼女の言葉の意味が、すぐにはわからなかった。

「いったい何があったんです？」

「積み込んでから段ボール箱を見たら……保冷バッグから何か気体が漏れていたの。私、それに気づいていなくて……。たぶん、かなり吸い込んでしまった」

「なぜ漏れたんです？　爆発はしなかったのに」

「そんなこと、私にもわからないわよ！」

沙也香は声を荒らげた。かなり感情的になっているようだ。

鷹野は記憶をたどってみた。そこで、もしかしたら、と気がついた。

「俺が爆発物の容器を外したとき、バッグに振動を与えてしまった。そのときか……」

フリーザーは爆発によって開く仕掛けになっていたはずだ。もともと蓋の締め付けが弱かったのではないか。だとしたら、鷹野が与えた振動のせいでアンプルなどが壊れ、ウイルスを含んだ空気が漏れ出したのかもしれない。

もしそうだった場合、鷹野自身も感染しているのか。いや、自分はすぐにバッグのそばを離れたから、無事なのだろうか。

とにかく彼女を落ち着かせなければならない。鷹野は静かな口調で問いかけた。

「まだ感染したと決まったわけじゃありません。今、どこにいるんです？」

「車の中よ。保冷バッグは、車に積んであったシートで二重にくるんでテープを貼った。完璧とは言えないけど、ある程度ウイルスの流出は防げると思う」

「わかりました。すぐ応援を呼びますから……」

その声を遮って、沙也香は言った。

「鷹野くん、聞いて。私はもう文化ホールの駐車場を出ているの。今は道端に停めているけど、電話を切ったらまた車を走らせる。他人には感染させないわ。どこか遠い場所に行って、私はひとりで……」

馬鹿な、と鷹野は思った。興奮した口調で、電話の向こうに話しかける。

「氷室さん、人のいないところで、しばらく待機してもらえますか。至急ＮＢＣ部隊を向かわせます」

「このウイルスには治療薬なんてないでしょう？ＮＢＣ部隊だってどうしようもないわ。むしろ私と接触することで感染リスクにさらされる」

たしかに沙也香の言うとおりだ。だが、簡単にそれを認めたくはなかった。

「何か方法があるはずです。そのための専門部隊じゃないですか」

「相手は未知のウイルスよ。対応方法なんて、この世に存在しないんだから」

「しかし……」

「今、アポピスを撒き散らす可能性がもっとも高いのは私よ。……私が誰とも接触しなければ、カタストロフは避けられる。それで三原の計画を阻止できる」

低く唸ってから、鷹野は携帯を握り直した。

「もう一度訊きますよ。今どこにいるのか教えてください。近くに何が見えます？」

「天罰かもしれない……」

「……え？」

鷹野は思わず眉をひそめた。いったい何の話だろう。

少し間を置いてから、沙也香は続けた。

「今まで私はいろんな人を騙してきた。私のせいで命を落としたエスもいる。だから、このへんでもう終わりにしたほうがいいんだと思う」

こんなことを言う人ではなかったはずだ。おそらく気が動転して、正しい判断ができなくなっているに違いない。鷹野は必死になって呼びかけた。

「氷室さん、あなたにはまだやるべきことがあります。北条さんの家族だって、見守ってあげなくちゃいけないでしょう？」

「……あとはあなたに任せる。頼むわね、鷹野くん」

「待ってください」

電話は切れてしまった。鷹野は急いでリダイヤルボタンを押す。だが何度かけ直しても、もう相手には繋がらなかった。沙也香が携帯の電源を切ったのだろう。

立ち上がろうとして鷹野は大きくよろめいた。そのままバランスを崩して、コンクリートの上に倒れ込んでしまった。

――ちくしょう。俺がうまくやっていれば……。

知識や経験を積み上げ、推理を重ねて最善の手を尽くす。それが鷹野のやり方だった。今まではたいてい、うまくいっていたのだ。だが今回それが通用しなかった。かつて、これほど自分の無力さを感じたことはなかった。

鷹野は壁を叩き、唇を噛んで空を仰いだ。

4

すっかり暗くなった駐車場に、まばゆいヘッドライトが走った。

数台のパトカーとともに、大型の特殊車両がやってくる。鷹野はフェンスにつかまりながら立ち上がり、大きく手を振った。それに気づいたのだろう、特殊車両はゆっくりとこちらへ向かってきた。

沙也香からの電話が切れたあと、鷹野はなんとか起き上がることができた。感染している可能性があると考え、ひとけのない駐車場の隅へ移動していた。頭から出血しているのを見て守衛が走ってきたが、近づかないでほしいと頼んだ。建物の中にいる添島支配人にも、そばに来ないよう伝えてもらった。その上で佐久間に連絡をとったのだ。

そして今、NBCテロ対応専門部隊の一部が到着したのだった。

特殊車両から隊員たちが出てきた。みな防護服を着て、厳重な感染予防態勢をとっている。その姿を見て、ようやく鷹野は安心することができた。あとは専門家に任せればいい。そう思った途端、コンクリートの上にへたり込んでしまった。慌てた様子で隊員たちが近づいてくる。

「どうしました。何か体に異変が？」

「いえ、すみません。……安心したら力が抜けてしまって」

「陰圧室に入っていただきます。わかっていると思いますが、あなたはウイルスに感染しているおそれがあるので……」

「指示に従います」鷹野はうなずいた。「勝手なことはしません。よろしくお願いします」

周りはみな防護服を着ている。そんな中、自分ひとりだけスーツ姿でいるのが、何か不思議なことのように思われた。隊員に促され、特殊車両に乗り込んでいく。

それから数時間、鷹野はさまざまな検査を受けた。その場でできることが済むと、特殊車両に乗ったまま八王子市内の病院に運ばれた。

事前に連絡を受けていたらしく、医師や看護師が防護服を着て現れた。彼らは鷹野を建物の中へ連れて行き、完全に隔離した状態でさらに細かい検査を行った。ほかの患者と会わないよう配慮しつつ、CTスキャンで頭蓋内の状態も調べてくれた。

頭の傷や右手の火傷の処置が終わると、ようやく病室に案内された。防護服姿の医師が言った。

「体温、血圧、血液の酸素飽和度などは正常。……気分はどうですか。何か違和感は？」

患者衣の襟を整えながら、鷹野は首を横に振る。

「頭が痛いのは傷のせいだし、肩が痛むのは打撲のせいですよね。感染症の自覚症状のようなものはありません」

このまま経過観察ということになるらしい。医師が出ていったあと、鷹野はサイドテーブルに手を伸ばして携帯電話を取った。佐久間の番号に架電する。

「はい、佐久間……」

上司の声が聞こえた。鷹野は携帯を握って表情を引き締めた。

「鷹野です。いろいろと手配してくださって、ありがとうございました」

「具合はどうだ」

「おかげさまで、今はなんともありません」

「まずは一安心といったところか」

いつものとおり冷静で、感情を抑えたような声だった。だがその声の中に、いくらか安堵の気配が混じっているように思われる。

「状況はいかがですか。氷室主任の手がかりは？」

「まだ居場所はわかっていない。このあとも情報収集を続けさせる」

「そうですか……」

「氷室は何か言っていなかったか?」

佐久間に問われて、鷹野は少しためらった。だが、隠してはまずいだろうと考えた。

「今まで人を騙してきたし、自分のせいで命を落としたエスもいる、だからもう終わりにしたほうがいいんだと、そんなことを言っていました」

「馬鹿が……」

佐久間がつぶやくのが聞こえた。言葉はきついが、沙也香をけなしたり、非難したりする雰囲気はない。鷹野が感じ取ったのは、佐久間の「嘆き」のようなものだった。

「俺にも責任がある」佐久間は言った。「氷室をこんな人間にしてしまった。あいつにはもう少し、気持ちの余裕が必要だったのかもしれない」

「そうですね。問題をひとりで抱え込んでしまうようなところがありますから」

佐久間とこんな話をしたのは初めてだ。彼が沙也香のことをどう扱ってきたのか、訊いてみたい気がする。だが、今はそのときではないだろう。

「マイクロSDカードの解析はどうなっていますか」

「溝口がまとめ役になって、科捜研、科警研、NBC部隊、それぞれに分析を進めてもらっている。アポピスウイルスの構造がだいぶわかってきた」

「笠原はひとりでアポピスを作ったんでしょうか」

「そのようだ。……応援のため、能見が箱根の別荘に向かっている。現地にサポートメンバーとNBC部隊が何人かいるから、合流して調べを進めることになっている」

「何かわかればいいんですが……」

「情報が入り次第、鷹野にも伝える。もっとも、おまえはしばらく動けないと思うが」

「ウイルスの性質がわかれば検査もできますよね?

感染していなければ捜査に戻ります」

「無茶をするのは氷室だけでいい。おまえはゆっくり休め」

電話は切れてしまった。

携帯をサイドテーブルに戻して、鷹野は小さく息をついた。ベッドの上に横たわり、灰色の天井を見上げる。

――氷室さんはどこに向かったんだ？

鷹野は沙也香の顔を思い出す。彼女はいつも鋭い目で周囲を見ていた。生真面目で他人に厳しいと同時に、自分自身にも厳しい性格だったのだろう。常に任務に追い立てられているような雰囲気があった。もしかしたら彼女は、この仕事に息苦しさを感じていたのではないか。だからこそ、もう終わりにしたいなどと考えたのかもしれない。

鷹野はあらためて携帯を手に取り、沙也香に架電してみた。通じてくれ、と祈るような気持ちで応答を待つ。

だが、今も電話は繋がらないままだった。

＊

分室で溝口晴人はパソコンを操作していた。

佐久間班のほかのメンバーは出払っているが、分室の中は慌《あわ》ただしい雰囲気だった。科学捜査研究所、科学警察研究所、ＮＢＣテロ対応専門部隊などから担当者が訪れている。マイクロＳＤカードに記録されていたデータはここで調査され、各研究室に送られていた。それらをもとに、アポピスウイルスの情報解析が急ピッチで進められているところだ。

科捜研、科警研の研究室では今、何十人という職員が全力を尽くしているだろう。ほかの作業を一旦止め、佐久間班のために分析を続けてくれているのだ。

最初のうちは、次々上がってくる情報に翻弄《ほんろう》されてしまった。各所への連絡が追いつかず、パニック状態に陥りかけた。だが科捜研の職員たちに助けられ、どうにかスムーズに連絡がとれるようになった。

これまで溝口は単独で仕事をする機会が多く、今回のような経験はほとんどなかった。いざというとき、助けてくれる人がいることのありがたさを、強く感じることになった。

少し余裕ができたので、溝口はデータ解析を職員たちに任せ、別件の作業にとりかかった。Nシステム——自動車ナンバー自動読取装置のチェックだ。

Nシステムのカメラは高速道路や主要な一般道路に設置されていて、通過した車のナンバーを記録することができる。沙也香の運転する車がカメラの下を通れば、自動的にそのポイントがわかるはずなのだ。

すでに何度か調べているのだが、まだ一度もヒットしていなかった。その後、新しいデータは上がってきていないだろうか。

溝口は期待を持ってデータを調べてみた。しかし結果を見て落胆することになった。沙也香の車は今もシステムに引っかかっていない。高速道路や幹線道路を避けて移動しているのか、あるいはもうどこかに身を潜めてしまったのか。どちらとも判断がつかなかった。

なぜ沙也香はこんなことをしたのだろう。無謀だ、という思いが強かった。

佐久間班長によれば、鷹野と沙也香は一緒に八王子文化ホールを捜索していたそうだ。だが鷹野は爆発物で負傷し、沙也香はウイルスとともに行方をくらました。感染してしまったから身を隠そうとしているらしい。

他人にうつさないためだというのはわかる。しかし考えようによっては、彼女はウイルスを所持した危険人物だ。保冷バッグの中のアポピスを、確実に処分することはできるのだろうか。もし車で事故でも起こして、ウイルスが拡散されてしまったらどうするのか。

――あの人、前から危ういところがあったんだ。

溝口が佐久間班に入ったのは、今から五年前のことだ。以前は捜査一課科学捜査係でIT関係の捜査を担当していたが、仕事で問題を起こしてしまった。幼《おさな》なじみの女性がストーカー被害に遭っているというので、相手の男のことを調べ、彼女に情報を伝えたのだ。だが実際には、ストーカー行為を続けていたのは彼女のほうだった。

上司に咎められ、溝口は処分を受けそうになった。そのとき助けてくれたのが佐久間班長だ。新しい部署にIT関係の人間が必要だ、と佐久間は言った。不祥事を起こした自分をメンバーにして大丈夫なのか、と溝口はおそるおそる尋ねた。

「今までのことは関係ない。これから俺の言うことを聞けるかどうかだ」

佐久間はそう答えた。ほかに受け入れてもらえる場所はないだろうと思い、溝口は公安部員になることを承諾した。

自分を拾い上げてくれた佐久間には恩義がある。できるだけ役に立ちたい、同僚たちともうまくやっていきたい、という気持ちがあった。能見は野卑《やひ》で口の悪い男だったが、それだけ仕事熱心だというべきだろう。国枝は一見、得体の知れない感じがあったが、とても話しやすい相手だった。

だが氷室沙也香には、なかなか慣れることができなかった。いつも澄ましていて、とっつきにくい印象があった。話し方もきついことがある。勤務態度がよくない、と溝口を注意することも少なくなかった。要するに、溝口にとっては苦手な存在だったのだ。

そんな沙也香でも、戸惑う姿を見せたことがあった。鷹野秀昭がこの部署にやってくると知ったときだ。佐久間から鷹野のことを聞かされて、沙也香は動揺しているようだった。何か事情があるのだろうが、溝口は穿鑿しなかった。自分には関係ないことだと思ったからだ。

しかし鷹野の参加で、明らかに班の空気が変わった。彼は刑事部仕込みの優れた推理力を持っている。最初は警戒しているようだった沙也香も、次第に鷹野を認める雰囲気になってきた。鷹野が現れたことで、メンバーの間に連帯感のようなものが生じたのだ。溝口はその変化を好ましく感じていた。

それなのに、どうしてこんなことになったのか。

沙也香は他人に厳しい女性だったが、同時に自分に対しても厳しい人だった。その厳しさが今、暴走しているのではないかという気がする。

一時的なパニックであってほしい、普段の冷静さを取り戻してほしい、と溝口は思った。

*

この辺りはやはり、都心部より気温が低いようだ。

能見義則は車を降りると、両手に白手袋をしっかり嵌めた。別荘の周りには覆面パトカーが数台と、NBCテロ対応専門部隊の特殊車両が停まっている。玄関の近くに活動服姿、スーツ姿の警察関係者が集まっていた。

顔見知りの捜査員がひとりいた。眼鏡をかけた三十代の男性で、公安部のサポートチームに所属している。能見は右手を上げて、彼に近づいていった。

「お疲れさん。状況はどうだ」

眼鏡の捜査員は、建物のほうを指差しながら答えた。

「NBC部隊が屋内を捜索中です。危険なので、我々は中に入らないよう言われています」

「だろうな。相手はウイルスだ。襲われてもこっちは気がつかない」能見は腕時計を見た。「かなり長くやってるのか」

「隊員たちは防護服を着ているので、細かい作業に時間がかかっているようです」

「防護服って、あの大仰なやつか。俺たちはこんな恰好で大丈夫なのかな」

「問題の部屋は空気が漏れないようになっているそうです。個人でやっていたにしては、かなりしっかりした研究設備らしくて」

なるほど、とつぶやいて能見は建物を見上げた。

箱根といっても温泉などとは縁のなさそうな、雑木林の中に建つ一軒家だ。周りに民家はないから、危険な研究に気づかれる心配はなかったのだろう。

眼鏡の捜査員に頼んで、NBC部隊の責任者を紹介してもらった。末谷《すえや》という四十代前半の男性で、防護服ではなく一般的な活動服を着ている。

「公安五課の能見です。作業は終わりそうですか？」

末谷は首を横に振って答えた。

「ディープフリーザーにウイルスが保管されています。慎重な扱いが必要です」

「それはわかっているが、確認が終わるまでどれぐらいかかる？」

「現時点ではなんとも言えません」

能見は渋い表情を浮かべたあと、あらためて尋ねた。

「たしか、笠原のパソコンも調べているとか」

「ええ、ノートパソコンです。消毒後、うちの指揮車両に運んでデータを見ています」

「そっちの進捗《しんちょく》はどうです？　何かわかったことはないかな」

「桜田門の溝口さんという人と連絡をとりあっています。向こうにもウイルスの資料があるというので、情報をすり合わせているところです。私の想像ですが、ここにはテストデータが大量に残っているはずです。ウイルスについて調べるには、こちらの資料を使ったほうがいいと思います」

「それはそうだな。……よし、何かわかったら、溝口に連絡するとき、俺にも教えてもらえますか」

「了解しました」

末谷から離れて、能見は別荘の玄関に近づいていった。

建物は築四、五十年になるのだろうか、かなりガタがきているように見える。こんな場所でウイルスを作っていたのかと思うと、空恐ろしい気分だった。個人でやっていたにしてはしっかりした研究施設ということだが、それにしても不安が拭えない。ウイルスを製造するなら、もっときれいなところでやれよ、と言いたくなった。

しばらく待つしかなさそうだ。佐久間に到着の連絡を入れたあと、能見は辺りの様子を見ていた。

そのうち、活動服姿の女性が目の前を横切った。鑑識課員か何かだろう。彼女を見て、能見は沙也香のことを思い出した。

能見が佐久間班に入ったときには、同僚は国枝しかいなかった。自分より年上だから丁寧に接したが、あまり捜査にも出かけず、妙に飄々《ひょうひょう》としているところが好きになれなかった。公安部員に人当たりの良さなど必要ない。もっと厳しい態度で職務に取り組んでほしい、と能見は思っていた。

そこへ入ってきたのが沙也香だった。前の部署で何かあったらしく、美人ではあるが暗い女だな、という印象しかなかった。だが班長の佐久間は彼女に目をかけ、一流の公安部員として鍛え上げていった。その光景は、能見にとって気分のいいものだった。これこそ理想的な公安の教育だ、という思いがあったからだ。

沙也香は短期間で力を伸ばしていった。以前も公安部にいたらしいが、ここに来て能力が開花したと言うべきだろう。佐久間の指導で彼女は冷徹な人間になった。テロ組織や過激派を憎み、目的のためなら人を騙すことも厭《いと》わない。場合によっては違法捜査も躊躇《ちゅうちょ》しないという、この上なくシビアな捜査員になった。

沙也香が成長していく様子を、能見はずっと見守っていた。彼女に力がついてきたころ、尾行術や諜報技術をアドバイスしたことがある。彼女はそれらを貪欲《どんよく》に吸収した。能見に対しては従順で、不遜《ふそん》な態度をとることはない。うまい具合に育ったものだと感じていた。

ところが、あるとき驚くべきことが起こった。協力者の扱いについて議論していたとき、沙也香はこう言ったのだ。自分はいつでもエスを切り捨てる覚悟がある、と。そのときの目は真剣だった。こいつは本当にやる気だ、と能見は感じた。

そういう判断が必要なときもあるだろう。実際、能見自身もエスを危険な目に遭わせてしまった経験がある。だがそれは、運営者にとっては恥ずべきことなのだ。能見にとってエスはあくまで協力者であって、ゲームの駒ではなかった。面倒を見てやる代わりに情報をもらう。対等とまでは言わないが、そこには信頼関係がなければいけない。だから沙也香が平気な顔で、エスを切る覚悟があると語ったとき、能見は違和感を抱いたのだった。

おそらく沙也香は、感情の一部を封印してしまったのだ。そうすることで、拾ってくれた佐久間の恩に報《むく》いたいと考えたのだろう。

いつの間にか、沙也香は能見より先を行く人間になっていた。佐久間にとって右腕と呼べる部下は、能見から沙也香に代わった。立場上、沙也香は能見を立ててくれるが、捜査の場面では彼女が先陣を切ることが多くなった。

佐久間の期待に応えようと、沙也香は無理をしているのではないか。それが強すぎる責任感に繋がっているのではないか、という気がする。

今回ウイルスに感染してしまった沙也香は、ひとりで死ぬつもりらしい。彼女らしいといえばそうだが、はたしてそこまでする必要があるのだろうか。

鷹野も鷹野だ、と能見は思った。一緒にいたくせに、なぜ沙也香の感染を防げなかったのか。このままでは沙也香が殉職してしまうではないか。

——氷室がいて、鷹野が加わって、ようやく面白くなってきたところなんだぞ。

刑事部出身の鷹野とは馬が合わなかった。しかし彼が班に入ったことで、今までとは違う活動の道が開かれたのだ。チーム感のようなものが生まれてきたのではないだろうか。

これで終わりになってしまうのはもったいない、という思いがあった。はっきり口にしたことはない。だが自分はたぶん、このチームが気に入っているのだろう。

「能見さん、報告があります」

うしろから声をかけられ、能見は我に返った。

NBC部隊の末谷が足早に近づいてくるのが見えた。緊張した表情を浮かべている。

「何かわかったんですか?」能見は眉をひそめながら尋ねる。

「今、確認中なんですが……大変なものを見つけたかもしれません」

「聞かせてもらえますか」

能見はそう言って、ポケットからメモ帳を取り出した。

*

八王子警察署の会議室に、捜索本部が設置されていた。

国枝周造は慌ただしく電話をかけ、捜査員たちに指示を出している。そばには佐久間もいた。ふたりで本部の指揮を執っているところだ。

沙也香は八王子文化ホールから、車に乗ってどこかへ走り去った。現在、国枝たちはホールを中心に捜索範囲を広げている。八王子署の捜査員にも協力を要請し、覆面パトカーなど警察車両を投入していた。

溝口からの報告では、沙也香は高速道路には入っていないようだ。幹線道路か、あるいはもっと細い道を走っているのだと思われる。

「目撃情報、入りました！」

サポートチームの捜査員が部屋の隅で手を挙げた。

うなずいて、国枝はそちらへ近づいていく。佐久間も足早にやってきた。

「誰か車を見たのかい？　どっちへ向かった？」

国枝が尋ねると、捜査員は手元のメモに目を落とした。

「八王子駅前から西のほうへ走り去ったそうです。急な車線変更をしたので、後続のタクシーが驚いたそうで……。ドライブレコーダーを確認したところ、ナンバーから氷室さんの運転する車だとわかりました」

国枝は近くにあったノートパソコンを操作した。画面に地図ソフトを表示させる。

「西へ向かったとなると、行き先は相模原《さがみはら》、富士《ふじ》方面ですかね」

「静岡か、あるいは長野という線もあるな」一緒に画面を覗き込みながら、佐久間が言った。「車だから、その気になればどこへでも行ける」

「しかし人との接触を避けるなら、ガソリン補給はできないかも……。あ、いや、セルフスタンドを使えばいいのか」

「だとしても、食料の調達は難しいはずだ。コンビニに入るわけにはいかないだろうし」

「それも妙な話ですな」国枝は声を低めた。「氷室主任は死に場所を探しているようです。そんな人間が食料を買うかどうか……」

佐久間は難しい顔をして黙り込んだ。たしかにな、と彼はつぶやいた。

ポケットの中で携帯電話が鳴った。「失礼」と断ってから国枝は携帯を取り出し、通話ボタンを押す。相手はサポートチームの捜査員だった。報告を受け、国枝は次の捜索範囲を伝える。

立て続けにかかってきた電話への対応を終えて、国枝は佐久間のほうを向いた。

「難しい状況ですね。さっきのタクシーには目撃されましたが、あれは文化センターを出てすぐのことです」

「そこから先の情報が出てこないというのか？」

「ええ。氷室主任は優秀な人ですから、一旦落ち着きを取り戻せば、もう目立つような運転はしないでしょう」

佐久間は舌打ちをした。心中の苛立ちが表に出てしまっている。よくないな、と国枝は思った。上司に近づき、そっとささやく。

「指揮官がそんな様子じゃ、周りが不安になります。どん、と構えていてください」

佐久間は国枝をじっと見つめたあと、深くうなずいた。

「国枝さんにはいつも助けられていますね」

「あなたは助け甲斐《がい》のある人ですよ。公安部の体質を変えるために、この班を作ったんでしょう？　どこまでできるかわからないが、私はあなたの案に乗ることにした」

「泥船かもしれませんよ。実際、うちの班は掃きだめみたいに言われていた時期があった」

「沈むときはタイタニックだって沈むんです。……大丈夫、危なくなったらまたあなたを助けますよ。それが私の生き甲斐ですから」

「また、大袈裟《おおげさ》なことを……」

佐久間の口元が緩んだ。どうやら、少し気持ちに余裕が出てきたようだ。

科捜研に連絡をとるため、佐久間は自分の席に戻っていった。

最新の捜索情報をパソコンに入力したあと、国枝は一息つくことができた。行方《ゆくえ》をくらました沙也香のことを思い浮かべる。

あの人は今、車でどこを走っているのだろう。

妻が行方不明になってから、国枝は捜査に熱意を持てなくなった。退職してひとりで妻を捜そうか、と真剣に考えたこともあった。当時の上司にそれを伝えたのだが、強く引き留められてしまった。仕事をする気も起こらず、毎日内勤で事務処理ばかり続けていた。そんなとき声をかけてきたのが、かつての自分の後輩、佐久間だったのだ。

新しい班を作ることになった、その部署にはあなたが必要だ、と言われた。だがいくら親しかった佐久間の頼みとはいえ、急にやる気は戻ってこない。しばらくは事務しかできないと条件をつけたところ、それでもいいから来てくれと懇願されたのだった。

能見とともに仕事を始めたが、しばらくして沙也香が班にやってきた。彼女もまた元の部署で何かあって、佐久間に拾われたらしい。

彼女は佐久間の教育を受けて、力をつけていった。国枝自身は、彼女に対して思うところは何もなかった。佐久間を信奉し、手足となって働くというのなら、そうすればいいと思っていた。

だがある日、驚いたことがあった。沙也香が妻のことを尋ねてきたのだ。彼女は国枝に対し、深く同情するという様子だった。正直な話、大きなお世話だと思った。妻の件は佐久間にしか話していなかったから、沙也香は上司の命令で国枝を慰めようとしたのだろう。所詮は仕事の延長であり、彼女の本心ではないという勘ぐりがあった。

しかし沙也香の目は真剣だった。ストレートに言葉を出しすぎるきらいはあるが、それは彼女が正直で、裏表がないからかもしれない。沙也香の表情を見ているうち、国枝は何か吹っ切れたような気分になった。たとえ佐久間の命令だったとしても、沙也香が国枝を励ますため、言葉を尽くしてくれたのは事実だ。彼女が語った言葉は、国枝のためだけに用意してくれたものだったはずだ。

その一件があってから、国枝は佐久間の命令を受け、捜査に取り組むようになった。この部署には佐久間、能見、沙也香というメンバーがいる。自分は彼らを支える役に徹しようと決めた。妻のことで周りに気をつかわせても仕方がない。冗談のひとつも飛ばして、空気を和らげようと考えたのだ。

のちに溝口と鷹野が加わって、いい変化が出てきたと感じている。チーム感とでもいうべきだろうか。特に大きいのは鷹野の存在だ。佐久間が彼を班に加えたのは、こういう変化を望んでいたからに違いない。

だが今、佐久間班は最大の危機に直面している。

――氷室さん、あなたはこのチームに必要な人間なんですよ。

本心から国枝はそう考えている。一刻も早く、彼女に戻ってきてほしいと思っている。

なんとかして、沙也香にその言葉を届けたかった。

*

佐久間一弘は椅子の背もたれに体を預けた。

八王子署の会議室では、捜査員たちが忙しそうに立ち働いている。捜索を続けているメンバーの位置を把握し、地図上に結果を記入する。関係先に電話をかけ、情報収集を行う。現地の所轄署員に連絡をとり、結果の報告を受ける。

科捜研や科警研、NBCテロ対応専門部隊、目撃証言を集めるメンバーまで含めたら、数百人規模になるだろう。それだけの人間が今、沙也香ひとりのために動いているのだ。

彼女はいったいどこに行ってしまったのか。佐久間はじっと考え込む。

この班を設立した当時のことが、頭に浮かんできた。苦い思いが胸の中に広がった。

かつて佐久間は、傲慢で無能な人物の配下にいた。立場上、指示に従ってサポートを続けていたが、あるときその上司は見込み捜査を進め、杜撰《ずさん》な計画を部下に実行させた。当然のように計画は失敗したが、驚いたことに上司は佐久間に責任を押しつけてきた。釈明の機会も与えられず、佐久間は左遷の一歩手前まで追い込まれてしまった。あのときのことを思うと、今でも怒りがこみ上げてくる。

だが幸いなことに、佐久間は別の上司に目をかけられ、新チームの立ち上げを許された。そのとき考えたのは、しっかりデータを集めて状況分析ができるチームを作りたい、ということだった。今まで公安部が苦手としていた捜査を、自分の手で指揮したいと思ったのだ。

チームを作るにあたって、ベテランがひとりほしいからと、かつての先輩・国枝に声をかけた。階級は自分のほうが上だが、国枝は捜査技術に詳しかったし、いずれメンバーたちの精神的な支柱になってくれるのではないかと期待したのだ。

公安部員として優秀な能見もチームに加えた。さらに、よその部署でくすぶっていた沙也香を育てることにした。

最初のうち沙也香は何か遠慮しているようだったが、じきに佐久間の意を汲んで、積極的に捜査に乗り出すようになった。佐久間にとっては非常に扱いやすく、鍛え甲斐のある人材だったと言える。うまくいった一番の理由は、彼女が生真面目な性格だったからだろう。しかしその一方で佐久間が懸念していたのは、沙也香が自分自身を追い込み、さまざまなことを抱え込みすぎるのではないか、ということだった。

彼女は力を伸ばし、優れた公安部員になった。だが上司の目を意識してか、責任感が強すぎるところがある。佐久間はそこが気になっていた。

もちろん、そのように育てたのは自分だ。公安部員には厳しさが必要なのだと、佐久間はずっと考えてきた。それが部下のためにもなると思っていた。だから彼女を引き取ってから、難しい課題を次々与えてきたのだ。

しかし、本当にそれでよかったのだろうか。彼女はもう少し、精神的に余裕を持ったほうがよかったのではないか。

——そうだ。余裕がなかったから、こんな事態を招いてしまった……。

ウイルスを拡散させないため、沙也香は自己犠牲の道を選んでしまった。その判断は早計だったのではないか、と佐久間は感じている。

国を守る公安部員としては、彼女の選択は正しいのかもしれない。だが佐久間の中には割り切れないものがある。自分は沙也香の育て方を間違えたのではないか。彼女の自発的な成長を妨げ、佐久間流のやり方を押しつけてしまったのではないか。その結果、歪んだ形の実を結ばせてしまったのではないだろうか。

のちに佐久間は、分析力に秀でた鷹野をチームに加えた。彼とコンビを組ませることで、沙也香の活動方針を少し変えさせようとしたのだ。だが、すでに遅かったということか。

突然、携帯が鳴りだした。佐久間は素早く机の上に手を伸ばす。液晶表示には鷹野の名前があった。今、彼は八王子市内の病院にいるはずだ。

「佐久間だ。どうした？」

「ウイルスの情報を病院に送ってくださって、ありがとうございました」

「ああ、溝口が間に入って、うまくやってくれたようだ。そういえば、NBC部隊が検査キットを作ったと話していたが……」

「ええ、その件です。検査の結果、私は陰性だと判明しました」

「たしかなのか？」

「二回調べて、二回とも問題ありませんでした。私は起爆装置を外したあと、すぐ保冷バッグから離れましたから、ウイルスには暴露せずに済んだんでしょう」

「そうか。感染していなかったというのは朗報だ」

安堵しつつ佐久間が言うと、鷹野はあらたまった口調になった。

「これから、そちらに向かいます」

「なんだと？」佐久間は眉をひそめる。「おまえは怪我をしているんだろう？　来なくていい。手は足りている」

「班長、聞いてください。いろいろ考えているうち、ひとつ思い出したことがあるんです。氷室主任の行き先についてです」

佐久間は思わずまばたきをした。鷹野はいったい、どこからその情報を得たのだろう。

「何か心当たりがあるのか？」

「調べてみたい場所があります。至急、この件を相談させてください」

佐久間は腕時計を見た。まもなく午前四時になるところだ。沙也香がウイルスに感染してから約八時間。まだ間に合うはずだった。

「わかった。八王子署に来てくれ。話を聞こう」

「了解。すぐに病院を出ます」

こちらから返事をする暇もなく、電話は切れた。

佐久間はしばらく携帯を見つめていたが、やがて気持ちを引き締め、椅子から立ち上がった。

5

ヘッドライトがアスファルトの路面を照らしている。

山間を走る道には街灯などなく、油断すると進路を間違えてしまいそうだ。

沙也香はハンドルを握り締め、運転に意識を集中させようとした。だがときどき激しい頭痛に襲われ、思わず顔をしかめてしまう。

体温が上がってきているのがわかった。たまに咳がこらえきれなくなる。その都度ハンドル操作をミスしそうになり、スピードを落とさざるを得なかった。

もはや疑う余地はなかった。

――私はアポピスに感染してしまった……。

こうなるともう対処の方法がない。相手は致死性のウイルスだ。人間の手で開発された兵器だから、毒性は非常に強いだろう。咳が出るのは、飛沫《ひまつ》による感染力を高めるためだ。死ぬまでに四十八時間の猶予があるのも、感染を広めさせるために違いない。

病気と闘うために、人は医学・医療を発展させてきた。さまざまな薬や器具を作り、治療法を確立させてきた。それらの技術はすべて、人を救うためのものだったはずだ。

にもかかわらず、笠原たちは凶悪なウイルスを生み出した。

真藤、笠原、堤、里村の四人は学生時代に知り合い、独自の思想をもとに世界を変えようとしたのだろう。だから真藤は製薬会社で知識を得たあと、政治家になった。笠原は医学部の教授としてアポピスウイルスを製造した。堤は金融や経済の分野で力を発揮した。そして里村は汚れ仕事を引き受けるため、みずから進んで犯罪者になった。

笠原がいつウイルスを作ったのかはわからない。何年か、あるいは十何年か前、開発に成功したのではないか。彼は来《きた》るべき日に備えて、ウイルスを保管していたのだろう。

それは世界を破滅させ、新世界秩序を打ち立てるためだった。しかし目標達成のために努力を重ねれば重ねるほど、真藤や笠原や堤は周囲に評価され、富と名誉を得てしまったのだ。そんな状況の中、世界を変える必要などあるだろうか。社会で成功した彼らは、現状維持を望み始めたのではないか。

おそらく、そこで里村との確執が生じたのだ。里村だけは常にハングリーで攻撃的だった。地位を得た真藤たちは、次第に彼を疎《うと》んじるようになった。里村のほうもそれを感じて、対立を重ねるようになったのだろう。里村は従来の考えどおり、カタストロフを起こして世界を破壊しようとした。それを阻止するため、真藤たちは里村を殺害しなければならなかったのだ。

それにしても、と沙也香は思う。なぜ笠原はウイルスを処分しなかったのか。そして真藤は、なぜウイルスの資料をベルトに入れて持ち歩いていたのか。

そこは想像するしかないが、残った三人の間でも意見が対立していたのではないか、という気がする。笠原は長年かけて製造したアポピスに未練があったはずだ。使うかどうかは別として、一度出来たものを簡単には廃棄できなかったのだろう。堤は利益を第一に考え、アポピスを外国に売ることなどを仲間に提案していたかもしれない。政治家である真藤はそれに反対し、いずれ対策を打つためにウイルスの資料を持っていた、ということは考えられないだろうか。

突然、沙也香はまた激しく咳き込んだ。その弾みにひどい頭痛がやってきた。

気がつくと、目の前にガードレールが迫っていた。慌ててブレーキを強く踏む。面パトは急停車した。

右手で頭を押さえ、ハンドルに突っ伏した。ずきずきと頭の奥が痛む。嫌な汗が、背中を伝って落ちていく。

呼吸を整えて、沙也香は顔を上げた。

こんなところで停まっていたら、通りかかったドライバーが不審に思うだろう。近づいてこられたら感染の危険があるし、通報されたら面倒なことになる。

沙也香は再び車をスタートさせた。

三十分後、ようやく目的地に到着した。砂利の敷かれた前庭に車を停め、周囲に誰もいないことを確認してから外に出る。

見上げると古びた一軒家があった。子供のころ訪れてから、もうずいぶん経っている。その後、所有者がいなくなってずっと放置されたままだった。沙也香はエスをかくまうときなどに、この家を使っていた。外も中もぼろぼろだが、布団と水、保存食などは用意してある。

観光コースからは外れているため、人がやってくることはない。集落からも離れているから、近隣住民を気にする必要もない。

沙也香はここを、死に場所として選んだのだった。


廃屋に上がり込み、ペンライトを手にして台所に向かった。

頭痛に苦しみながら、吊り戸棚を調べてみる。以前掃除をしたときに使った洗剤などが出てきた。その隣にあるのは救急箱だ。エスを滞在させるときに使っているものだった。中には解熱鎮痛剤や胃薬、包帯、スプレー式の消毒薬などが入っている。

水のペットボトルを出してきて、沙也香は解熱鎮痛剤をのんだ。これで少し頭痛がおさまってくれれば、と思った。


再び庭に出て、車のほうへ歩いていった。右手には消毒薬のボトルを握っている。

後部座席から問題の荷物を下ろし、二重のシートを取り外す。保冷バッグが現れた。

今さらではあるが手袋を嵌め、ペンライトでバッグの中を照らしてみた。壊れたアンプルがいくつかある。それを見ているうち、怒りがこみ上げてきた。こんなもののせいで自分は命を奪われてしまうのだ。

害虫に殺虫剤をかけるような気分で、沙也香は消毒薬を噴霧した。それから、三重にしたポリ袋の中にアンプルを入れ、口を縛る。保冷バッグや段ボール箱、さらには自動車の座席にも消毒薬を吹きかけていった。

車内の掃除をしているうち、ふと疑問を感じてしまった。こんな夜中に私は何をしているのだろう。そう考えると、自分の行動がどこか滑稽《こっけい》に思われてきた。口元に笑みが浮かぶ。だが、頭痛を感じてすぐに沙也香は顔をしかめた。

アンプルを入れたポリ袋はどうしようかと迷ったが、溝口の言葉を思い出した。ウイルスは塩素系の消毒薬などに弱い、と彼は話していた。台所から塩素系洗剤を持ってきてバケツに入れ、重りを付けてポリ袋を沈めた。玄関までそのバケツを運んで軒下に置く。これでいい、と思った。

痛む頭を押さえて沙也香は居間に向かった。咳き込みながら布団を敷き、水や保存食を枕元《まくらもと》に並べる。そこまで準備を終えて、布団に倒れ込んだ。

一気に疲れが出たようだ。

目を閉じると、暗い中にちかちかと星のようなものが見えた。普段はそんなものを意識する暇もなく、じきに眠りに就いてしまう。だが今は、ときどきひどい咳が出るせいで、すぐには眠れそうになかった。

うとうとする沙也香の脳裏に、さまざまな考えが浮かんできた。

何もかも空想の中の出来事のように感じられる。だがこれは現実だ。沙也香は未知のウイルスを吸い込んでしまった。体の中に多くのウイルスを保持した自分は、きわめて危険な存在だ。人混みに紛れて咳やくしゃみをすれば、たちまちアポピスウイルスがばらまかれるだろう。一度誰かにうつしてしまったら、そこから爆発的に感染が広がるはずだ。

今の自分にできること。それは誰にも接触せず、最後までひとりで過ごすことだった。

――いや、ひとりじゃない。何億というウイルスを道連れにするんだ。

これは価値ある死と言うべきだろう。自分が誰にも会わずにいることで、世界を救うことができるのだから。

小学生のころに見たアニメーション番組を思い出した。運命に導かれた女の子たちが、協力しながら悪と戦う物語だ。彼女たちは勇気をもって敵に挑んだ。どのシリーズだったか忘れてしまったが、主人公が犠牲となって世界を守る話があった。

あれに比べると、自分の場合ははるかに地味だ。誰に感謝されることもなく、おそらく一般市民の記憶に残ることもないだろう。公安の仕事というのは元来そういう性質のものだ。人知れず、暗い場所で這いずり回るのが、自分には似合っている。

ただ、ひとつ願うとすれば、自分の死を無駄にしないでほしい、ということだった。ほかにウイルスが保管されていたとしても、絶対に流出させないでほしい。そこは佐久間たちに任せるしかない。

薬が効いたのか、ようやく眠気がやってきた。

ふと、頭の隅に女の顔が浮かんだ。その女はペインティングナイフを持ち、血とウイルスの混じった油絵の具をキャンバスに塗りつけている。邪悪な目をして、彼女はおぞましい作業をずっと続けている。

ふざけるな、何がカタストロフだ、と沙也香はひとり毒づいた。


咳は出るものの、思ったよりも長く眠ることができた。

辺りを見回すと、カーテンの隙間から陽光が射し込んでいた。畳の上に小さな陽だまりが出来ている。沙也香はそっと手を伸ばしてみた。畳はほんのりと温かくなっていた。

体を起こすと急にめまいがした。腕や脚など、あちこちに関節痛がある。頭痛もぶり返してきたようだ。

布団から這い出て、簞笥《たんす》につかまりながら立ち上がった。台所に移動し、もう一度薬をのむ。昨日より症状がひどくなっているから、効果が期待できるかどうかはわからない。

腕時計を確認すると、もう午前十時だった。ウイルスに感染してから十四時間ほどが経過したことになる。

深く呼吸をすると、体中がずきずきと痛んだ。この様子だと、今夜にはもう起き上がれなくなるかもしれない。

だったら今のうちに、きれいなものを見ておきたい、と思った。そのために、夜中に車を運転してここまでやってきたのだ。

沙也香は壁伝いに歩きだした。埃を踏みながら廊下を進んでいく。

玄関から外に出ると、まばゆい光に包まれた。すぐには目が慣れず、しばらく顔をしかめていた。こうして明るい日射しを浴びていると、全身が消毒されるような気分になる。

昔の記憶をたどって、林の中をふらふらと歩きだした。木陰《こかげ》に入ると、少し気温が下がるのがわかった。どこかで鳥が鳴いている。とてもいい声だ。いったい何という名前の鳥だろう、と考えた。自分の知っている鳥かもしれないし、初めて出合う鳥かもしれない。

ときどき木の幹につかまりながら、何分か歩き続けた。やがて目の前が大きく開けた。

湖があった。

ああ、ここだ、と沙也香はうなずいた。思い出と同じ姿で、湖は今もそこにある。水面を渡ってくる風や、光の加減、草木の香りさえも記憶と変わらなかった。時の流れから取り残されたような形で、湖は存在している。

一歩前に出ようとして、よろけてしまった。沙也香はその場に腰を落として、小さく息をついた。

予想よりも早く症状が悪化しているようだ。頭痛はおさまりつつあるが、節々の痛みがひどい。体が熱っぽい。目が潤んで、辺りの風景が霞《かす》んで見える。

草の上に座り込んだまま、背後を手探りしてみた。ちょうどいい具合に木の幹がある。沙也香はそこへ背をもたせかけた。

目を閉じると、かすかに風が感じられた。その風に乗って、鳥のさえずりが聞こえてくる。先ほどとはまた別の鳥がいるようだ。ありがたいな、と沙也香は思った。ここで鳴いてくれる鳥たちに感謝したい。人生の最後に、いいプレゼントをもらったという気分だ。

子供のころの記憶が甦った。

あれはまだ父が生きていて、母も元気で、親子三人穏やかに暮らしていたころのことだった。休みの日に三人でドライブに出かけたのだ。自分にとって父との記憶は、この湖に直結している。ほかにも旅行をしたことはあるはずだが、よく覚えていない。

父は生真面目であまり愛想のない人だったが、沙也香の前ではよく笑った。沙也香は父と母の笑顔が大好きだった。

あいにく父は早くに亡くなってしまったから、沙也香の成長した姿を見てはいない。もし娘が警察官になったと知ったら――中でも公安部員になったと知ったら、どう思っただろうか。

警察に入ったころの記憶が頭に浮かんできた。誰にも話したことがなかったが、沙也香は昔見ていたアニメの主人公のように、正義を守る仕事がしたかったのだ。だが実際には、配属されたところは公安部だった。華やかな部署ではないが、仕方がないと思った。自分が何をやりたいかではなく、誰に求められて働くかを重視したほうがいい、と考えたのだ。

しかし振り返ってみれば、公安部員になってから自分はひどいことを繰り返してきた。運営するエスを切り捨ててきたし、鷹野の相棒・沢木政弘も死なせてしまった。後悔することばかりだ。

だから、自分がこんな状況で死ぬのも仕方がないのだろう、と沙也香は思った。

いつの間にか眠ってしまったらしい。

薬の効果が切れたのだろう、頭がひどく痛んだ。太陽の様子を見ると、もう午後になっているようだ。どうしようかと考えた。今からあの家に戻って、再び布団に潜り込むか。

億劫《おっくう》だな、と感じた。立ち上がって、あそこまで歩いていける自信がない。途中で倒れてしまうぐらいなら、この湖畔にいたほうがいいのではないか。

——いや、いっそのこと湖に入ってしまったほうが……。

なぜそう思ったのかはわからない。体が熱くなってきたから、水の中で涼みたいという欲求があったのかもしれない。そんなことをしたら湖がウイルスに汚染されてしまうと気づいたが、もう細かいことを考えている余裕はなかった。

このひどい痛みから解放されるのなら、今死んでしまってもいいのではないか。どのみち自分は死ぬのだ。それが一日ぐらい早くなったところで、気にする必要などないだろう。

ああ、そうだ、と沙也香は思った。たしか小学生のとき、自分はこの湖に入って遊んだのだ。魚がぽちゃりと跳ねて、母が笑って、父はカメラのシャッターを切った。あの幸せなころに、自分は戻っていくのだ。

木の幹にすがってよろよろと立ち上がった。ふらつく体のバランスをとりながら、湖に向かって歩いていく。やがて右足が水に入った。くるぶしまで浸ると、湖底の泥の感触が伝わってきた。左足が水に入った。膝まで浸《つ》かると、ひやりとした心地よさが感じられた。

このままだ。まっすぐ進んでいけばいい。その先には安らかな場所がある。

そのときだった。

いきなり腕をつかまれ、岸のほうへ引き戻された。沙也香は驚いてパニックに陥った。

「誰？　何するの！」

沙也香は草の上に座り込んだ。混乱したまま、慌てて顔を上げる。そこにいる人物を見て、思わず目を見開いた。

真っ白な防護服と、頭部を覆う大きなフード。そのフードの中にある顔には見覚えがあった。

鷹野秀昭だ。

彼はうしろを振り返って誰かを呼んだ。木々の間から、もうひとり防護服の人物が現れた。ふたり一組で行動していたのだろう。

「氷室さん、怪我はありませんか？」鷹野は緊張した声で尋ねてきた。

「どうして？　なぜここがわかったの？」

「群馬県の森川聡の実家に行ったとき、あなたは話していましたよね。昔、夏休みに訪ねた親戚の家を思い出したって。奥多摩《おくたま》だと言っていました」

「たしかに、そう言ったけど……」

「八王子文化ホールから、あなたの乗った車は西に向かっていた。そのまま富士方面に抜けたんじゃないかという意見がありました。でも俺は思ったんです。あなたが感染を広げないよう配慮したのなら、一旦市街地を出てから北上して、奥多摩に向かったんじゃないかと。そう考えて情報を集めたら、奥多摩へ向かうコースで目撃者が見つかったんですよ。やはり間違いないと確信しました」

「そんな情報だけで、よくここまで……」

「公安を舐めてもらっては困りますね」

鷹野の言葉に、沙也香は思わず口元を緩めた。だが激しい頭痛に襲われ、右手で頭を押さえた。鷹野が顔を近づけてくる。

「頭痛ですね。ほかの症状はどうです？　発熱や関節痛、咳もありますか？」

「ええ。……せっかく来てもらったけど、もう駄目だと思う。治療しようとしても、方法はないだろうし」

「大丈夫です。笠原の別荘にはウイルスだけでなく、治療薬も保管されていたんですよ」

「え……」

まったく予想外の話だった。何度かまばたきをしてから沙也香は聞き返す。

「治療薬なんて、簡単に作れるものなの？」

「溝口が感染症の専門家に確認してくれました。ウイルスを製造するときは遺伝子をいじります。その際、特定の薬に反応するような遺伝子を仕込んでおけばいいらしい。つまり、治療薬に合わせてウイルスが作られているわけです。笠原はそれに『ケペリ』という名前を付けていました。アポピスは悪の化身。ケペリは太陽を運ぶ神と考えられていた。治療薬にはぴったりの名前じゃありませんか」

「本当なの？　運がよかったとしか言いようがない……」

「いえ、合理的な話なんですよ。研究中に自分が感染するリスクがあるから、笠原は治療薬を用意していた。当然のことでしょう」

そういうことだったのか、と沙也香は納得した。安堵して、体の力が抜けてしまいそうになった。鷹野が慌てて手を差し出してくれた。

「三原咲恵は別荘に忍び込んだとき、その薬には気づかなかったようです。そのへんが素人の限界ということでしょうね。……さあ、行きましょう。NBC部隊が来ています」

そう言うと、鷹野は背中を支えてくれた。彼ともうひとりの捜査員に助けられ、沙也香はゆっくりと立ち上がる。

頭の痛みや関節痛は今もあった。だが沙也香は、それらをしっかり受け止めるつもりになっていた。むしろ、ありがたいと言わなければならないだろう、と思った。

死んでしまったら、もう痛みを感じることなどできないからだ。

*

沙也香はNBCテロ対応専門部隊の特殊車両に収容された。

暫定的な検査を受けたあと、彼女は八王子市内の病院へ搬送された。鷹野が一時運び込まれた、あの医療機関だ。

鷹野たちは現場に残り、廃屋の消毒作業に当たった。居間にある布団や沙也香が触れたと思われるものは、すべて密閉して保管された。それらはあとで焼却されるそうだ。バケツの中に沈められていたアポピスウイルスは、特に慎重に処理されることになった。

作業が済むと、鷹野も車で八王子の病院に向かった。

捜索本部からやってきた佐久間と合流し、担当の医師を訪ねる。医師は沙也香の治療状況を説明してくれた。

「現在さまざまな検査を進めていますが、陽性であることは確認済みです」

「ということは、治療薬の適用対象ですね？」

鷹野がそう尋ねると、医師は渋い表情を浮かべた。

「本来ならこんなことはできないんですが、手続きを踏んだ上での特例ということで……。準備が整ったら治療薬を投与します」

「お願いします」佐久間は頭を下げた。「あれは大事な部下ですから」

「しかし、ずいぶん無茶をしましたね。捜査員の方から聞きましたが、ウイルスを運んで奥多摩まで行ったとか。普通では考えられません」

医師は首を横に振って、眉間に皺を寄せている。

佐久間は深くうなずいた。

「そういう奴なんですよ。だから失うわけにはいかないんです」

「……とにかく、治療に全力を尽くします」

一礼して医師は去っていった。

あちこちに痛みはあるようだが、沙也香の症状は落ち着いているという。許可を得て、鷹野は彼女と電話で話すことになった。個室だから携帯の使用も問題ないということだ。

「鷹野です。気分はいかがですか」

「最悪……とまでは言えないかな。もちろん不安だけれど、薬があるとわかっているから」

「世界初ですよ。アポピスウイルスに感染したのも、治療薬を投与されるのも。氷室さんの名前は歴史に残るかもしれません」

「丁重にお断りするわ」沙也香は言った。「私は公安部員だもの。表舞台に出るような人間じゃないでしょう」

「なるほど……」

そう答えたあと、鷹野は佐久間のほうに目をやった。佐久間は左手をこちらに差し出した。

「班長に代わります」

沙也香に告げてから、鷹野は携帯を上司に手渡した。

佐久間はいつものとおり冷静な様子だった。だがそんな中にも、少し戸惑いがあるように感じられる。咳払いをしたあと、彼は携帯を耳に当てた。

「佐久間だ。具合はどうだ。……そうか、よかった。……うん、氷室が感謝していたと、みんなに伝えておく。科捜研、科警研、NBC部隊にもな。……いや、俺はたいしたことはしていない。みんながよくやってくれたんだ。……もちろん、一番の功労者はおまえだ。ありがとう、助かった」

おや、と鷹野は思った。佐久間の口からこんな言葉を聞いたのは初めてだ。沙也香が病床にいるからだろうが、それにしても口調が丁寧だった。表情が少し和らいでいるのも珍しい。

「今回、おまえがあんな行動をとったことに驚いている。……いや、責めているわけじゃない。むしろ俺に責任があったんじゃないかと思っているんだ。……俺はいつの間にか、氷室を追い詰めてしまっていたのかもしれない」

沙也香の声は聞こえてこないが、言っていることは想像できる。班長には関係ない、自分であのように判断したのだ、と説明しているに違いない。

ひとつ息を吸ってから、佐久間は再び口を開いた。

「大変な目に遭ったんだ。治療が済むまでゆっくり休んでくれ。そして、そのあとのことだが……まだその気があったら、俺のチームに戻ってきてほしい。国枝さんも能見も溝口も、みんなそう願っているはずだ」

言葉を切って、佐久間はこちらを見た。鷹野は自分の顔を指差し、うなずいてみせる。

「鷹野も同じ意見だそうだ」佐久間は続けた。「返事は急がなくていい。体が治るまでに考えてくれれば……。ん？　何だ？」

佐久間は相手の言葉に耳を傾けている。やがて彼は表情を引き締め、携帯を握り直した。

「わかった。お大事に」

通話を終えて、佐久間は携帯を鷹野のほうに返してきた。いつものように無表情な顔に戻っている。

「氷室主任は何と言っていました？」

鷹野が訊くと、佐久間は窓のほうを向いて、ネクタイの結び目を直し始めた。

どうやら答えてはくれないようだ。まあいいか、と鷹野は思った。沙也香が退院するまで、この件は訊かないほうがよさそうだ。

「よし、八王子署に戻るぞ。これから忙しくなる」

佐久間の言うとおりだった。笠原が残した資料の解析、発見されたアポピスや治療薬の情報整理、関係各所への報告など、やるべきことは山ほどある。そろそろ事件を嗅《か》ぎつけたマスコミへの対応も必要だろう。

了解です、と答えて鷹野は廊下を歩きだした。

6

白い壁に囲まれた部屋で、鷹野は被疑者と向き合っている。

机の向こうにいるのは、宮内仁美に成りすましていた三原咲恵だ。彼女は逮捕され、現在、赤坂警察署で取調べを受けているところだった。

真藤健吾が殺害されてから、赤坂署には捜査一課十一係が指揮する特捜本部が設置されている。その関係で三原もここに移送されたのだが、今のところ取調べは公安部だけで進められていた。佐久間によれば、逮捕したのは我々だから刑事部にはしばらく待ってもらう、ということだった。

三原は相変わらずこちらに視線を向けようとせず、机の表面に目を落としている。反抗的な態度をとるわけではなく、雑談には応じていた。だが事件の核心については自供しようとしない。その話題になると急に口を閉ざし、自分の殻にこもってしまうのだ。

能見が脅しをかけ、国枝が穏やかな言葉をかけても駄目だった。この頑固さには鷹野も驚いている。

「おまえを拘束してから、もう十日だ。そろそろ喋る気にならないのか?」

「あんたたちの話し相手なら、ずいぶんしているつもりだけどね」

三原は下を向いたまま答えた。前髪に隠れていて表情が見えにくい。

「この十日間でいろいろなことがあった」鷹野は言った。「八王子文化ホールでアポピスウイルスの拡散装置が見つかった。私は負傷し、もうひとりの捜査員はウイルスに感染してしまった。笠原が作っていた治療薬のおかげで助かったが、危ないところだった」

「よかったじゃないの。人体実験ができたんだから」

相変わらずひどい言いぐさだ。鷹野は咳払いをしてから続けた。

「一連の事件の捜査が進んでいる。赤坂の事件で爆発物を製造した元日本国民解放軍の郡司俊郎は、ブツを売って老後の生活資金を蓄《たくわ》えたかった、などと供述しているよ」

「気の毒なことね。年寄りが罪を犯してまで、金を稼がなくちゃいけないんだもの。おかしいと思わない？　そういう格差をなくすためにこそ、新世界秩序は必要なのよ」

鷹野は言葉を切って三原を観察した。彼女が新世界秩序に触れるのは珍しい。

「今の体制を破壊して世界政府を創る、という話だな。それがおまえの理想なのか？」

「回答を拒否する」

三原はそう言い放つと、また黙り込んだ。軽く息をついてから、鷹野はメモ帳に目を落とす。

「世界新生教は真藤健吾の暗殺を計画したが、それを煽《あお》ったのはおまえだろう。信奉する里村悠紀夫の復讐のため、おまえは真藤たち三人を殺害したかった。同じように真藤を狙っていた世界新生教に接触し、殺しの仕事を請け負ったわけだ。偽の森川聡はようやく背乗り――戸籍乗っ取りの事実を認めたよ。北海道から上京して金に困っているところを、教団の幹部に助けられたらしい。幹部の指示で森川聡の戸籍を使い、さまざまな諜報活動をするようになった。そのうち、真藤の懐《ふところ》に潜り込むよう命令されたそうだ。

笠原繁信を狙ったのは民族共闘戦線だったが、おまえはそこにも接触していた。笠原を狙うという目的は同じだったから、戦線は葬儀屋に仕事を依頼した。最初におまえ自身の目的があって、あとから殺害の依頼人を探していたわけだ。金も手に入るし、捜査の攪乱もできるから、一石二鳥どころか一石三鳥ぐらいのメリットがあったんだろう」

三原は他人事だというような顔をしている。鷹野は体を前に傾け、相手の表情を覗き込んだ。

「もう少しおまえが興味を持ちそうな話をしようか。……笠原が残した資料を解読して、ウイルスのことが詳しくわかった。別荘に残されていたアンプルはすべて廃棄される予定だったが、政府から『待った』がかかったよ。どうやら同盟国が興味を示しているらしい」

三原がわずかに身じろぎをした。彼女はゆっくりと顔を上げ、険しい目で鷹野を凝視した。

「あの国に渡すっていうの？」

「どうなるだろうな。私にはわからない」

「そんなことをしたら、今の体制がますます強固になってしまうじゃないの。もともとアポピスは、大国を滅ぼして新世界を創るための武器なのに」

「……前から思っていたんだが、おまえは本当にそんなことが可能だと信じているのか？」

鷹野が尋ねると、三原は不機嫌そうに眉をひそめた。

「邪魔をしたあんたに、そんなことを言われたくないわ」

「物や制度を壊すのは簡単だ」鷹野は諭すような口調で言った。「だが、創り上げるには大変な時間がかかる。おまえや里村悠紀夫の思想には、その部分が欠けている。カタストロフのあと、誰がどうやって新世界秩序を創るんだ？　そこは誰かにお任せなのか？　だとしたら、あまりにも無責任だ」

「創る人間はいくらでもいるのよ。……だから日本では戦後の復興があったわけでしょう？　一度焼け野原になったからこそ、過去のしがらみを捨てて区画整理ができたんじゃないの。大きな目的のためには犠牲が必要なのよ」

「それは暴論だ。受け入れられない」

鷹野は三原を睨みつけた。彼女はふてくされたような仕草で顔を背ける。

五秒、十秒と沈黙が続いた。やがて何を思ったか、三原は再び鷹野のほうに視線を戻した。

「あんたたちに警告する。この世界が変わらない限り、また別の葬儀屋が出てくるわ。それこそエジプト神話みたいに死者が再生して、あんたたちの前に現れる。今のこの世界は、犯罪者の孵卵器《ふらん》みたいなものよ。みんな生まれるべくして生まれてくるの」

「そんな人間がどこにいる？　おまえにはもう、誰かを操ることはできないぞ」

「私がいなくても葬儀屋は自然に誕生する。ネットの世界には、葬儀屋に憧《あこが》れる人間が大勢いるのよ。葬儀屋予備軍は無数に存在しているんだから」

三原は表情を引き締め、真剣な口調で言う。

彼女がどこまで本気なのか鷹野にはわからない。だが世界中がネットで繋がってしまっている今、まばたく間に情報が広がっていくのは事実だった。その速さは、アポピスウイルスの比ではない。

世界を滅ぼそうとする仮想空間の神。それが邪神であろうと偽神であろうと、信じる者にとっては絶対的な存在だと感じられるのだろう。いずれ審判の時がやってくる、と彼らは考えているのかもしれない。

鷹野は腕組みをして、三原をじっと見つめていた。

午後六時、取調べの結果をまとめてから、鷹野は休憩室に入っていった。

部屋の隅のテレビではニュース番組が流れていた。世界新生教でミイラが見つかった事件が報じられていた。この事件は話題性があるため、ニュースだけでなく情報バラエティなどでも取り上げられているそうだ。

だがそれよりもっと重大な事件——アポピスウイルスのことは、まったく報じられていなかった。表向き、八王子文化ホールでは何も見つからなかったし、あの湖では何も起こらなかった、ということになっている。

ウイルスの拡散は防げたのだから発表する必要はない。よけいな情報を流して国民の不安を煽りたくはない。そういう政府の判断が働いた結果らしかった。

休憩室でトマトジュースを飲んでいると、意外な人物が現れた。十一係の早瀬係長だ。

自販機で缶コーヒーを買ったあと、早瀬は鷹野に気づいたようだった。表情を和らげて、彼はこちらにやってきた。

「久しぶりだな」

「これは意外なところで……いや、そんなことはないですね。早瀬係長はずっと赤坂署の特捜本部にいらっしゃったんですから」

早瀬は鷹野の隣に腰掛けた。コーヒーの缶をテーブルに置いてプルタブを引く。

「三原咲恵の取調べは順調なのか?」

「難航していますね」鷹野は答えた。「証拠は挙がっているんですが、なかなか自供しようとしません」

「弱ったな。公安部が取調べを済ませてくれないと、こっちは何もできない」

「勾留を延長してさらに十日間。そのあとどうなるかはわかりません」

「再逮捕、再逮捕でずっと調べ続ける気か? うちのことも考えてほしいもんだが」

「どうでしょうね。いち担当レベルでは判断できませんので」

コーヒーを一口飲んでから、早瀬は声を低めて尋ねてきた。

「おまえ、大変だったらしいな。十日前、いったい何が起こった?」

「いえ、特に何も」

「三原を逮捕したあと、どんな捕物があったんだ? 公安部でかなりの人数を動員したと聞いている」

「すみません、私からはなんとも」

鷹野は言葉を濁《にご》した。顔をしかめたあと、早瀬は小さくため息をついた。

「おまえも食えない男になったな。……まあいい。それより、沢木の件は礼を言うよ。本当に助かった」

「お聞きになったんですか?」

「それだけは、佐久間さんが先に情報をくれた。初代の葬儀屋・里村悠紀夫という男が犯人だったそうだな。すでに死んでいたというのが、なんとも残念だが」

「ええ……。この手で捕まえたいと思っていました」

九年前に殉職した沢木政弘の顔が、頭に浮かんできた。自分にとって沢木とは何だったのだろう、と鷹野は思う。彼は単なる相棒ではなく、鷹野の人生を左右するような存在だったのではないか。そんな気がする。

「もともと私は、誰かの面倒を見るのが得意ではなかったんです」鷹野は言った。「でも沢木と組んだとき、放っておけなくなりました。あまりにも危なっかしくて」

「あいつはそういう奴だったよな。だが、何事にも一生懸命だった」

ええ、と鷹野はうなずく。それから、沢木の親族のことを思い出した。

「沢木のお姉さんにも、やっと報告できますよ。かなり長くかかってしまいましたが」

「そうだな。訪ねる日が決まったら俺にも声をかけてくれ。都合が合えば一緒に行こう」

「刑事部と公安部で、ですか？」

「何を言ってるんだ。同じ警察官じゃないか。そうだろう？」

「……ですね」

鷹野はトマトジュースを飲み干した。紙パックを持って椅子から腰を上げる。

早瀬は慌てた様子で言った。

「特捜本部に如月たちがいるぞ。ちょっと顔を出していかないか」

「ああ……今日はやめておきます。このあと、まだ仕事がありますから」

「如月が会いたがってたぞ。いろいろ相談したいことがあると言っていた」

「わかりました。じゃあ今度相談に乗る、と伝えてください」

「なんだよ。俺は使い走りか？」

早瀬は声を上げて笑いだした。鷹野も口元を緩める。

会釈をして休憩室を出ると、鷹野はすぐに表情を引き締めた。

階段を使って小会議室に向かう。公安の幹部が赤坂署に連絡し、三原の取調べが済むまでこの部屋の利用許可を得ていた。

入っていくと、すでに国枝、能見、溝口がいた。机の周りに配置された椅子に腰掛け、ミーティングの準備をしているようだ。

「あ、来た来た。鷹野さん……」

溝口が手招きをした。どうした、と尋ねながら鷹野は近づいていく。

「三原咲恵が借りていたトランクルームが見つかったそうです」

「本当か。よく突き止めたな」

「俺が見つけたんだ」能見が自慢げに言った。「あの女、どこかにまだ何か隠しているんじゃないかと思ってな。自宅にもアジトにも、犯行に使ったものがほとんど残っていなかっただろう。それで小平のアジトを何度か調べ直したら、ついにトランクルームの鍵が見つかった」

「それ、現場百遍ってやつですね」国枝が口を開いた。「能見さん、案外、刑事に向いているんじゃないですか？」

「嫌ですよ、俺は公安の仕事が好きなんだから。……まあしかし、刑事部のやり方を少しは認めてやってもいいかな。公安部の中に、事件を分析したり筋読みしたりする班があったら面白いかもしれない」

「なるほど。じゃあ、いずれは鷹野さんがリーダーってことに？」

国枝がからかうように言うと、能見は小さく舌打ちをした。

「それは納得いきませんけどね」

ドアが開いて佐久間が入ってきた。みな、一斉にそちらへ目を向ける。

彼のうしろにいる人物を見て、鷹野ははっとした。

氷室沙也香だ。顔を見ると、少し痩《や》せたかなと思える。だが不健康な感じはなく、むしろ以前より凛《りん》として精悍な印象があった。

「治療が無事に終わって、氷室は復帰することになった。今日は別件で、いくつか資料の調査をしてもらっていた」

佐久間に促され、沙也香はメンバーに向かって深々と頭を下げた。

「いろいろとご迷惑をおかけしました。一度なくしかけた命ですから、みなさんのためにしっかり働きたいと思います」

「いや、私たちのためじゃないでしょう」国枝はふっと笑う。「国のため、一般市民の安全のために、ね」

「そうですね」沙也香も微笑を浮かべた。「これからもよろしくお願いします」

「よし、始めるぞ」

机を囲んでミーティングが始まった。各員が現在の捜査、取調べの状況を報告していく。鷹野はメモをとり、その横で溝口はパソコンのキーボードを叩く。能見が今後の捜査方針を質問し、佐久間がそれに答え、国枝は漏れのないよう全員に確認をした。

「三原が契約しているトランクルームだが、至急、内部をチェックしたい。このあとすぐ当たってくれ。担当は氷室と鷹野」

鷹野と沙也香は、声を揃えて「はい」と答えた。

準備をして鷹野たちは赤坂署を出た。外はもうすっかり暗くなっている。街灯に照らされた青山《あおやま》通りを、駅に向かって歩きだした。

「……鷹野くん、ありがとう」

急に沙也香が口を開いたので、鷹野は思わずまばたきをした。

「どうしたんです？」

「まだお礼を言っていなかったから……。あなたが湖のことを思い出してくれなければ、私は死んでいたと思う」

「俺ひとりの手柄《てがら》じゃありません。氷室さんを助けるために、みんなが努力したんです」

沙也香は何か考える様子だったが、再びこちらを向いた。

「それからもうひとつ。あらためて謝罪するわ。沢木くんのことは本当に申し訳ないと思っている」

「俺もさっき、あいつのことを思い出していました。……じつは、俺が氷室さんを懸命に捜したのは、自分のためでもあるんです」

鷹野が言うと、沙也香は不思議そうな顔をした。

「どういうこと?」

「もう相棒を失いたくなかったんですよ。沢木が亡くなったあと、俺は別の女性刑事と組みましたが、彼女は今も捜査一課にいます。もう別の人間と一緒に捜査をしているでしょうね。……そういうわけで、俺が一番に考えなくちゃいけないのは、現在コンビを組んでいる氷室さんのことなんです。何度も相棒を亡くすなんてご免ですからね」

それを聞いて、沙也香は急に足を止めた。おや、と鷹野は思った。自分は何か気に障るようなことを言ってしまっただろうか。

「感謝をした。謝罪もした。これでもう、鷹野くんには何の遠慮もいらないわね」

「ええ、それはまあ……」

「私は自分の考え方を変えるつもりはない。仲間は大事だけれど、エスはあくまで捜査の道具だと思っているし、成果を挙げるためには汚い仕事もする。あなたに何か言われたとしても、それだけは譲れない」

沙也香は鷹野の顔を見つめた。彼女の表情は厳しく、真剣味が感じられる。

鷹野は小さくうなずいてから口を開いた。

「まあ、そこは徐々に折り合いをつけていきましょう」

「妥協はしない。私たちは結果を出さなければいけないんだから」

「……そうですね。まったくそのとおりです」

沙也香は鷹野に背を向けた。姿勢を正し、靴音を響かせながら駅のほうへ進んでいく。その姿は以前よりもずっと力強く、しなやかに見える。

自分の信念に従って、彼女はこの厳しい仕事に取り組んでいくのだろう。

青白い街灯の下、鷹野もまた、あらたな決意をもって歩きだした。

◆企画協力
WOWOW　連続ドラマW「邪神の天秤　公安分析班」制作チーム

本書は書き下ろしです。

この作品はフィクションです。登場する人物、団体は、実在するいかなる個人、団体とも関係ありません。

偽神《ぎしん》の審判《しんぱん》　警視庁公安分析班《けいしちょうこうあんぶんせきはん》

二〇二一年五月十日　第一刷発行

KODANSHA NOVELS

定価はカバーに表示してあります

著者―麻見和史《あさみかずし》

発行者―鈴木章一

発行所―株式会社講談社

東京都文京区音羽二・一二・二一
郵便番号一一二・八〇〇一

編集〇三・五三九五・三五〇六
販売〇三・五三九五・五八一七
業務〇三・五三九五・三六一五

本文データ制作―講談社デジタル製作

印刷所―豊国印刷株式会社　製本所―株式会社若林製本工場

N.D.C.913　286p　18cm

ISBN978-4-06-523401-3

2021年10月リニューアル！

まったく新しい形で
みなさまにお届けします。
超豪華ラインアップを
お楽しみに！

※2021年4月、8月は休刊いたします

メフィスト

メフィスト賞募集

京極夏彦さんが先鞭をつけ、森博嗣さん、西尾維新さん、辻村深月さんなどミステリー、エンターテインメントの異才を世に送り出してきたのがメフィスト賞です。2019年は『線は、僕を描く』、2020年は『法廷遊戯』と新人のデビュー作が大ヒットを記録しました。編集者が直接選び、受賞すれば書籍化を約束する唯一無二の賞は新しい才能を待っています。

「メフィスト」の最新情報ならびに
「メフィスト賞」応募についてはこちらから
https://tree-novel.com/author/mephisto/